GUIJI SHENTOU

卷三

何许人 ◎ 著

世纪文景

世纪出版集团 上海人民出版社

只道浮云风送去，人间霹雳自空来。
莫道小溪流水浅，须知滑石有惊人。
莫谓途不堪走马，应防路滑失前蹄。
马快当防平地石，舟忙宜慎水中矶。

第六章　大人物

只要是吃江湖饭的，不可能不跟人来往，不论是相士、老千，还是砟子行，甚至混大街的佛爷（小偷），都得靠兄弟帮忙。生意越大，参与其中的人相应应该越多。跟同行来往稀少，却有大名声，这绝对不正常。

第七章　背时鬼

凡有大江大河的地方就有码头，有码头的地方就有航船，除了运人的游轮还有运货的货轮。货轮是个临时性的小社会，远离陆地各自为局。解放前，游轮生意比现在发达得多，船票也比火车票便宜，是大多数人理想的交通工具。每条船上都有黑白两道的人物把持，也有各路的老千和娼妓，这么一来，自然少不得各种故事。

第八章　用清理门户

见徒弟们都用凝重的目光看着自己，老韩意识到自己的情绪不好，把徒弟们拉到一边，压低了声音吩咐道："以后我死了，你们都不许哭。给我多烧点钱，多烧几个美女、菲佣，还有别墅。车么，布加迪劳斯莱斯还有宾利，什么贵烧什么，我还要喷气式飞机，另外名牌衣服鞋子和包一个也不能少。"

看着老韩认真的样子，司徒颖忍不住破涕为笑。

"笑什么，我是认真的，你们都给我记好了，每年清明节和七月半我坟头上的排场要最大的。对了，还有麻将扑克牌骰子千万别忘了，就算是到了那边，我也要好好过日子。"老韩依然板着脸，有板有眼地吩咐。

第九章　喝杯白酒，交个朋友

如今的生意越来越不好做。中国只有那么大，地球也只能挖那么深，煤炭这玩意儿挖来挖去已经挖了几十年，挖得差不多了。有人说，如果山西省地震一次，恐怕有一大半的楼要埋到地底下去，整个地下都挖空了。虽说这几年全国资源紧张，每年煤价都在涨，但胃口越来越大的各路菩萨的香火一点也不能少。不出事还好，万一出了事就更麻烦。一个矿工赔上几十万是少不了的，就连找上门来真真假假的记者也要给封口费，担惊受怕赚点钱，这么上也折腾下也折腾，也就剩不了几个大子儿了。这一行最赚钱的时代已经过了，现在正是走下坡路。国家还有相关政策要出台，未来的三五年内就要压缩小矿井数量，只剩下几家大型煤矿。这些都是趋势，都有硬性指标和法规，虽然还没走到这一步，但也就是最近两年的事了。这一行，真干不长。

第十章　大股东

事情都差不多了，汪公子注册公司之前，回了趟北京。一周后，他带回一份有国家能源部盖了章的批文。批文是对于诸如生物柴油之类的绿色科技要大力扶持的一系列相关优惠政策，这一来，连县政府的人都轰动了。看来汪公子真是大手笔，接下来他肯定是要搞大动作了，有了这么大的背景，他的生意准火。

除了批文，更让大家再次震惊的是汪公子还带来一个女人，一个好像从电视里走出来的大美人，大名没人知道，汪公子管她叫芝芝。

达济天这才想明白，自己中招了！

黎钢，那么信任他，结果他一再怂恿自己投钱，不断地投钱，先是买生产线，再是开加油站。一切都交给这个浑小子，没想到他暗地里搞破坏，以次充好，坏了公司的名声，就算他手里有了钱再开加油站，生意也做不起来了。

芝芝，这个坏女人一开始就针对自己，想出这么恶毒的招数，摆明就是要玩死他，让他欠上鲁大龙的钱，走都走不掉。

只道浮云风送去，人间霹雳自空来。莫道小溪流水浅，须知滑石有惊人。

莫谓途不堪走马，应防路滑失前蹄。马快当防平地石，舟忙宜慎水中矶。

如火烧赤壁，曹孟德之惊魂。若兵用乌江，楚霸王之丧胆。

只可静坐观风月，切勿临渊去钓鱼。周郎大破连环策，孔明台上借东风。

霉运沾上了，真是躲都躲不掉。电话还没讲完，从路边忽然冲出来一个女人，一个嘴里吐着血的女人，他刹车不及撞了过去。当时的速度并不快，只是路上人少，又不是十字路口，附近也没人行道，那女人根本就是胡乱冲出来的。正常人那么一撞，最多受点轻伤，可那女人居然倒地不起，大口大口地吐血，很快就昏死过去。陆钟被随后冲出来的人们给拦住了，人多嘴杂解释不清，等到救护车赶到时，女人已经停止了呼吸。

男人面前摆着的筹码不多了，大概输了不少，但是这一把牌不错，从一万到七万清一色一条龙，独缺一张五万就做成一副七小对。通常要靠博才能赢的牌本身就凶险，这一把男人却不急，手里的牌摸来摸去摸了好几张，偏偏不来五万，同桌的另一个人也听牌了。男人手里抓的那张八万不住地转来转去，在桌上轻轻地磕着，许多人都有这样的习惯动作，但司徒颖分明看见，那张牌被男人手指一抹，竟然变成了五万。

"胡了！看清楚，车轮滚滚八十八番，给钱给钱。"男人得意起来，呸地一口吐出红红的槟榔渣，"哈哈，就知道今晚运气好。"

按照博彩概率学来说，只押大小的话就有百分之五十的概率赢。这种情况下，就要讲方法了，比方说已经连着出了三把大，这时候押个小的话，那第四次出小的概率相对比较大。如果第四次依然出了个大，那第五次出小的可能性就更大，如果第五把押中，就赢了一把，顺便把之前第四把赔掉的钱给赢回来。如果第五次依然开出来是大，那第六次就押上第五次的一倍，这把开出小的机率就更大，如果赢了，之前输掉的也全都能赢回。那个胖子并不贪，下手十来把全都是小赌，唯一失手的就是庄家开出个豹子（三个骰子点数一样），三个六，庄家大小通吃，他小输一把。

"你们年轻人怎么会懂，就连许许多多知道秘籍存在，甚至看过秘籍的人都不懂。"神叨叨白了司徒颖一眼，神气活现地说，"我叔叔说，真正千门的老祖是鬼谷子。鬼谷子知道吗？那可是个了不起的人物，弟子五百，苏秦、张仪、孙膑、庞涓、商鞅、李斯、徐福，哪一个不是青史留名，但是历史上对鬼谷子的记载有多少？谁又真的了解他？没有，全都没有，就连他什么时候死的都没有记录。他是中国历史上最最深藏不露的人物。"

据说葡京每天的现金收入过亿，就连数钱的专职人员都有十六个，做到这种程度，大概也算得上"千雄"了吧，并不是指出千，但就靠赌博发家并成就大业的，全亚洲也只有赌王何鸿燊一人。虽然没见过赌王，但陆钟心里对这位枭雄充满了敬意。这位传奇大佬出身富庶，但后来父亲生意破产，一夜之间一贫如洗，公子哥遍尝世态炎凉，凭着自己的努力，终于在澳门创下这份基业，控制资产超过五千亿港币，整个澳门有三分之一的人都直接或间接为他工作。

不论打家劫舍小打小闹，还是抢银行金行干票大的，踩点不仅是首要任务，也是最重要的一道步骤。不能暴露身份，不能引起店家的怀疑，还要在一定的时间内把该看的地方全都看到，一旦漏过什么细节，将来很可能导致任务失败。细节是魔鬼，这条准则放至天下皆可用，成王败寇生死攸关，都可能是小小的细节不够到位。

正规金行都是用超声波清洗机为客人清洗首饰，但在不少路边摊的小作坊里，还是使用手工操作的办法，这个办法最关键的程序就是使用某种药水浸泡。那种药水，就是王水。王字，三横一竖，盐酸与硝酸的体积比为3∶1，威力超强，连铂金和黄金都能溶解。不久前陆钟他们还用过，用来溶解某扇密室的小门。这种强酸同样也可以溶解金子，在大大小小的金店里，几乎所有重新焊接或者清洗的首饰全都会被这种特制的药水浸泡一遍。视时间长短，三四十多克的金链这么一泡，可能缩水七八克，链子上的金子就这么不知不觉地到了药水里。

尾号单数的车上放着真淅水，尾号双数的车上放着溶金水。大胆荣收回视线，在心里默默地重复了一遍，希望自己不会太紧张而搞错。大胆荣踏入金行前，最后看了一眼自己的双手，每只手指上都涂抹了透明指甲油。这是陆钟告诉他的办法，这么做可以不用戴手套也不留下指纹，一会儿进入金库后，也不会留下痕迹，他已经命令手下所有马仔都这么做了。尽管一切准备妥当，他在心里把整个过程演练了一遍又一遍，可临到出场，还是忍不住地紧张。

这个计划，就是专为自作聪明的大胆荣量身定做的，陆钟算准他会不放心自己，临时改变计划夺走放了金水的潲水车。那两辆潲水车停放的位置在金行门外的监控摄像头范围内，自己人不方便现身，另外也担心被大胆荣发现，只好拜托老陈帮这个忙。老陈最多也就是觉得有些奇怪，但换两个车牌本身并不违法，跟金行劫案也扯不上关系，陆钟可以很放心地拜托他。就算日后老陈再想起这点不对劲，陆钟他们也已经带着这些金子离开香港回大陆了。对了，怎样才能神不知鬼不觉地把这么多金子带过海关呢？

不到上岸的那一刻，就不算真正赌赢了这一把，万一刀疤强反悔，万一他小弟走漏了风声，后果都不堪设想。坐在摇摇晃晃的渔船上，陆钟看着远处天海相接的方向，那就是大家未知的前途。

包里只有一张卡，黑色的卡。

那可不是普通的卡，是美国运通发行的顶级贵宾卡。传说拥有卡的人，就算刷卡买飞机游艇，买下整栋酒店都可以。最吸引人的不是卡上的数字，而是拥有了这张黑卡，就拥有普通人无法想象的特权。

第一章 谁最牛

A

西安到武当山，距离四百多公里，开车也只需几个小时。走南闯北居无定所，注定是千门中人的生活方式，就连最晚入行的陆钟也早已习惯。大概是跟汪锦保的交道打得太顺利，大家心情都不错，一路上谈笑风生。

不知是武当山的水土特别好，还是人逢喜事精神爽，就连老韩的咳嗽声也少了些，这让大家的心情轻松了不少。

无非子的祝由之术的确了得。不过陆钟不会忘记，那年在杭州楼外楼上这位前辈也曾说过，老韩的身体最多只能维持三年。可老韩对于自己的身体也颇不爱惜，依然每天雪茄不离，听天由命。陆钟的机敏足以应付任何突发事件，也能设计出完美无缺的骗局，唯独对师父，不知如何是好。看着他老人家吞云吐雾，陆钟有些心疼。

司徒颖的手机忽然响了起来，屏幕上赫然显示着老韩的头像，原来是备忘录里预存的生日提醒。司徒颖赶紧挽着老韩的手，撒起娇来，"瞧我这记性，今天是您生日。"

"不打紧，生日过一次少一次，还是不过的好。"老韩拍拍司徒颖的手，欣慰地笑道。

"帅父，跟您这么些年，您还跟当年我第一次见您时那样，英俊潇洒玉树临风，一点儿也不见老。说真的，我还不知道您老今年高寿呢！"梁融边开着车，边笑嘻嘻地回过头来问道。

"浑小子，什么叫高寿，我有那么老吗？"老韩却不领情，假装训斥。

"马屁拍到蹄子上去了吧？"单子凯小声偷笑。

"瞧我这嘴，真该打。"梁融知道师父是跟自己开玩笑，马上打了一下自己的嘴。

"其实年纪不算什么，像我这样活得痛痛快快，又有你们这帮杰出青年陪在身边，吃香喝辣游山玩水，就算是皇帝也没我这么快活。"老韩说的是心里话，看着车里的四位高徒，这几年来又一直顺顺当当，除了那个深埋心底多年的愿望外，他已别无所求。

"干爹，话虽这么说，但您还是得赏我们个请您吃大餐的机会吧，都跑了一整天了，肚子也饿了。"司徒颖说完，看了看车窗外红得正艳的夕阳，还有路边越来越繁华的景色，距离西安城已经不远了。

"可不能让我的乖女儿饿着，一会儿到了地方我带你们去个好地方，尝尝最正宗的葫芦鸡。"老韩一说起吃的，马上精神抖擞。

"葫芦鸡，把鸡肉塞在葫芦里煮吗？"单子凯忍不住插了一句。

"当然不是，是把鸡用绳子捆好，先蒸再煮最后油炸，做出来的鸡是葫芦形状。吃到嘴里就知道了，香醇酥嫩，天下第一。"老韩不仅是个绝顶的千门高手，也是个一流的美食家。

"我口水都要流出来了，咱们为了赶路，中午吃的那点方便面早就消化光了。"梁融咽咽口水，加大了油门。

"干爹，不如一会儿咱们吃完大餐再吃饭后甜点，吃完甜点还可以去酒吧或茶馆坐坐，我们四个再给您生日礼物，您根据喜欢程度打分，好不？"司徒颖关心的，却不仅仅是吃，她一边说着，一边有意无意地瞟了瞟陆钟的反映。可陆钟却心不在焉地看着窗外，好像根本没听见她的话。

"你这丫头，好胜心太强，小心嫁不出去。徒弟们送什么都好，不分高下，再说，我又不是小孩子，还要什么礼物啊！"老韩也看出陆钟的反映，教训小女孩似的戳了一下司徒颖的额头。

"我乐意，嫁不出去才好，我呀，一辈子陪着您。咱们可以不比试，可礼物您一定要收！您若不收，我们就不去找那位姓禾的相士啦。"大小姐的撒娇和撒泼都是无人能敌，世界上拗得过她的人屈指可数，不过现在，她心里还是惦记着干爹惦记的事。距离上次在北京司徒家大宅听到柳喜荫柳前辈说起的那事，已经相隔了数月。江湖中人朝不保夕，谁知道那位姓禾的相士是否还在西安，甚至，他是否还活着。

陆钟回过头来，视线跟司徒颖碰了一下，一路上他都没怎么说话，也是在担心这个。

"咱们先吃了再说，让我先打个盹，养足了精神才好开吃。"老韩说完就不再说话，闭目养神。岁月不饶人，一天的奔波着实令人疲惫，更何况他还是个病人。同行的都是年轻人，他只得强打起精神来，才能不拖大家的后腿。时日无多，他必须抢在死神的前面，完成那件最最重要的事情。

租来的黑色欧宝车，朝着落日的光辉安静驶去，渐渐融入天边刚刚亮起的灿烂灯光。

B

一家国营老字号饭庄里高朋满座，包厢更是早早订出。座无虚席的大厅中，最引人注目的却是四位出众的青年男女和一位风度翩翩的帅老头，五个盛满了美酒的玻璃杯清脆地碰在一起，引得旁边的人们不住地朝这边看过来。

今儿大家高兴，老韩点了一瓶陕西名酒西凤酒。这西凤酒有两千多年历史，酒香独特，就连盛酒的容器也相当特别，是用荆条编制的篓子，内里贴上麻纸，涂上猪血菜籽油和蜂蜡蛋清制成的涂料，晾干后不渗不漏，很适合酒的熟化。老韩走遍大江南北，对于吃喝从来不忌口，走到哪儿就吃到哪儿。

"祝师父年年有今日，岁岁有今朝！"四个徒弟们齐声贺道。

"来来来，尝尝招牌葫芦鸡，这道菜可是有典故的。"老韩为自己夹了一大筷子鸡肉塞进嘴里，满足地嚼上两口，细细回味着嘴里的滋味。再美美地抿上一口酒，脸竟有些红了，"不服老不行了，酒量越来越不中用了。"

"干爹，趁您还没醉，给我们讲讲典故吧。"司徒颖乖巧地为老韩再斟上一杯酒。

"这第一个典故，是关于这菜的。"老韩放下筷子，娓娓道来。

"唐朝有个很讲究饮食的尚书，他家的厨子有好几个，某天他心血来潮想吃鸡，下令让厨子们各自烹制，标准只有一个：酥嫩。谁做的好重重有赏，谁要做得不合他胃口则有重罚。第一个厨子先蒸再炸，这位尚书嫌肉太老，叫人把厨子活活打死。第二个厨子总结第一个厨子的经验，先煮后蒸再油炸，保持了肉的酥嫩。可因为下了三回锅，骨肉都分离了，尚书以为厨子偷吃，火更大了，再次把厨子打死。第三个厨子很聪明，为了保持鸡肉的完整他想了个办法，下锅前用细绳把鸡肉给捆起来，按照第二个厨子的烹饪顺序料理，最后做出来的鸡美味酥嫩很得尚书欢心，那鸡因为捆绑过而形似葫芦，就这么着有了葫芦鸡。"

"师父，您要是做档美食节目，准火。"单子凯乖巧地举起杯跟老韩碰了一下。

"不行了，现在的观众要看帅哥美女，谁喜欢老人家。"老韩说完这句话，自己也觉得奇怪，居然认老了，这在以前可是从没有过的，也许是武当山的山居岁月让他第一次正视自己的年龄。

"才不呢，干爹您是师奶杀手妇女之友。"司徒颖打趣道。

"要不咱们做个组合，您和大小姐做搭档，我负责造型服装什么的全部后台工作，凯子哥做外景主持人，六哥嘛，帮我们弄点广告赞助，每集也卖个一两百万的，没准还能把版权卖到外国，哈哈。"梁融也开起了玩笑。

"不跟你们闹了，接着说第二个典故。其实也算不得典故，只是我小时候的事。虽然我自小就在上海滩混，但我并不是上海人，我甚至不记得我爹娘的模样了。那还是解放前，世道乱得厉害，我坐在一个伯伯的箩筐里，一路逃难逃到的上海。"老韩又往嘴里塞了几口。

"那伯伯倒好心，愿意带您逃难。"梁融插了一句。

"那年头大家自己都顾不过来，好心人可不多。那伯伯跟我没有亲戚关系，是家里穷得没饭吃，爹妈把我卖给了他，他又打算把我转卖给大户人家，赚点钱。伯伯认为全中国最有钱的人都在北京和上海，于是这两个地方就是目的地。我也不记得一路走了多少个地方，只记得一起床就赶路，一直走到天黑。还没到上海，伯伯就累了，不想再走了，把我换了两袋白米。买我的是一对陕西夫妇，开小饭馆，我还记得他们身上有股洗都洗不掉的羊肉味，他们还说我乖得很。"说到这里，老韩模仿着关中腔说"乖滴恨"，口音很地道，大家都笑了。

"后来呢，您过得好吗？开饭馆的人家一定不缺吃的吧。"司徒颖心急地追问，陆钟却默默地为师父碗里添了个鸡腿。

"是不缺吃，羊肉泡馍、胡辣汤、裤带面每天都有，招牌菜就是葫芦鸡。但招牌菜不是每天都有，我只有到他家的第一天，吃了个鸡腿。一路上都是吃的干粮，好不容易吃上肉，还是那么香的肉，我当时就觉得马上死了都愿意。"老韩拿起鸡腿来深深一嗅，颇有些感慨，"后来兵荒马乱的，这老两口死了，我跟着邻居家的孩子继续逃难，跟着难民们到处乱走，最后走到了上海，在那儿落下脚。这辈子什么河南道口烧鸡、安徽符离集烧鸡、山东德州扒鸡、扬州草鸡、童子鸡、叫花鸡、新疆大盘鸡，我全都吃过，唯独这葫芦鸡，怎么也忘不掉。"

大家都看出老韩有些伤感，不愿师父想起自己的病情，一个个想尽办法逗老韩开心。梁融说笑话，单子凯说要帮师父找个漂亮师母，司徒颖不知从哪里拿出一个小小的生日蛋糕，陆钟变出一支小蜡烛，点上。

烛光里，老韩眼中有泪光闪烁，不知想起了什么。一辈子活得痛快，可不能在徒弟们面前流泪，老韩假装被蜡烛熏了，张嘴就要去吹灭蜡烛，揉眼擦去泪水。

"先别吹，您得先许个愿。"司徒颖赶紧把蛋糕推开。

"又不是小孩子，还许什么愿。"老韩哭笑不得，大家把他当成孩子哄。

"您就许一回吧，肯定会灵的。"司徒颖撒娇地拉着干爹的手摇了起来，大家也跟着说师父得许个愿。

"好好好，听你们的。"老韩不得不闭上眼，知道徒弟们是爱惜自己，望他许愿早日康复。可他心里想的却是希望此次西安之旅能不虚此行，早日寻到《军马篇》，陆钟早日振兴江相派。小小的一团烛光，被老韩一口气吹灭，大家鼓起掌来。羊肉泡馍、迷你肉夹馍，紫薯塔、三文鱼凉皮，各色菜肴渐渐上齐，大家也吃得不亦乐乎。酒足饭饱，老韩心情大好，却已有了几分醉意。"没喝过瘾，咱找个地方接着喝，今晚不醉不归。"

不醉不归是不可能的，车里的五个人都是海量，很难喝醉，老韩只想找个地方坐坐，不想太早去酒店。人老了，愈发爱热闹，生怕被朝气蓬勃的时代给抛弃。

"好好好，咱们一会儿去喝酒，不过干爹，你得给我们点时间去买生日礼物。"司徒颖一边说一边摆弄着车载GPS，寻找附近的百货公司。

"不用搞那些名堂了。"老韩摇摇头，蛋糕虽小但也油腻，不适合那副老肠胃，他更想尽快弄点喝的润润肠胃。

"那怎么行，好不容易有机会孝敬您，我们一定会好好表现。"单子凯把车开往了高级购物区的方向。

老韩拗不过大家，车也不是他在开，只能点头。

一个小时后，大家并没有去酒吧，而是坐在了大唐不夜城的一家茶馆里。穿着古装的侍女在表演茶艺，古香古色的盛唐风景，坐在木质太师椅上，喝着香浓的普洱，霓虹灯闪烁迷离，人是清醒的，却有了几分醉意。

徒弟们心疼老韩的身体，不愿让他再多喝酒，把寿星连拉带拽地弄来喝茶了。清茶也同样解油腻，又是热的，寒意渐深的夜里，老韩的肠胃妥帖多了。徒弟们按照老规矩，给师父敬茶奉礼：单子凯送一对黑曜石袖扣，品味独具；梁融送一条爱马仕皮带，经典百搭款；司徒颖送一条限量款真丝领带，相当贴心；陆钟的礼最重，一块外表朴素低调，其实机芯镶钻的白金表。

"几十万的东西，我不能收。"老韩很乐意地收下了其他人的礼物，唯独这块表，他摇了头。

"一日为师，终身为父。算起来咱们也是不知多少辈子的父子关系了，不过是一块表，不算什么。"陆钟屈膝半跪在老韩面前，很有点师父不收他就不起来的架势。

"我只是把你领进门而已，没教过你太多，你有今天的成绩，全凭你自己。"老韩对陆钟的好是有目共睹的，他的确是老韩遇到过最好的苗子。

"您带我入行，没有您就没有我，孝敬您是应该的，就算是全副身价都给您，我也愿意。"

老韩还是摇头。

"干爹，干吗不收，留着将来做传家宝也好啊。您总说我嫁不出去，万一将来真有人要我了，您也得帮干闺女置办点嫁妆不是。我帮您做主，收了。"司徒颖一把拿过那块表，套在老韩的手腕上。

"那我就替你先收着，万一将来你结婚了，陆钟不送礼，我就替他送了。"老韩看看司徒颖那满心欢喜的小模样，当然明白干女儿的心思，却不想成全。

"干爹，您这是说什么呢。"司徒颖娇嗔一句，她并不了解老韩对陆钟的重望，只当他老人家讲的老规矩，队伍里的人不能谈恋爱。

老韩拍拍陆钟的肩膀，表示可以开车了，看着街上川流不息的人们，眼底有几分说不出的落寞，"你们四个，就算身上没有一分钱，也不会沦落到没饭吃的地步。刚才喝茶时我想到一件事，其实还有个最基本的本事没教过你们。按照江相派的老规矩，原本这是入行就要过的第一关，必上的一课。也不知怎么回事，我居然漏下了，这样吧，明天重新比过，就比这入行第一关。"

"您说了半天，我都没听明白这第一关是什么，也从没听您提过。"单子凯不解。

"这第一关就是比乞讨。叫花子，谁都见过，但你们谁都没玩过。当老千是个招人怨恨的行当，没有不得罪人的时候，万一有一天，遭难了，背时了，身无分文又万不得已的时候，要想活下去，就必须用这一招。明天早上，你们一分钱也不许带，也不能带手机，记住，只许做与乞讨有关的事，这是唯一的规则。到了晚上，谁收入最多谁就赢，老规矩，赢的人可以担当四次正将。"老韩收起笑容，正色道。

"好！这么刺激的还没玩过呢。"司徒颖小时候幻想过很多次离家出走，万一没饭吃了就去当小叫花子，现在终于可以实现童年的梦想了。

"我也需要一天时间去找找那个叫老禾的相士，今晚也吃饱喝足了，都早点休息，明天亮出点真本事给我看看。"老韩布置完功课，车厢内原本的轻松立刻变得沉重了些，大家都在想，明天要当个怎样的乞丐呢？

D

清晨的第一道曙光刚刚投射在六朝古都西安的鼓楼上，这古老的建筑还是明朝建起来的，位于古都东西南北四条大街的交汇处。时间还早，可公交车和的士已经开始工作，四周围也渐渐有了些声响，整个城市像个刚刚苏醒的老人，迷蒙着睡眼打了个哈欠，但距离真正起床还有好一会儿工夫。

这里是老韩安排的起点站，四个年轻人从这里出发，朝着四个不同的方向走去。四个人身上没有带一分钱，也没带手机，就连肚子也是空的，一切从零开始。

上午九点半，有人发现天桥下躺着一个女人，破破烂烂的棉被裹着身子，只露出一颗头发凌乱的脑袋。那头发……说来只是乱，细看却是咖啡色，而且并不脏，不像某些流浪汉因为太久不洗头而结成一缕缕。

好发色吸引了不少路人的注意，女人身边的水泥地面上用粉笔写着，她是个被拐卖的女大学生，刚从山里逃出来，现身无分文，身份证也被人贩子带走了，缺衣少食且正在发烧，请过路的好心人资助点钱去看病。女人虽然躺着，但也能从破棉被下看出隐约的轮廓，她很瘦，一定是病得厉害，好半天都没动一下身子。

粉笔字旁有个不算小的饭盆，盆里盆外零零碎碎地有不少毛票和硬币，也有不少十块的。路人们大多动了恻隐之心，留下怜悯的目光和口袋里的零钱。

坐在街对面的另一个职业乞丐跪在地上，此人还是个少年，身板也小，面容灰暗头发污糟，面前摆着个学生证，还有一张真假难辨的身份证，他的身上背着个求学费的纸牌子，可惜路过的人看都不看他一眼。生意不好，男乞丐的视线一直在关注同行，这女人居然躺了一个小时动都不动一下，一定是病得快不行了。他本就恼火这个新来的女人不懂规矩，抢了他的最佳财位，眼见女人身边没有其他人照应，不由得动了抢钱的念头。

现实社会虽然没有武侠小说中势力天下第一大的丐帮，但不少乞丐还是有组织的，一个有能耐的头儿手里少说有十个八个乞丐，多则二三十个，乞丐们要回的钱里有一大半都落在头儿的口袋里。头儿手里的残疾人和小孩，甚至可以像货物一样转让或者买卖，随意抛弃。还有更狠的，在偷来抢来的孩子身上，用细绳绑紧发育期的手脚，血气阻滞渐渐坏死。人为制造畸形，只因残疾程度越严重的小孩越可能引起人们的同情心，多赚些钱。

男乞丐不是第一天出来混了，当然知道规矩，在弄清对方身份背景前，他不敢轻举妄动，看着越来越多的零钱堆积在女人面前，只好继续羡慕嫉妒恨。

大概又过了半个钟头，路人少了些，一个胖子飞快地走近女人身边，蹲在地上捡起那些钱。男乞丐的注意力马上被吸引，还好刚才没轻举妄动，原来那个女人有同伙。那个胖子收好钱后，又留下几个毛票做"引子"，帮女人整理了一下被子，很快离开了。

男乞丐眼巴巴地看着那个胖子带走了大部分的钱，心里活动开了，要是刚才摆在女人面前的那一大堆钱是自己的，该有多好。他长叹一口气，唉，没想到世道这么艰难，这一行越来越不好混了。

"兄弟，生意好吗？"好听的男声从身边传来。

"你是……"男乞丐抬起头，男人的脸正处于逆光的状态，看起来他周身都有金色的光芒围绕，那是电影里耶稣佛祖外星人出现时才会有的效果。

"今天下午，在这个地方有一堂特别的讲座。"男人说完从怀里掏出张广告，指着上面的小地图说，"不收钱，是公益事业。深圳最赚钱的乞丐，月入两万的乞丐之王亲自任教，并一对一专人指导，只要认真学习，保证学成后日薪不低于两百块。"

男乞丐以为自己听错了，眯起眼睛盯着来人，终于看清了对方的脸，他的鼻梁上甚至架着一副金丝边眼镜，身上穿的不知道是不是名牌，但比起自己身上这一套脏兮兮的中学校服，要顺眼多了。最让他奇怪的是此人的微笑，他半眯着的眼睛并不大，几丝清浅的鱼尾纹，却有种仿佛催眠般的神奇力量，让人不能转移视线。

"来看看吧，工会欢迎你。"男人留下那张广告，微微一笑，转身走入背后的阳光里。

工会？男乞丐觉得自己听错了，他看了看男人的背影，又看了看手中这张广告纸，下方的落款处写着两行黑色的大字：全国乞讨者从业委员会，乞者工会。

E

时近中午，繁华的大学城里，年轻的学子们下课了，人流朝着宿舍区的食堂涌去。上了一上午的课大家早就饿了，食堂里人满为患，还得排上好一阵子的队才能买上饭。但是今天，在全校区规模最大的五食堂门口，不少人端着饭盆却站在食堂门口不走了。

这人是谁？穿一身黑西装加白衬衣，还戴着一双白手套，头顶毡帽。地上摆着个小小的音响，正播放着杰克逊的名曲《颤栗》。在这人面前，还摆着一个不大不小的旅行袋和一个打开的吉他盒，上面有块小牌子，工整地写着几行字：赴京选秀，西安转车，遭遇小偷，身无分文，急需上路，卖艺赚钱。恳请诸位同学，有钱的捧个钱场，没钱的捧个人场。

这小牌子写得有些不伦不类，但意思大家一看就明白了，他是要去参加选秀，路上遇上坏人了，所以一身行头还是置办得不错。

还没开始，此人模特般的完美身材和英俊的面孔，已经吸引了绝大部分经过食堂女生的注意。许多人宁可晚些吃饭，也不想错过帅哥的现场秀。等到他一动作，大家简直要屏住呼吸，太空步，机器手，抓胯的动作让女生们脸红心热，每一个舞步都刚好踩在拍子上，通常高个子的人手长脚长跳舞不好看，可这位帅哥简直就像MJ附身。

一曲终了，帅哥的动作定格在最后一拍，他的额头上渗出细密的汗珠，看得出他很卖力。有女生大声叫好，朝着吉他盒扔钱，也有其他男女同学交头接耳，讨论着动作，但是没有一个人的目光从他身上转移。

"谢谢，谢谢亲爱的同学们。"帅哥擦了把汗，又抱起了吉他，顺便把地上的钱捡了起来，"谢谢大家的支持，我再给大家唱首歌吧，这首歌是打算在预赛时唱的，请多多指点。"

帅哥唱的是郑钧的《灰姑娘》，一开嗓子大家又再度惊艳，歌唱得也直逼原唱，一曲终了，又接着唱《路漫漫》。帅哥的吉他弹得相当地道，仅仅是一段过门就引得更多同学停下了脚步，原本就多的围观人群简直里三层外三层，就连路过的教授也停下了脚步，还扔了十块钱。帅哥冲教授笑笑，这一笑，那双天生的桃花眼惹得在场的女生们心如小鹿，失控尖叫。有胆大些的姑娘冲上去找帅哥合影。有了第一个，很快就有了第二个，没过多久，帅哥身边就有人排队合影了。

帅哥不急不躁不闹不怒，跟人合影都很配合地把摆姿势，照完后，还伸手冲吉他盒里指指。姑娘们立刻掏钱包，用实际行动表示支持。吉他盒里的钱很快多了起来，合过影的女生们不好意思再给毛票，虽然大家还是学生，五块十块的还是给得起，吉他盒里的钱迅速充实起来。

饭点过了，食堂附近的人流渐渐变少，帅哥收拾起家当和钱，冲恋恋不舍的观众们挥挥手，"如果我进入了决赛，请发短信支持！"

"一定，我们一定支持你！"人群中两个可爱的小女生喊出了声，使劲地冲帅哥挥手。

单子凯看着这两位可爱的小女生，还真有点希望自己此番是去北京，他停下了脚步，迟疑了一会儿才不好意思地问道："你们吃饭了吗？"

半个小时后，单子凯走出教工食堂，跟两位可爱小女生道别，这不是他第一次被女生请吃饭，也不会是最后一次，他没有丝毫不适应。吃饱喝足，摸一把鼓鼓囊囊的钱包，里面的零碎钞票太多了，多到他懒得数。他并不是特别有上进心的人，反而更愿意享受当老千的乐趣，能不能当正将他不在意，反正这些钱足够让他在PK中不丢面子，不过还有一下午的时间，闲着也挺无聊的，不如换个阵地，再玩一把现场秀。

一个小时后，单子凯出现在咸阳国际机场，他拎着吉他盒，准备找个不容易被机场巡警发现的好地方开张。没想到在人群中发现了一个熟悉得不能再熟悉的面孔——司徒颖。

大小姐手里端着个空的星巴克咖啡杯，拘谨地站在两个老外面前，嘴里叽里咕噜地说着英语，还不时地点点头。

到底就是大小姐，出手不凡，讨个钱也走国际化路线，单子凯不由得暗自赞叹，学好英语就是好啊，不论干哪行起点都比别人高。没过多久，那两个老外便掏出了钱包，每人给司徒颖手里的空咖啡杯里塞进一张粉红色的人民币。

司徒颖感激不尽地道谢，九十度大鞠躬，最后还冒出一句日语的"撒哟那拉"，反倒弄得那两个给了钱的老外有些不好意思了。大小姐收好钱，赶紧转移阵地。

"不错啊，代表咱中国丐帮加入WTO了，还演了回日本友人吧。"单子凯在拐角处鼓起掌来，路过的司徒颖差点吓一跳。

"要死了你，也来机场混，别跟我抢啊，这次我一定要赢过陆钟。"司徒颖好胜心切，丝毫不掩饰自己的急功近利。

"姐，我怎么敢跟你对着干，我帮你吧，你让我干什么我就干什么。"单子凯宁可自己少赚点钱也不敢得罪大小姐。

"这还差不多，来，咱俩合作，一会儿你就扮智障弟弟，我去借个轮椅来推你。你这块牌子翻过来，用左手写几个中文字求助，我们还是假扮日本人，就算穿帮也是丢日本人的脸。"司徒颖下完命令，马上扔下单子凯找轮椅去了。

看着大小姐风风火火的背影，单子凯知道这个下午因大小姐的出现而充满诸多可能，不过他更想知道陆钟在干什么。

G

小礼堂里座无虚席，在座的却都是蓬头垢面千奇百怪的乞丐们。空气中弥漫着一股浓郁的臭味，那气味混合了汗酸、臭鞋、太久没有清洁的头发，还有变质的食物和香臭难辨的腌菜味。

这小礼堂其实是濒临倒闭的榨菜厂里的旧仓库，陆钟找到守仓库的老头，说自己是社工，想租借一下午场地为无家可归的流浪汉们上一堂励志课，租金五十块，下课后支付。看仓库的老头难得有机会赚点外快，看陆钟的样子挺靠谱，马上答应了下来，乐呵呵地去门口下棋了，根本不管仓库里的事。

"诸位同行，大家好。"一个中等身材长得还挺忠厚的男人抬抬手，示意大家坐下来，讲座马上开始了。

男人做了个自我介绍，他自称是全国乞者工会的负责人和发起人，也是深圳收入最高的乞丐，现在他已经有了百万身家，在深圳买了房子和铺子，收入稳定，已经不用乞讨，光是收租都能养活一家子人，不过日子虽然好了，他还是希望能为全国的同行们做点事情。

男人话还没说完，台底下的人都把头摇得跟拨浪鼓似的，这小子穿得实在是太白领了，谁知道他是不是真的讨过钱要过饭，还工会，没准就是自封的主席。这帮来听讲座的，大多是没有跟头儿混的散兵游勇，流动性比较强，平日里被城管和各地的地头蛇们赶得到处走。今天大家会来，也是看到广告上说有个工会，主要是奔工会来的，想找个组织。

"我知道诸位不信，毕竟我们是第一次见面，大家对我的身份有所怀疑也是应该的。都是吃江湖饭的，亮得出招子才是真本事。"男人似乎料到在座的各位会有这种反应，不废话，直接开始说起了关于乞讨里的名堂。

"乞讨是一门学问，也是一门艺术。一个好的乞丐，应该是心理学家、化妆师、行为艺术大师，这是一门靠反复实践得出的经验汇总而成的行为艺术。"男人拽了两句文的做开场白，马上进入具体操作部分，从行乞的装备，到目标对象的选择，再到行乞的理由，同情心指数分析，每一条都分析得详细，滔滔不绝的专业词汇把在场的所有人都给唬住了。干这行的大多没受过高等教育，但并不代表大家不需要受教育，在场的人都能听出这个年轻人真的肚里有货，虽然他说的东西还没有完全消化和理解，但今天这趟绝对没白来。

讲完理论，在座的诸位职业乞丐，已经认定眼前这位绝对是大师级的人物了。这位大师随即还做了场个人案例分析，出于时间关系，他只能为六位同行做个人分析和实际指导。

这个案例分析还真是有意思，一位须发皆白的河南老丐，平时都是穿一套打满补丁的旧衣服，挎着个破包，举着个搪瓷杯，在火车站一带转悠。因同行竞争激烈，而且人们对同类乞丐审美疲劳，日均收入不超过五十块。专家支招可以置办一套特别的"工作服"，打扮成财神模样，慈眉善目笑脸盈盈，一手捧着财神排位，一手捧着聚财钵。衣服一定得干干净净，不用多说什么话，只要往那些铺子门前一站，哪位老板还会舍得把财神赶出去？做生意的人大多讲点小迷信，就算图个兆头，也不会让财神空手而回。

除此之外，大师还分析出什么倚老卖老型、死缠烂打型、坐地告状型、赴京上访型、自残自伤博关注型、街头卖艺型，甚至还有假道姑假和尚等诸多类型，这些常见的乞讨类型在大师的嘴里全都能变出新的花招，大家听完都忍不住交口称赞，真是好点子啊，为什么自己就想不到呢？

现场的气氛一下子活跃起来，上百位职业乞丐纷纷加入讨论，不过谈不了多久，大师便说今天时间不够了，他还要去机场接个人，和他一起在深圳当乞丐的同行，收入比他还高的大师兄，工会的正主席。至于来听讲座的各位，如果有兴趣加入工会的话，可以马上填表登记，所有同行都可以成为会员，享受工会高层人士一对一的技术指导。另外，工会正在筹划组织会员们集体购买三险的保险，集体买算团购，可以跟保险公司砍价，人越多价钱越优惠，今后什么养老保险，大病互助，还有住房公积金什么的，都会逐步实现。

"不过呢，咱们工会运作也是需要一点资金的，这笔钱光靠我们工会的几个发起人来负担有些不合理，毕竟大家都会得到实惠。所以呢，入会的时候可能要收取一点会员费，不多，每人五十，这个是终身的，交一次就行。明天还是这个地方，我们会把办好的会员证给大家带来，以后凭着这个证，大家可以在全国任何一个城市行乞，不用怕人欺负了，咱们每个城市都有工会！"

这一个接一个的好消息，让在场的上百位乞丐们激动不已热泪盈眶，今天可真是没白来，立马一个个交款登记，大师一个人忙不过来，会写字的乞丐们主动帮忙，收钱的收钱，登记的登记，天色渐暗，这臭气熏天的仓库里却热热闹闹好不欢乐。

"大师，您看看，这里一共是一百二十六个人的名单，这里是六千三百块钱，您收好，明天还是这个点来吗？怎么预约一对一的个人指导？"穿着旧校服的年轻乞丐把钱交到大师手上，看待大师的眼神中充满了敬意，就在今天上午，他还在为自己的好位置被人给占了而懊恼，现在，他却对未来充满了信心。

"谢谢你，小兄弟。"大师把钱揣进了怀里，然后冲他微微一笑，那是一双不容置疑的眼睛，让人看了安心。大师转过头告诉所有人："明天晚上，八点半，大家收工以后来这里集合，领取会员证，记得带上一寸的证照，我会来为大家加盖钢印。"

一听还有钢印，大家更是觉得工会靠谱，对于工会更无丝毫怀疑。大师抬手看了看表，已经五点半了，赶紧让大家趁着这个下班高峰期的黄金时段，实践一下今天下午学到的理论。众人一听也是，刚刚交了五十块，可得赶紧把这钱给讨回来，仓库大门一开，大家作鸟兽散，如同一缕浑浊的脏水迅速分流，消失在城市的大街小巷。

陆钟走出仓库，深深地吸了口新鲜空气，塞给看门大爷五十块钱，扬长而去。

半个小时后，鼓楼下，司徒颖、单子凯和陆钟围在老韩身边，唯独不见梁融。

"这小子怎么回事，平时最早到的都是他，该不会出什么事了吧。"单子凯不无担心地四下张望着。

"胖子做事还是稳妥的，还有半分钟，再等等。"司徒颖看了看时间，很有信心。

"我来了，终于赶上了。"一辆的士在不远处的街口停下，梁融急冲冲地冲下来，连司机招呼他拿后备箱里的东西都顾不上了，挥挥手，"不要了，你带走吧。"

那司机却不领情，嘴里嘟囔着我要你的东西作甚，自己下车把后备箱里的东西给扔了出来。不扔不知道，一扔吓一跳，原来那是一大堆发廊用来练盘头的女模特头。

一颗颗人头滴溜溜地滚在地上，把路人吓了一跳，老韩一惊，"这些都是什么？"

"本来还想做个弊的，没想到没算准时间还是暴露了。"梁融不好意思地把模特头捡起来，解释道："这些是我从美发店'借'出来的，当然，是不打算还了。我把这些头包上破棉被，放在路边，每个小时去收一次钱。真让我去'讨'有点抹不开面子，所以我就想出了这个办法，希望没丢您老人家的脸。"

"亏你想得出，用假模特去讨钱，被人抓了也不是你，不被人发现钱就是你的，基本上零风险。好了，看在这法子还算不错的分上，就不计较你的模特和破棉被是从哪儿弄来的了，说说，一共赚了多少？"老韩听完梁融的话，眼中露出欣赏的神色。

"不敢跟大家比，我跑来跑去忙了一整天到手才五百多，刨掉车费和饭钱，净挣五百。"梁融不好意思地把模特头往身后挪挪，拎出一个大号垃圾袋，里面塞满了零零碎碎的各色钞票。

"不错，好多人一礼拜也挣不来五百。大家都汇报一下成绩吧。"老韩满意地点点头，把视线转移到其他三位徒弟身上。

"我在机场，假扮日本人专跟老外周旋，说自己钱包被偷，到手一千二。下午碰上凯子哥也来机场混，我俩合作，又到手一千八，平均一下就算下午赚了九百吧，一共两千一。"司徒颖颇为不满地报出这个数，上午一个人混比下午两个人还赚得多，她有些后悔了不该找搭档。

"我中午在大学食堂门口卖艺，人最多的时候又唱又跳玩了半个小时，到手三百二。加上下午跟大小姐一起赚的，就算九百，一共一千两百二。"单子凯说得有点心虚，如果不是跟大小姐混了一下午，他的成绩铁定垫底。

"我得先做个检讨，我以丐帮工会的名义开了个培训班，收了笔会员费，没有真的上街乞讨。"陆钟不等师父怪罪，先掏出了怀里的钱来，厚厚的一扎，最小面额的也是五元起，"这里是六千两百块，原本是六千三百块，我付完了场地费和回来的的士费后，所有钱都在这里了。"

"不公平不公平，他走捷径，他骗人！"司徒颖大声抗议，但抗议无效，现实摆在面前，陆钟领先好几千，差距实在太大。

"我是骗人了，但我也真的教了他们很多东西，只要真的按我说的做，他们今后多赚的钱一定比五十块多得多。"陆钟心平气和地解释道。

"我今早上说，必须跟乞讨有关。算起来，这也不算坏规矩，这次比赛，还是他赢。"老韩没理会司徒颖的小脾气，再次宣布陆钟继续担任四次正将，在此期间，大家都要听他的安排。

搞定正事，大家都问起那位老禾相士的下落，这关乎未来几天的行程安排。可老韩叹了口气，看着熙熙攘攘的陌生大街感慨道："我有上十年没来西安了，没想到那帮老家伙大都先我而去，还剩下两个本地老友没有联系上，恐怕这次要多待几天了，大家放个小假休息休息，等我找到人了再说。"

第二章　倒霉孩子

A

既然老韩放话说休息，大家都乐得清闲，正好这两天天气不错，司徒颖要去华清池泡温泉，单子凯和梁融正好没什么安排，很乐意当大小姐的跟班。就连原本无心游玩的老韩都被她拖着去了。陆钟让师父放心去玩，自己留在酒店帮忙找线索。

虽然答应帮忙找线索，其实陆钟也不认识谁，西安市内有十个区，市区面积达三千七百多平方公里，是个常住人口超八百万的大城市，要想在这么大的地方找出一个只知姓氏不知其名的人来，无异于大海捞针。

好在姓禾的人并不多。在昆明花家，陆钟曾听花不如谈到过丽江一带的纳西族人的历史。当地人有两个大姓，一姓木，一姓禾。明代以前，纳西人是没有姓的，纳西首领阿甲阿德归顺朝廷后，向朱元璋讨一个姓氏。朱元璋从朱字中分出一个木字，木字上加人字就是朱，意为纳西人是朱家人。木姓乃皇帝所赐，只能贵族使用，阿甲阿德效仿朱元璋，给贫民和奴隶们另赐了一姓为和。意思是为木家工作的人们，头戴草帽身负篮筐。因为谐音，多年后和姓渐渐也变成了禾。

信息时代最便捷的就是搜索，不必走出家门，只须一根网线一台电脑，远在天边近在眼前的一切，但凡留有蛛丝马迹，都能在网上找到。

陆钟在本地论坛上寻寻觅觅，试图发现一两个有价值的信息。没多久，一个回帖超多人气爆棚的帖子吸引了陆钟的注意。

有人发帖爆料最近一件轰动全国的悬案，与有一帮侦探小说推理小说爱好者组织的私人论坛有关。该论坛的注册成员不超过十个，全都是犯罪爱好者，大家常在上面交流各种案情分析，甚至通宵讨论一个犯罪计划。

"不过，这些全都是计划而已，只不过是大家的幻想，就像有人爱幻想外星人，有人爱幻想AV女优一样，仅仅出自兴趣。"爆料的人是这样说的，但事情很快就发生了变化。

就在一个月前，有黑客破坏了该论坛的防火墙，所有不可告人的计划和讨论可以被任何一个不注册的"游客"看到。

再后来，那个轰动一时的酒店敲诈丑闻案发生了。某酒店的总统套房，门锁被人破坏，有人穿着酒店工作服进入，在屋里安装了二十四个针孔摄像头。再后来，某台的当家花旦女主播与高官入住，两人的一夜狂欢被全程摄录。有人用这份录像要挟女主持和高官，成功得到巨额封口费。可这帮人不讲信用，并未把录像销毁，而是放到了网上。

艳照门仅仅是照片，这可是全程无码高清视频。

不用说，这事马上引起了轩然大波，高官抗不住舆论压力自杀了，女主播也辞职了，但这并不能阻止广大人民的好奇心。这几天所有门户网站都有相关的报道，恶评如潮。有关部门加大了调查力度，可那帮下手的家伙手脚相当干净，时至今日都没能查出线索。

有人在评论上指出，这事跟某论坛上讨论过的预谋犯罪计划如出一辙，警察们顺藤摸瓜找到那家网站，可惜网站是通过境外服务器注册的，要想查到负责人和相关人等的资料并不容易。

"一定就是那些吃饱了饭没事，专门研究怎么干坏事的家伙们干的。反正计划都曝光了，他们干脆亲自试验一把，居然成功了，真给力。"

大部分网民的跟帖都表示，这件事十有八九是那帮犯罪爱好者设计并执行的。舆论分成两派，一派表示支持，说这帮家伙做了件好事，为民除了害。反对派则说，如果人人都可以随心所欲地侵入非法领地，那大众的权益又有谁能保护。两派人士各执己见，吵得很凶。闹到最后政府不得不发表声明，官员的事会继续调查，犯罪设计者同样会被调查到底，只要是违法乱纪，都是被禁止的。

帖子实在太长，足足好几百页，陆钟没法全部看完，他直接点击了第一个发帖爆料的ID，此人的网名叫：小禾才露尖尖角。

宋代诗人杨万里的名作《小池》：泉眼无声惜细流，树阴照水爱晴柔。小荷才露尖尖角，早有蜻蜓立上头。

不知是人为还是笔误，"荷"变成了"禾"，这让陆钟的心思为之一动。再一细看，这个ID是发帖日才注册的，显然是某人的马甲，在帖子里，他极力为那帮犯罪爱好者辩论。

这个网名吸引了陆钟的视线，他有种直觉，"小禾才露尖尖角"跟那个犯罪爱好者论坛有着非同一般的关系，甚至有可能他就是这次预谋犯罪中的某个策划人。

说来也巧，"小禾才露尖尖角"正好在线，陆钟点击了在线聊天的对话，没想到对方根本不搭理他，直接点了拒绝。为了不再遭到拒绝，也为了不把小禾吓跑，陆钟给他发送了一条短消息：老禾，是你什么人？

陆钟的单刀直入，果然没有浪费半点时间。半分钟后，他接到了对方的回复，简简单单的两个字：你，谁？

陆钟绷了许久的神经放松了些，看来对方对自己也有兴趣，再次点击对话框，这一次，小禾接受了他的请求。

"道上的朋友，找老禾打听点事。"

陆钟不想拐弯抹角，第一句话就直表来意，可小禾等了半晌也不回答，不知是在犹豫还是在怀疑。毕竟这是非常时期，如果真如自己所想，他是预谋犯罪的策划人，甚至执行人，那正是警方目前全力搜寻的对象。

想了想，为了证明自己的身份，也为了求证对方是否自己要找的人，陆钟接着打出了这样的话：是北京的柳喜荫老前辈指点我们来西安找老禾前辈，请相信我没有恶意。不白打听，付钱或者帮忙，都可以。如果你有需要的话。

这次的对话发送过去，又是长时间的沉默，如果不是对方的头像依然亮着，陆钟真怀疑他是不是已经下线了。陆钟在心里不断揣测着对方在想些什么，如果自己是他，谨慎，多疑，很可能根本不敢再登录这个发帖的ID，更不敢接受不明来历陌生人的对话。

万一对方信不过自己，万一他人在网吧，现在已经没关机就走了……看着空荡荡的对话框，陆钟不禁有些担心，好不容易找到的线索，千万不能断了。

不知是不是病急乱投医，还是柳喜荫这个名字起了作用，漫长的两分钟后，小禾关闭了对话框，他发来的最后一条消息是：下午四点，音乐喷泉广场，你拿两个锅盔，一手一个，等我找你。

B

小禾所说的音乐喷泉广场，是亚洲最大规模的音乐喷泉，位于大雁塔脚下，占地面积就有两百五十多亩，总造价超过五亿，不仅是亚洲第一，在全世界也是数得上的。

陆钟站在广场中心的百米瀑布水池旁，才发现小禾选择这里作为见面地点，是很聪明的选择。放眼望去，一眼看不到广场的边缘，身边游人如织，除了本地人外还有不少旅行社带来的团队。这里除了喷泉区外还有广场和长廊，附近还有购物的地方，万一有什么不对劲，进可攻退可逃。

陆钟手里捧着两个乾州锅盔，走来走去却不吃，看起来有点憨。已经过了约定的时间，小禾并没出现，陆钟不急，到处走到处看，像个游客好奇地打量着每一个地方。身在喷泉群中，前后左右水花无处不在，耳边水声淅沥，眼前水花飞溅，经阳光一照，竟显出一道道迷你彩虹来。孩子们欢快地大笑大叫，在喷泉旁跑跑跳跳，汉中女子爽朗地说笑，显出与江南风情截然不同的飒爽。兜兜转转，大概一刻钟后，有人从背后拍了他肩膀一下。

陆钟回过头去，一个十六七岁的少年像只敏感的小野兽，警惕地看着他。这小子有张娃娃脸，体形中等个头也不高，一旦走进人群很难再把他给认出来。

"我没迟到，跟了你一会儿，想确定你是不是警察。"娃娃脸上有一双少年老成的眼，看起来颇不协调，"不介意的话，我想再确定一下你身上有没有枪。"

陆钟耸耸肩，不介意地张开双手敞开怀抱。娃娃脸顺势来了个兄弟般的拥抱，一双手却在可能藏枪的地方摸索了一遍。还好，他没有任何发现。

"现在放心了吗？"陆钟把手里的锅盔递了一个给娃娃脸，自己手里的那个狠狠地咬了一口，笑呵呵地说："这玩意儿还挺香。"

"你真是道上的？"娃娃脸盯着陆钟从头看到脚，又从脚看到头。

"怎么，不像？"陆钟停下了嘴里的咀嚼，摆出招牌老好人的笑。

"不像，你看起来像好人。"娃娃脸对自己的判断力有些不自信了。

"我本来就是好人。"陆钟忍不住笑了。这小子身上有他当年的影子，总觉得自己比大部分成年人都聪明，其实什么都没经历过，自以为是而已。

"柳大叔是我叔伯，他去北京后跟我爸好多年没来往了，你找我爸有什么事？"娃娃脸没吃锅盔，对陆钟还不能完全信任。

"只是想跟他老人家打听一本书的下落，方便引见一下吗？"陆钟在心里对这小子生出几分亲近。

"这么说，算是你有事要求我啰。"这小子见对方态度谦恭，居然翘起尾巴来了。

"当然，是我求你。"陆钟嘴里这么说，心里却觉得好笑，这家伙竟然倚小卖小。

"实话告诉你，我爸现在人不在西安。最近我遇到一点麻烦，不敢去见他。"娃娃脸一边说着，一边注意着陆钟的表情。

"如果我帮你搞定这个麻烦，可以帮忙引见一下吗？"陆钟当然听懂了话里藏着的另一层意思。

"就凭你？对方可是个狠角色。"娃娃脸不知道陆钟的厉害。

"我尽力而为吧。"陆钟呵呵一笑心里透亮，这小子年纪不大鬼点子不少，居然想用激将法，"说说，你遇到的是什么麻烦。"

娃娃脸盯着陆钟那双深不可测的眼，只觉有股柔和却坚韧的力量蕴藏在此人身上，几秒钟后，他忐忑着做了个决定，赌一把，把真相告诉这个人。不论是否值得信赖，这都是他最后的选择，除此之外，他能自救的唯一办法就是把事情告诉他爸。但那样的话，后果更不堪设想。

两人找了张喷泉溅不到的长椅，在路边坐下。事情跟陆钟猜想的一样，娃娃脸的确姓禾，是那个犯罪爱好者论坛的发起人和管理员。他今年十七岁，正在念高三，也许是得了父亲的遗传，还算聪明，是不需太用功就能拿到好成绩的那类学生。从小到大，他最爱玩的就是智力游戏，下棋和玩牌都是好手，善于揣摩对手的心思。上中学后，他看了不少关于犯罪的书籍和影视剧，很快就被这些更高级的智力游戏深深吸引，并沉溺其中。虽然热衷，但他清楚游戏和犯罪之间的界限，从没想过逾越。他跟一帮志同道合的朋友建立了那个论坛，为的就是在不能犯罪的现实生活中获得一点幻想的乐趣。

论坛成员都是他的好朋友，全是年轻人，大家虽然从没见过面，但每个人都公开过自己的照片。事情就出在被黑客攻击的时候，当时小禾跟大家讨论了一个相当完美的诈骗陷阱，做好前期资料搜集工作后，扮作酒店服务员进入房间，安装针孔摄像头。计划的每一步，他们都讨论过，甚至如何从前台拿到房间钥匙，如何取得服务员的制服这类细节问题，也都进行过大量的设想。最后，这个计划堪称完美，大家甚至谈到了得到巨款后，该如何转入瑞士银行账户之类的善后问题。

就在计划最终完结的那晚，论坛的防火墙出现了问题，任何游客，非会员都可以随心所欲地进入他们的话题，看到他们的聊天记录。不知是谁把论坛挂在了国内一个人气超旺的门户网站上，成千上万的人通过链接进入论坛，欣赏了他们的诈骗计划。

服务器因为来不及处理超负荷的数据崩溃了，小禾及时关闭了论坛修复防火墙。可为时已晚，有人给他们的聊天记录做了截图，并发布在数十个人气论坛上。两天后，跟这个计划如出一辙的酒店偷拍事件曝光，高官，女主播，一下子成了时下搜索的焦点。警方也在网上发布悬赏令，寻找消失了的论坛会员。

幸好小禾聪明，当初开设论坛时就曾经想过，用境外服务器可能更安全些。否则的话，他现在已经身在监狱了。事情的确不是他做的，却有着脱不了的干系。

小禾的老爸老禾是个相士，正所谓医要守相要走，相士们不会在任何一个城市久居。老禾一辈子走南闯北四海安家，钱没少赚，孩子也没少生，有过多少女人他自己也说不清了，合法不合法的，大大小小一共有八个孩子。

自打小禾懂事以来，他娘就告诉他，老禾难得来一趟，在他面前一定要表现得聪明些。老禾只喜欢聪明的孩子，他早就表示过，全部家产只给最聪明的孩子继承，其他的平庸之辈，到了十八岁之后，他就什么都不管了。老禾有多少家底他的女人们谁也摸不清，于是女人们都把希望寄托在孩子身上。

说起来，小禾是老禾家最小的一个，要跟比自己大十几二十岁的兄弟们竞争，他不得不表现得更成熟更懂事才行。眼下出了这么一档子事，他只能藏着掖着，千万不能让老爸知道，否则的话不仅会让老头子失望，连他妈也会连带着失宠。

"就是这些？你的麻烦是要怎样摆脱警方的追查，洗清嫌疑？"陆钟听完前因后果，觉得这根本算不上麻烦。

"不是，说起来除了网上那几个查不到身份的ID，警察什么也不知道。我担心的还在后头。"小禾蹙起了眉头，压低了嗓子地往下说："有人打劫了我家开的网吧，取走了主机。"

小禾说的主机，存有所有论坛的数据，其中也包括他们全部的聊天记录。出事后，他一直抱着侥幸心理：警方顺着境外服务器的路子找不到他，他转了两台代理服务器。聊天记录他一直没有销毁，他舍不得那帮好朋友，更舍不得这些作品，在其他人看来这些只是罪恶的犯罪计划，但他和朋友们为此消耗了无数时间和精力。

打劫网吧，本身并不是很稀奇的事。一个运营良好的大型网吧每天收入都上五位数，网吧通常不设保安，只有网管和服务员，抢劫难度相当低。要求不高的话，成功地抢一次，足够一个普通人过上好一阵子。

稀奇的是，小禾家的网吧规模并不大，每天收到的现金只有一两千块。打劫的人连这一两千都没要，拿刀喝退了网管和服务员后，拔掉电脑主机的连接线，抱着主机就走了，看起来他们就是直奔这主机来的。参与抢劫的一共三个人，全都蒙住了头穿同样的黑色外套。

"有没有想过，这事可能是论坛成员做的。"陆钟沉吟片刻，问了一句。

"没有，我们都是同龄人，又都发过照片视频通话过的，知根知底，没必要这么做。"小禾摇摇头。

"你确定大家发的都是真实照片？"陆钟拍拍小禾的肩膀，否定了小禾的话，"就算是视频，我在幕后让你替我说话也是完全可能的。这并不能保证在电脑另一端，真正跟你交流的，就是你以为的那个人。"

"这……我还真的没想过。那只是普通论坛，讨论的也不是国家机密，有必要对我们这样处心积虑吗？"小禾有些激动，差点大声喊出来，不过最终他还是沉默了。良久，他掏出手机，打开手机QQ中的一条对话给陆钟看："麻烦在于，我收到了这个。"

X-MAN：谢谢你，写了一个好剧本，我们借用了，还演出了，火了。

小禾：你是谁？

X-MAN：我是谁不重要。帮我改写个剧本，这一次，我需要你和你的朋友们亲自出演，我需要一场精彩的好戏。

小禾：我凭什么要帮你。

X-MAN：你没有选择的余地。成功的话，报酬是一台网吧的电脑主机。拒绝，你就等着户头上多出一百万吧。

X-MAN 在小禾的联系人中属于陌生人。

"网吧的主机一旦开机，桌面上会出现网吧的名称，还有地址和电话。如果有人把这样一台主机送给警方，他们肯定能从里面找到想要的一切线索。一百万是他们勒索女主播的掩口费，另外那个自杀的官员也曾付给他们五百万。如果他真的把这笔钱转到我账上，再把主机交给警察，我就是跳进黄河也洗不清。"小禾使劲地抓了抓头皮，懊恼至极，"这事搞得我都不敢上学，现在请了病假，也不敢告诉我妈，每天假装上学出门去，只能躲到网吧，在网上看看事情有没有进展。"

"看来的确有人在处心积虑，我的担心并不是多余。"陆钟看完手机上的话，把手机还给了小禾。

"他指明要改写的，是我们在论坛里讨论过的另一个计划，但这一次他要的不仅仅是计划，还要让我和朋友们亲自动手。出事后，论坛关闭了，我和朋友们早就断了联系，他这样要求简直就是要逼我去自首。"小禾的眼睛微微红了，他被逼得实在没有办法，"大哥，如果你不能帮我的话，我想我还是去自首吧。幻想不算是犯罪，就算是罪，也是最轻的罪。"

"别傻了，你根本不知道面对的是谁。你在明他在暗，如果他不是黑社会，而是某个别有用心的高官呢？如果他利用你们只是为了扳倒政敌，为自己扫清高升的路呢？他要给你加点什么罪都是轻而易举，到时候你怎么死的都不知道。别忘了你还有个指望你出人头地的娘在等着呢。"说到最后，陆钟也有些激动了，这小子虽然有些像自己，但他绝对比自己幸福，至少还有个妈妈在等着他。

"我该怎么办？照你说的，他们真有那么厉害，我肯定是玩不过他们的了，我还不如去自杀，一死以谢天下。"一滴泪从小禾的眼中滚了出来，他自暴自弃地胡乱说着，话还没说完，一记响亮的耳光落在了他脸上。

陆钟看了看自己的手，还停留在半空中，他也有些不敢相信，自己居然这么冲动。是因为眼前这个少年，身上有太多自己的影子吗？多年前的他，最艰难的日子里，也曾想过自杀。

"你打我？"小禾捂着脸愣了，好一会儿才反应过来，"你凭什么打我？"

"有父有母，没资格自杀。"陆钟收回手，从牙缝里蹦出这句话。

"我不想让我妈失望，不想让其他兄弟看不起，不想被我爸当窝囊废。"大颗大颗的眼泪像断了线的珠子般滚了下来，小禾的嘴唇在颤抖，倔强地抹掉了眼中的泪，迎着陆钟的目光看过去，"树活一张皮，人活一口气。你帮不了我，还不如让我去死。"

原来他不是怕。陆钟心内一宽，口气也松快许多，"我帮不帮得了，你不试试怎么知道。"

这句轻描淡写的话由陆钟说出，竟然有种润物细无声的魔力，无端端地偏叫人信服。小禾瞪大了眼，用全新的目光打量这位自称道上之人的大哥，一时间忘了捂脸，露出脸上一块清晰的五指印来。

D

关于那个神秘人指定要修改至完美的计划，其实是个偷东西的计划。

计划的核心是几个人合作，寻找一个卧底警察，或者警方线人，有这样背景的人做掩护，合作去偷一样东西。关键的时刻都不必自己人出手，在最后一关，把东西运出去的时候想办法把卧底甩掉，最好是设置或者利用一个陷阱把那人困在现场。这么一来，有人背黑锅，又不会留下自己的证据，只要计划周全，完全不会惹上麻烦。

具体偷什么，计划中并没涉及，就像当初计划进入酒店安装针孔摄像头一样，全都只是幻想中的计划，猎物可以是任何值钱的或者有价值的东西，目标也可以是任何人。

不仅仅是这两个计划，论坛里的全部计划大部分都是这样，并没有针对具体的人和物，这也是小禾认为自己只是纯粹的犯罪爱好者，而不是个罪犯的根本证据。正因如此，偏偏给了那个X-MAN可乘之机，论坛里的比较成熟的计划都可以改头换面，稍加调整，变成适应性广泛的万能计划。

"既然他们选择了这个计划，那肯定就是有特别想得到的东西。"陆钟听完小禾的计划，觉得虽然有些幼稚，但方向是对的，不仅考虑了省时省力又能规避风险，这小子很聪明。

"有办法了吗？"小禾看着陆钟若有所思的样子，担心地问道。

"相信我，永远不要轻易放弃。问题只有一个，办法却肯定比一个多。"陆钟老大哥般拍拍小禾的肩，"这事不是一个人就能摆平的，你等我消息。"

"大哥，我该怎么称呼你？"小禾唤住已经起身离去的陌生大哥。

"就叫我六哥吧。"陆钟回过头，微微一笑。

"六哥。"小禾觉得这个名字似乎在哪里听过，好像是他爸爸老禾那里，可仔细一想却又稀里糊涂的，什么也想不起。

不知不觉中，四周的人们散去不少，喷泉早已停了。整个下午的时间悄然逝去，天边泛起了红色的云，一些厚重的积雨云遮挡了夕阳，整个天都灰蒙蒙的，不甚清明。就连空气的温度也骤然下降了许多，凉风一吹，小禾不由得竖了竖衣领，要变天了吗？

看着远处只剩下背影的那位六哥，小禾才意识到这个下午他遇到的人谈起的事全都不是梦。有些不可思议，分明是初次见面的陌生人，为什么会这么信赖他？他不过是对自己笑了笑，什么也没做，竟然毫无防备地掏心掏肺，连老妈都不曾了解的秘密也全部告诉了他。如果他不是真的要帮自己，而是那位X-MAN派来的话……那简直太可怕了。

小禾陷入了深深的自责中，太不成熟了，居然如此草率地信任陌生人。忽然想起了六哥最后的交代：对任何人，都要抱有戒心。如果他是那样的人，就算再厉害又怎么样，没有一个真心朋友，人生未免太无趣。

少年忽然扬起了头，终于找到那位大哥不如自己的地方了，对着大哥消失的方向不服气地哼了一声，几乎忘了自己身上还有多大的麻烦。

第三章 君自入瓮

A

陆钟在听完小禾的计划后，马上有了灵感。不过这法子真不是他一个人就能搞定的，需要动用身边的每一个人。师父是否愿意为了得到老禾的线索而救他的儿子，这一点陆钟并不担心，他担心的是司徒颖、单子凯和梁融，是否愿意做一单可能没有收入的大买卖。

陆钟回到酒店时，大家也从华清池回来了，千年的泉水把大家泡得容光焕发，就连老韩的气色也好了许多。大家心情不错，陆钟正好把老禾跟小禾的关系，以及小禾遇到的麻烦说了出来。

老韩的反应和陆钟预想的一样，钱对他来说现在已经不是最重要的了，他最想要的是收齐整套秘籍，看陆钟早日振兴江相派。单子凯和梁融一听说可能没收入，当然有些不甘，不过看老韩的态度，谁也不敢多说什么，只好把问题推到司徒颖身上，说大小姐要是没意见，他们也就没意见。

"如果我说不愿意，干爹肯定会怪罪，他老人家刚过了生日，我才不会那么不孝顺，惹他生气呢。"司徒颖敏捷地把问题扯到了老韩身上。

"这么说，你答应了？"陆钟松了口气，看来司徒颖也没问题。

"我只答应不惹干爹生气，没答应不赚钱瞎忙。"司徒颖刚刚还春风满面的脸一下子晴转多云，抱起双手眼风一转，不客气地说，"如果这笔买卖真的没有一分钱收入，你又肯负担我们三个人的佣金，那还值得考虑。"

"好，不论有没有收入，我都愿意支付大家的佣金。"陆钟面露喜色。

"这个嘛，要算上通货膨胀率和美金汇率，有点麻烦，到时候再算好了，你可得记住，欠我们仨一个大人情。"司徒颖抬起下巴，毫不放过任何一个占陆钟便宜的机会。

"好女儿，我可真服了你。"老韩无奈地摇摇头，拿司徒颖没半点办法。不过大家都同意了，这件事也算定了下来，老韩扫一眼众徒弟，大手一挥，"既然大家都答应了，接下来就由陆钟安排吧，我相信，他不会让你们白忙一场。"

师父充满期许的目光落在陆钟身上，他虽然还和平时一样轻松地笑，心情却有几分沉重。重振门派的重担还不算正式落在自己身上，仅仅是走到今天这一步，已让他疲惫了。接下来的路还有多远，还有多难，他不敢想。也许踏上这条江湖路，就没有资格选择自己的方向，唯一能做的就是坚持下去，走到底。

"什么，你们全都是来帮我的？"小禾难以置信地看着眼前的五个人，帅哥，美女，就连老头和胖子都是潮人和型男，他们全都站在陆钟身后，挑剔地审视着自己。唯独老头的眼神和善点，但也锐利得能把皮肉看穿，而且他们身上穿的戴的全是大牌，就自己攒的那点零花钱，恐怕还不够请他们吃顿饭的。

"没错，那个X-MAN不就是想做个笼子逼你钻进去吗，我们顺着他的路子，也是顺理成章。"陆钟朝小禾走过来，小声说，"他们都很厉害。"

"可你不觉得这几个人年纪太大了吗？我们论坛的人可都是九零后啊。"小禾为难地看着这几个大龄青年，居然连老爷爷都有，不仅超出他的社交范畴，也超出他心理预期。

"你放心，我不用上场，我善后。"老韩冲小禾点点头，算是打了个招呼。

"好不识抬举，我们肯赏脸帮你这个忙你就要谢天谢地了，居然敢嫌我们老！"司徒颖有些光火，言语之中不讲半点客气。虽然她是八零后，但所有女人对于年龄都还是在意的。

"X-MAN自己都不一定是九零后，这点你就不用担心了，我保证一切会顺利进行，最后你会跟这些麻烦事彻底拜拜，再也不用担心。"陆钟赶紧当和事佬，小禾可不知道招惹了大小姐会有怎样的麻烦，"不过，我需要你先答应，完全听从我的安排。"

"可你上次不是告诉我，不能信任任何人吗？万一你把我给卖了怎么办？"小禾第一次觉得和成年人打交道比他预想的要难得多。

"我是说过你不能完全信任任何人，但你可以有选择地信任一部分。就像现在，你可以选择信任我，接受我的条件，或者你一个人摆平所有事。"陆钟直视小禾的双眼，从他的眼中看到一丝惶恐，"打你被扯进这件事起，就必须像个成年人一样做出决定。"

小禾张张嘴，最终没能说出什么。这群成年人，从头到脚每一个毛孔里都透着精明和算计，也许跟他们握个手都得数数指头。他绝对不是这帮人的对手，如果这帮人要算计自己，轻而易举。他第一次认识到，自己那浅薄的阅历和自以为是的聪明是多么可笑。

他想起老爸教过的经商原则：做任何交易之前，先想想自己有什么好失去的。

有什么好失去的？钱，就家里那个小网吧，恐怕还不够这帮衣履光鲜的家伙们塞牙缝的。他老爸，最欣赏优胜劣汰原则，孩子多得顾都顾不过来，就算知道他闯下这么大的祸也不会援手的。他自己，小孩子一个，就算囫囵卖了也不值几个钱，算来算去，也没什么好失去的。

"好，我听你的。"小禾一咬牙做出了决定。

B

小禾：跟朋友商量好了，我接受你的条件。说吧，在哪儿见面。

X-MAN：我就知道，你是个聪明人。叫你的朋友们今晚都去你家，明天等我电话。

说完这句话，X-MAN的QQ头像很快黑了下去，他下线了。

"对方行事谨慎，我们也要预先做点准备才行。"陆钟看了一眼大家，身上恢复了平时的自信。跟摸不清底细的对手较量，是所有智力游戏中最有挑战性的，猜不透对方的每一步，就意味着必须进行更多后备计划，以防万一。

经过一番乔装打扮，陆钟、司徒颖、梁融，在小禾面前以全新造型亮相。

司徒颖打扮成大学女生，鼻梁上架一副黑色镜框，头发也仔细梳理过，弄成了时下小女生中最流行的丸子头。为了显得更年轻些，还弄了个假刘海，巴掌脸显得更秀气了。脱下性感的丝袜和短裙，换上宽松阔腿裤和运动夹克后整个人焕然一新，再穿上一双帆布鞋，挎上大大的帆布包，性感女神变成了邻家美少女。

"这是咋天那位姐？"小禾看傻了眼，不确定地拽了拽陆钟的衣袖。其实不止是小禾，就连梁融和单子凯也都愣了。

司徒颖就是拥有这种魔力，她的演技不亚于受过专业训练的女演员，良好的自身条件也让她的造型千变万化，而且扮什么就像什么。

"没错，是她。从现在起，她就是茉小芭。"陆钟也打心眼里佩服司徒颖的造型技术，简单实用又自然。茉小芭是论坛里的另一位管理员，公开的身份是大学女生，悬疑小说爱好者，资深书迷，自称阅书无数，市面上所有买得到的悬疑小说推理小说她都看过，理想是毕业后当全国第一的私家女侦探。

"看得出我是谁吗？"梁融抖抖身上略显邋遢的耐克夹克，问小禾。

"你是……奥胖？"小禾试着猜道。奥胖也是论坛里的活跃分子，是个编剧，给两位大牌作家当过枪手，平时泡论坛是为了获得灵感。大家只知道他笔名叫奥胖，本人也胖，但大家都不知道他究竟多大年纪。梁融平时保养不错，现在换成宅男打扮倒也不扎眼，再戴上平光眼镜，小眼一眯，看起来就有了几分猥琐，十足宅男。

"我呢，你看像谁？"陆钟特意去剃了个光头，黑色的堆领毛衣外加皮夹克，和昨天普通人的打扮相比，平添了几分说不出的魅力。

"南柯！"小禾立刻猜出了陆钟要模仿的对象，南柯是个笔名，也是论坛里的大人物。二十出头的他已经出版过三本悬疑小说，泡论坛是为了搜集素材，他最新一本书的案情设计，就完全是坛子里的朋友们讨论得来的。南柯在论坛里的头像不是照片，是一张朋友帮他画的漫画，最突出的特征就是光头和皮夹克，虽然有扮酷嫌疑但辨识度比较强。

"既然论坛里的人都没见过面的，那个X-MAN当然也猜不出我们的真假。你马上跟真正的茉小芭奥胖和南柯联系，让他们在得到你通知前暂停使用一切通讯工具，手机也要换号。这样做既能保证他们的安全，也能保证我们的安全，万一我们穿帮了，那个X-MAN不会放过他们。"陆钟虽然换了新造型，老成持重的态度还是没变。

接下来，为了防止有人盯梢，陆钟又安排老韩和单子凯换酒店住，再另外换租一辆商务车，他们俩暂时不跟大家联系，当后援。

"为什么不让我出场？"单子凯有些不乐意，要整天跟师父单独相处，他很怕又被逼着练功，老韩的要求高，见不得弟子们闲着。

"长成你这样，不是忙着泡妞就是忙着被妞泡，哪有空整天研究杀人放火偷东西的。就算有，也是小概率。再说干爹一个人待着也无聊，有你陪着说说话多好。"司徒颖抢着替陆钟回答了，她懂陆钟的安排，其实是不放心老韩一个人。

"没错，骗局最重要的规则，就是尽量减少小概率，把所有可能出现的情况都变成大概率。"老韩接着司徒颖的话说，他把手搭在单子凯的肩上，塞给他一支雪茄，"你就吃点亏，陪陪我这个老人家吧。"

"师父，瞧您说的，我这不是想立功嘛。"单子凯最怕的人除了司徒颖就是师父，赶紧双手接过雪茄拱手作揖，"我最乖了，听党的话跟党走。"

小禾对这帮家伙易容改装的本事正佩服得紧，又听到他们说的这些话，倍感新奇。尤其是这个比自己老爸还帅还拉风的老人家，举手投足之间那种风度，是他前所未见的。就连老人家那句大概率小概率的话，也可以拿笔记下来，越琢磨越有道理。没准这帮家伙还真是了不得的江湖人物，可得跟他们多学点才行，小禾正想说点什么，手机响了。

是X-MAN，他让大家先去一个指定的地方，规定了时间，却不说自己是否到场。时间不多，大家必须马上出门。临走前，梁融把他的宝贝包递给了单子凯，那个并不大的书包，堪比多拉A梦的神奇口袋，里面装着可以应付各种突发事件的工具。这些工具中至少有一半都是梁融设计改装的，老韩曾说，如果把这些小东西拿去申请专利，赚来的钱足够他进中国福布斯排行榜的前一百名。

老韩和单子凯等陆钟他们离开五分钟后才出发，跟在陆钟他们身后。

C

大家分坐两辆的士，小禾抢着和漂亮姐姐坐一起，陆钟和梁融坐一起。两台的士一前一后，小禾发现前面的陆钟从上车起就一直低着头，不停地摆弄着手机。

"姐，六哥在玩游戏吗？"小禾忍不住问了句。

"谁是你姐，我是小芭，那个人也不是六哥，是南柯！"司徒颖柳眉倒竖，凶得死人，"你再这样咱们趁早散伙，根本玩不下去，不到天黑你就会人家连皮带骨头给拆了。"

小禾被唬得愣了，不过这位姐说的没错，他根本就没进入角色，万一在X-MAN面前也这样，肯定会穿帮。他吓得脸都变了颜色，好半天才壮起胆子问："小芭，你说南柯在玩游戏吗？"

"不关你的事！"司徒颖凤眼一瞪，口气还是跟吃了枪药似的。

"小芭，在网上你是很温柔很和气的，从来不骂人。而且……"小禾把声音压得很低，在这么强势的御姐面前他简直像只温顺的小兔。

"而且什么？"司徒颖斜了他一眼。

"我们俩是大家经常起哄的绯闻对象。"小禾不敢跟司徒颖对视，赶紧低下头拼命解释，"你别在意，别在意，这些都是开玩笑的，其实我们什么关系也没有，连面都没有见过，最多也只是小暧昧而已。"

"哼！"司徒颖心里自有分寸，知道下车后该如何表现，但她什么话也没说。

车内陷入尴尬的沉默，司机大叔从后视镜里看看这两个不知道说些什么的年轻人，心里觉得好气又好笑，这俩小年轻说了一堆乱七八糟，肯定是网友见面。

目的地到了，直到下车前一秒，陆钟才把视线从手机上挪开。小禾不敢再问，生怕惹怒了司徒颖，耷拉着脑袋无精打采地站在路边。

"请问是小禾先生吗？"一个穿着黑色西服的男人早就等候在此。

小禾第一次被人称为先生，不自然地点了点头。

"那这几位就是您的朋友了吧？"西服男礼貌地看了一眼站在小禾身边的三个人，除了这个女人外，视线在另外两个男人身上多停了一会儿，他们看起来比预计的年龄大了一些。西服男没有其他表示，不动声色地拿出一个空空的包，"请大家配合一下，把手机暂交我保管。"

陆钟和梁融对望一眼，立刻知道对方要做什么，关闭手机里的GPS定位，确保没有被人跟踪，说不定还要打几通电话出去，确认大家的身份。趁手机还在手里，得尽早提醒单子凯做好准备，陆钟把手放进口袋，按下了早已设置好的快捷键，电话很快拨了出去。与此同时，陆钟又和司徒颖交换了一个眼神，多年的配合已经培养出无需言语的默契，司徒颖一看他的手就知道在做什么，现在需要拖延时间，并且在对话中透露出西服男的意思。

"不行，要是我妈找不到我，会担心的。难道你们不怕她报警？"小禾一听这话就紧张起来，面前的是个成年人，在路边还停着两台黑色的SUV，车里的人戴着墨镜正虎视眈眈地看过来。

"我只是来帮忙的，我不想交手机。万一我几天都不回宿舍，她们会报告辅导员的。"司徒颖显然害怕了，一边说一边往后躲，显出刚才跟小禾说话时截然两样的胆怯，眼中还泛起了泪光。

"请放心，我们只是先检查一下手机，下车后会马上还给你们。"西服男依然彬彬有礼，但声音里已经透出不容商量的口吻，"上车后，我会发给大家眼罩，X先生觉得这个游戏神秘一点，会更好玩。"

还要戴眼罩！四个人脸上写满了意外，大家面面相觑。

"请放心，游戏还没开始，诸位绝对安全。请大家快点，X先生要等不及了。"

他们应该听到了刚才的话，陆钟摸索着键盘挂断电话，并取出卡槽里的内存卡，假装犹豫，最后一个交出手机。就在这时，小禾注意到有人拦下了他们刚刚乘坐的两辆的士，正在盘问司机。

小禾只觉背上一片冰凉，短短的几分钟已经出了一身冷汗，那神秘人到底什么来头，等待自己的会是怎样的境况？

所幸两个司机都没说出什么名堂，陆钟和梁融一路上几乎没说什么话，小禾跟司徒颖说的那些也都完全没有头绪。见那边没有什么反映，西服男催着大家上车。屁股还没坐稳，西服男就开始发眼罩了，等大家全部戴好，车才开动。

四个人分乘两辆车，陆钟和小禾被安排在一起，小禾紧紧地拽着陆钟的手，就像落水的人抓住一根救命稻草。西服男坐前排副驾驶位置，陆钟听得出他在翻看手机，按下按键。陆钟并不太担心，除了小禾外，大家手机里的联络人全都用的假名字，不论呼叫的谁，最后也会转移到单子凯的手机上。

车安静地行驶着，西服男拨打的电话接通了。有温柔的女声说"待会儿打给我，现在忙着呢"，也有粗糙的男声叫一声"哥们儿"，其实这都是单子凯一个人的声音。梁融的包里有个宝贝，是改装过的电子变声器，拥有十来种声音频率，专门应付现在这种突发状况。

西服男始终没说话，听了一会儿就挂断了电话。最后又检查了一番是否有人开启GPS，便把手机放回了包里。路上走了许久，小禾很紧张，把自己绷得像根随时可能断掉的弦。不方便说话，陆钟唯一能做的就是拍拍他的手，表示自己在他身边，不用担心。

车一直在走，因为没有参照物，大家都失去了时间的概念，也许早已出了省。到最后小禾紧张得晕车，想吐。西装男让他忍一忍，说已经到地方了。

车停稳后，西服男让大家把眼罩摘了，天色转暗，也不知什么时辰，眼前绿树茵茵已经身在一座无名山的半山腰上，不远处有栋别墅，独门独户很是醒目，初步目测应该有上千个平方。小禾弯着腰，干呕了一阵，脸色白得像纸一样。

毕竟是年纪小，陆钟、梁融、司徒颖交换了一下眼神，西服男也在冷眼旁观着他们每一个人。小禾似乎意识到所有人都在注意自己，深深吸了一口气，让自己冷静些。

四个人被西服男领着，穿过幽暗的楼梯下到地下室，一盏超亮的聚光灯从靠墙的那边直射过来，晃得人睁不开眼睛。一个男人正对着大家坐着，因为逆光，没有人看得清他的脸，只能看到一个黑色的剪影。陆钟明白，这是下马威，是对方故意制造的效果，想给大家造成一种心理上的劣势。

"你就是X-MAN？"小禾用手遮挡着过于强烈的光芒，竟然大着胆子朝男人走了过去。

"确切地说，X-MAN不是一个人，我和我的团队，许多人都曾经以X-MAN的身份在你们论坛里交流过。"男人的声音不算好听，也不太好判断年龄，二三十岁，甚至可能更年长些。值得注意的是，此人有浓重的北京口音。

"你们没有必要知道我是谁，把我需要的事情做好是你们唯一的目的。从现在起，我们就是临时搭档，我会把这个计划中你们有必要了解的一切解释清楚，并且全程参与。"男人的声音很冷，也有些刻意的装腔作势。

"你也要跟我们一起行动？"小禾提出了疑问。

"下面我来宣布游戏规则：第一，不要问我为什么，你们服从就可以了。第二，不要跟我玩花招，否则的话，不仅是你们，你们的家人都会死得很难看。"男人说到这里停顿了一下，大概是想继续卖弄自己的地位，"不要妄想挑战我的权威，以我拥有的力量，搞死你们就像捏死蚂蚁一样容易。"

"抱歉，我以为只是来帮小禾一个忙，没想到会这样，我要回去了，还有稿子要写。"陆钟一边进入角色，一边试探着对方。

"你是南柯，呵，本人可没有漫画上那么帅，不过恐怕在完成整件事之前你不能回去了。"男人的剪影没有什么动作，看不出他的眼睛究竟在看谁，"你，奥胖吧，还真是个死胖子。"

"有本事站出来给我们看看，你又是什么货色。"梁融最讨厌被人家说他胖。

"少废话，快说我们要做的是什么吧。"司徒颖实在受不了这人的炫耀，叛逆少女般粗暴地打断了对方的话。

大概是那人没料到这几个普普通通的小青年在他的头上也敢放肆，尴尬地沉默了片刻，只好用两声干咳化解，"咳咳，茉小苞，没想到你网上的好脾气全是装出来的，性子还挺爆。"

男人伸手取过一个遥控器，侧面墙上有一副白色的投影幕布缓缓降下。

别墅里的人只留意刚刚下车的四个人，却没注意到，山脚下停着一辆外地牌照的黑色商务车。

D

没人能想到这次兴师动众的目标居然是一个手机，一个被藏在某政府大楼办公室里的手机。之所以搞这么多人来，是因为那个手机究竟藏在大楼的哪个房间，哪个保险柜并不确定。目前掌握的线索是，手机在大楼中的某个小金库里。并不是一个保险箱，也不是一个超大号保险箱，而是一间真正的屋子，在大楼设计图里也找不出来的屋子。

"你这么厉害的人物，只想要个手机？"陆钟故意强调了"厉害"两个字。

"是不是VERTU，我听说买了VERTU的手机就能享受全球管家服务，随时可以拨打专线查询全世界所有大城市关于吃喝玩乐的问题，简直就是一个二十四小时不休息的私人秘书。"这款手机梁融中意许久，可惜老韩不许大家使用太过昂贵的通讯工具，否则的话他早就败一只来玩了。

"VERTU怎么够档次，我看肯定是那家不求最好但求最贵的Goldvish公司，白金机身全身镶钻，一般人连个开机键都找不到的百万美元全球限量版。瑞士出品，不论是手表还是巧克力全都是最好的。"说起奢侈品，谁又能比司徒颖更有心得，大小姐说得两眼放光，十足拜金小少女模样。

"其实……"男人竟然有点插不上话，显得很没面子。

"其实啊，买那么贵手机的肯定是傻逼啊，哈哈，生怕人家不知道他家有钱怎么的，烧包。"小禾也想顺着大家的路子继续说下去，但这一点也不好笑，只能自己干笑两声，换来大家的鄙视目光。

"要找的是个普通手机，就连我也不知道究竟是什么牌子，什么型号。行动之前，要尽可能地保证不走漏消息，不能暴露身份。取得手机之后，就无所谓了。"男人显然在克制着情绪。地下室里一下子安静下来，嘴里虽然不说，但大家心里都在猜，那手机究竟有什么秘密。幻灯机在继续工作，幕布上显示出一张建筑平面图，"请记好这些图，今晚我会安排你们进入大楼。希望你们是嗅觉灵敏的猎狗，尽快找到猎物的位置，然后我们会进一步完善计划，正式行动的时候，我会跟你们一起。"

把人比作狗，司徒颖的牙齿咬得格格响，还从没有人敢这样跟她说话。不过现在不是发脾气的时候，她压住心头的怒火，恨恨地看着那个黑影，"为什么要选我们，你这么有本事，自己干好了。"

"这件事比较敏感，我们希望知道的人越少越好。关注你们很久了，除了在网上有联系，这个论坛里的人大多是没什么背景的草根，从没搞过线下活动，生活中也没有任何交集，相比起警察或者私家侦探来，你们的危险系数最小，而且你们也有这方面的爱好。"

"万一事成之后你杀了我们怎么办？反正迟早要死，我们又何必费这么多劲？"妄想过那么多次犯罪计划，小禾也不傻。

"所以一路上才请你们戴上眼罩，现在也不让你们看到我的真实面目，就算你们要去告诉警察，也说不出半点线索。手机每天会给你们使用五分钟，打给你们的亲戚朋友，让他们别担心。为你们想得这么周到，不用谢我，好好完成任务就行了。"说到这里，男人恢复了高高在上的口吻，"现在，让我们来谈谈一些细节问题。"

第四章　小金库

A

夜里三点，全城人都在最深沉的睡眠阶段，两台SUV悄无声息地穿过大街小巷，来到一栋规模可观的大楼前。车门打开，四个戴着眼罩的年轻人被领了下来，他们被人送到大楼旁侧的一扇小门前，摘掉了眼罩。西装男发给他们无线耳麦做通讯工具，又吩咐他们必须在一个小时后准时回到这扇门前。

"这是哪儿？"小禾好奇地打量着这栋建筑，不论规模和样式，到处都透着豪华，应该是新建不久的，完全不像神秘人说的政府大楼。

"知道得越多，死得越早。"司徒颖白了他一眼，暗示身边还有那个西服男的存在。

"楼里有保安巡逻，你们要注意避开，万一被发现了，后果你们自己负责。"西装男冷冷地交代道。

"还是服从命令听指挥吧，我还想多活几天。"陆钟顺从地第一个进入那扇小门。

"你这小子，我们真被你给害惨了。"梁融抱怨地给了小禾一拳。

四个人进入了大楼，与此同时，一辆早已停在附近的商务车上，神秘人正看着电脑，四个绿色的小点朝着不同的方向缓慢移动。无线耳麦上，加装了宠物定位装置。神秘人得意地跷着二郎腿，轻轻地晃着，在他看来这四个人不过是四只小白鼠，逃不出他的手掌心。

大约一刻钟后，其中一个小绿点引起了神秘人的注意。已经好几分钟了，这个绿点都没有挪过位置。一查坐标，那地方应该是卫生间。

"南柯究竟在干什么，你问他是不是找到了金库。如果是就赶快报告，如果不是就赶紧继续找，不许停留这么久。"神秘人给留守在小门前的西服男打了个电话。一分钟后，屏幕上的小绿点再次开始移动，看来金库还没找到，神秘人略为失望，不过这也在意料之中。

一个小时后，四个人准时回到小门前，每人脸上都透着沮丧，大家无功而返。戴上眼罩，上了车，大家回到了别墅的地下室里，汇报各自的发现。

"太多空房间了，我爬楼梯上了十楼，从十楼开始，差不多有上百间办公室，几乎全都是空的，连桌子都没有，每层楼东西两边最当头的四间办公室里，全都自带卫生间和更衣室，时间太短，我来不及打开所有的门。不过按照你们的吩咐，开过的门旁边都用荧光粉做了记号。"小禾年纪最轻，大家给他安排的运动量也最大。

"七楼到九楼，同样空了一大半的办公室，每层楼有八间办公室是带卫生间和更衣室的，除了一些反锁的门我打不开，其他没锁的我都进去看过了。"梁融一边回忆着一边说。

"三楼到六楼，除了每个大办公室里都有独立更衣室。另外四楼有两个大的会议室，每个会议室里也有茶水间和独立卫生间。"

"一楼和二楼全都是有人使用的，我一进去正好赶上保安巡逻，你们呼叫我的时候我只好待在厕所里。没有什么收获，估计金库安排在人最多的楼层可能性不大。"

"好，大家在这张图纸上标出自己看过的地方，明晚继续调查。天快亮了，先休息去吧。"神秘人依然身处强烈的逆光中，大家看不到他的本来面目。

折腾了一晚上，大家都有些累了，卸下装备由西装男领着上楼去休息。陆钟磨磨蹭蹭地走在最后，看大家都走了，他才凑到神秘人身边小声地嘀咕一句："我想跟您谈谈。"

神秘人有点意外："你想谈什么？"

陆钟看 眼楼梯口，确定大家都已经走了，一改之前的傲气，换上了谦卑的笑脸，"我不知道您究竟是什么身份，但我看得出您是个大人物。其实，我是想……"

"你到底想干什么？"神秘人一听跟任务的事无关，有些不耐烦，他不需要废话。

"我想跟您混。"陆钟像是下定了决心，认真地说道，"您也知道，我出过几本书，在论坛里算个人物。但其实出一本书根本就赚不了几个钱，有些无良出版社还隐瞒印数扣稿费，名气什么的都是假的。我不甘心就这么过下去，所以我想，跟您混。"

"呵呵，你倒是跟他们不太一样。"神秘人重新打量了一番这个小作家，那张脸上写满了急功近利，"跟我混可以，想赚大钱也可以，不过你得有真本事才行。我们不是出版社，不需要瞎编的破故事。"

听完神秘人的话，陆钟的眉毛神经兮兮地跳了一跳，露出几分奸诈，他压低了声音，"请放心，我不会让您失望的。"

神秘人打了个手势，身边的人退出了房间。

"我想你一定还记得，当初这个神偷计划虽然是小禾提出来的，但这个计划的B计划却是我的设计。"陆钟颇有些炫耀。

"我记不清楚了，你们的水平都差不多，没有特别出众的地方。"神秘人讨厌耍小聪明的人，不买他的账。

"也许您没有留意，我的B计划比小禾的计划更理想的部分在于，最后成功地取得宝物后，有一个弃卒会困在密室。"陆钟不得不和盘托出B计划的核心。

"弃卒？"神秘人竖起了耳朵。

"没错，留下一个自己人。一个真正的罪犯比起卧底或者线人来说，更有说服力，而且牵涉的警方人物更少，可能出现的纰漏也更少。"陆钟见吊起了对方的胃口，接着说了下去，神秘人频频点头，一个卖友求荣的计划在地下室里诞生。

B

"南柯上哪儿去了？"小禾回头不见人影，问大家。

"不知道，他那个人鬼得很，我总觉得他不是什么好鸟。"茉小芭耸耸肩膀回答道。

"他私底下还发过短消息给我，他也想当枪手，让我介绍路子。后来我听同行说他人品不行，口风也不紧，我怕他为了出名会把事情抖出去，就找了个借口推了。之后他再没找过我，连我发的帖子都不回了。"奥胖边说边回头看楼梯口，猥琐的样子很鸡婆。

"爱钱的人什么事都做得出，我们要多留个心眼才是。"茉小芭听完奥胖的话，显然是相信了，小禾也附和地点点头。

西装男坐在隔壁的房间里，正通过监控镜头看到了这一幕。没想到南柯表面上堂皇的形象，在大家心目中却截然两样，他把这段视频截了下来，打算一会儿给老大看。

茉小芭他们被安排住在二楼的四间客房里，天都快亮了，大家却没去睡觉，聚在小客厅里继续聊着，直到南柯回来。南柯一出现，原本凑在一起说话的三个人，立刻就不做声了。南柯大概是有点心虚，四个人大眼瞪小眼，最终什么话也没说。茉小芭瞪了南柯一眼，起身回了房间，原本就有些微妙的气氛，变得不和谐。

那一个眼神像是表明某种态度，又像是在挑战，南柯不自然地冲着两个男生问了一句："聊什么呢？"

"没什么。"小禾冷冷地回了三个字，说完也起身回房。奥胖跟在他后面，连看也不看南柯一眼。

当天下午，神秘人听到西装男说起这些，一点也不惊讶，反而从嘴角露出一丝不屑的笑。虽然南柯甘当反骨仔出卖自己的朋友，虽然他表面上也同意了，但这并不能说明什么。对他来说这四个小家伙全都是可以随时放弃的，必要的时候他绝对会杀人灭口，南柯那小子只不过比其他三个人醒目一点。对他来说，这四个家伙越乱越好，四只小白鼠，最好的结果是最后他们内讧到争个你死我活，甚至不用他出手就把自己给灭了。

第二个晚上，大家依然像《一千零一夜》里的主人公一样，被蒙上双眼送到那栋政府大楼的侧门。昨天搜查过的地方门脚下都撒下了荧光粉，这晚的任务是搜查没有撒过荧光粉的房间，必要时用上神秘人提供的万能钥匙。

说来也巧，南柯那家伙不知是走运还是真有点本事，他居然找到了小金库的所在。这个惊喜足以让所有计划提前，但小金库却不是那么好动的。

那是扇极度隐蔽的小门，藏在停车场里用来堆放乱七八糟东西的库房里，一个装满了计划生育宣传小册子的旧箱子下，压着一块两米见方的旧地毯，脏得看不出本色了，扔在垃圾堆里也不会有人捡。南柯鬼使神差地掀起了这块旧地毯，并且看到了地毯下一扇被黑色油漆隐蔽起来的金属门。既然这么隐蔽，门锁当然不是普通的型号，南柯敲敲门板，声音发闷，厚得跟板砖似的，没准是哪个保险柜公司定做的。除此之外，门上竟然还贴着一张加盖了公章的封条。

难怪大家都找不到，就连建筑平面图上也找不到，小金库居然建在地下停车场里。所有公务用车晚上都停在那里，不时有晚归的司机，送完领导们又把车开回来。进车和出车都要登记身份证，还有数十个监控摄像头二十四小时监控。还不仅仅是这些，停车场里冬暖夏凉，想节省租房钱和暖气费的保洁员们偶然拉家带口地挤在原本是存放工具的小房间里，晚上不用上班，大人们围坐在一起看电视或者玩牌，孩子们四处乱窜。

"谁想出的招，真他妈的。"奥胖忍不住骂出一句，但他也忍不住好奇，"南柯，你的任务不是一楼到三楼吗，怎么会跑到停车场去？"

"当时我在一楼的楼梯间打算去二楼，听到楼上有人下来，我怕跟人撞上就只好往楼下躲了。没想到楼下也正好有几个司机刚停了车在聊天，我只好又找地方躲，一躲就正好躲到了那个库房。"南柯一边指着平面图一边解释着。

"最危险的地方就是最安全的地方，暴露在所有人面前，每天大家都能看到，谁也不会怀疑这种地方会藏东西。就算是廉政公署的人调查，最多也就是查查办公室和家里，谁能想到有人会把宝贝藏在车库里呢？"

"廉政公署是香港的，小芭，你看多了港剧，咱们大陆只有纪委和反贪局。"小禾帮小芭纠错。

"那个加盖了公章的封条，并不能挡住真正要进去的人，要防的只是那些保洁工人和保安们。万一有人掀开了，看到那个封条一般人不会有胆子去碰那扇门。"

"这么多废话，究竟有没有办法进去？"神秘人恼了。

此言一出，四个人都不说话了，目光转来转去，最后不知是默契还是故意，茉小芭、奥胖连同小禾三个人都把视线集中在南柯身上。南柯的眼珠滴溜溜地一转，很快就明白了自己的处境，他自以为聪明的投诚已经被朋友们看穿，现在变成了公众之敌。

"我们是没辙，不过凭着南柯大师的过人机智，肯定能想得到办法。"奥胖两手一摊，把难题推到南柯身上。

"是啊，我们跟他可不一样。"小芭一边说着，一边别有深意地看了看神秘人又看了看南柯。

接连被两个朋友抛弃，南柯转而看向年龄最小的小禾，希望能在他那里得到最后的支持，没想到小禾根本不跟他目光接触，直接扭过了头。

"我不知道你们都聊过些什么，但我所做的，绝对不会对不起大家。实话告诉你们，昨天我最后一个离开地下室，只是想开诚布公地跟X先生谈谈，既然我们要冒这么大的风险，就应该获得报酬。"南柯的脸涨得通红，显然他不擅长说谎，但他把祈求的目光投向了逆光里的神秘人。

神秘人并没有马上支持南柯的立场，事实上他也在观察和检验四只小白鼠的实力，只有对他最有用的人最终会被留下来。不过长时间的沉默对解决问题没有任何帮助，最后他不得不说点什么："是的，南柯跟我谈了关于报酬的事情。起先我是不肯让步的，没想到事情进展得那么快。看起来现在的状况是，我不肯付报酬的话，南柯先生会不满意。他不满意的话，这个计划不至于会被完全影响，但肯定要耽误不少时间。"

"所以呢？"奥胖怀疑地看着神秘人。

"所以，我决定给我的小猎狗们一点肉骨头。"神秘人的口吻让人相当不舒服。

"多少钱？"

"什么时候给我们？"

茉小芭和小禾几乎同时间出口。

"每人五万，事成之后打到你们账户。"神秘人看出小白鼠们眼中掩饰不住的惊喜，放心地跷起了二郎腿，心道这几条小狗真没见过世面，一点肉末就满足了。

"既然您同意支付报酬，那我们也一定会竭尽全力，明天下午之前，我们一定交出完美计划。"南柯欣喜地应承下来，并再次用眼神试探朋友们。看在钱的面子上，大家终于肯正眼瞧他了。

C

四个人回到了小客厅，很快在黑板上写写画画起来。西装男在监控器里满意地看着他们，他们喝了一杯又一杯的浓咖啡，提出意见，不断否定，再次提出，再次否定，直到最后所有可能出现的岔子都准备好了后备计划，天早就亮了，四个人眼睛都熬红了。

根据神秘人的要求，计划书要先打印出来给他过目。等待打印的时候，大家绷了一晚的神经终于放松了些，不知道谁是第一个打哈欠的，就像传染病般，小禾的眼皮已经跟抹了胶水似的，怎么也睁不开了，趴在桌上打起盹来。

打印机已经停止了工作，可屋子里的人都睡着了，懒得挪一挪。南柯忽然抬起了头，揉了揉眼睛，看小禾已经睡得很踏实了，他便把小芭和奥胖推醒，示意他们不要出声，跟他去另外的房间。

监控屏幕前坐着一个个头不高、五官相当平庸三十出头样子的男人，唯一可圈可点的，就是那双小而精的眼睛。西装男在他面前恭恭敬敬，他连眼皮都不翻一翻。没错，他就是逆光出现的神秘人，X-MAN。西装男称呼他为李先生。

看到南柯带着奥胖和茉小芭进了房间私聊，李先生放心地收回了注意力，他知道这是南柯在履行和他的约定，早在他们计划之前就已经决定了，留下小禾当顶罪羊，这需要事先跟茉小芭和奥胖沟通一下。

抬眼看看时间，李先生不自觉地皱了皱眉头，命令西装男赶紧备车。十分钟后，李先生的车离开了半山别墅，朝着机场高速的方向开去。他忧心忡忡地不断看着时间，完全没发现在身后的五十米左右，有一辆黑色的商务车若即若离。

"他们到底要搞什么？在小县城里租了个别墅，费那么大劲弄四个人来只为偷一个破手机，连手机什么型号都不知道，还藏在县政府办公大楼的小金库里。又不是银行，怕什么，有他那么多人，闯进去抢了就抢了，根本不用这么折腾。"单子凯开着车，发起了牢骚。

"他这么谨慎，一定是对政府里面的某个人有所顾忌，生怕打草惊蛇。"老韩坐在后座上，正在调试观鸟仪。

不久，李先生下车进入机场。再出来时，他身边多了位五十岁左右，目不斜视气质庄重的老先生。

此人一出现，立刻引起了老韩的兴趣。作为资深职业老千，识人能力相当重要，什么人能骗，什么人不能骗，万一认错对象，后果不堪设想。而现在，这人正勾起了老韩的敏感神经，直觉告诉他，对方不是好惹的。在老先生身后，还有两位人高马大的平头男子，看起来既像私人助理又像保镖。不过他们的一举一动跟普通的保镖不太一样，明眼人才能认出来，他们都是行伍出身的退役兵。

天气不太好，刚下起了雨，李先生手里撑着一把雨伞，紧跟在老先生身边，尽量控制着身体不跟他直接接触，又要让伞遮到男人全身，他自己淋得精湿也毫不在乎。再看李先生那卑躬屈膝的模样，恨不能连主子吐出来的痰都给舔了，活像一条摇着尾巴的狗。

"这又是哪路的神仙？"单子凯鄙夷地看着李先生夸张地搀着那位老先生上车，戴上观鸟仪的耳机，开启数码录音笔。

虽然看不清车内的状况，但观鸟仪的效果很不错，经过梁融改装后，加强了声波接收的效果，耳机里很快传来车内的谈话。

"您放心好了，我找了专业人士，制定出万无一失的计划，保证马到功成。"

"我不要听这些，你只要清楚，失败的话你自己负全责。"

"明白，您愿意给我这个将功赎罪的机会我已经很……"

"不说这些，我只要结果。"

"是。您要不要看看计划书？"

"不必了，什么时候动手？"

"明晚，不过今天会有些准备工作要进行。"

老先生的声音里透着不容质疑的威严，李先生在他面前怯得声音都有些抖。听到这里，单子凯回过头去，若有所思地对老韩说："看来咱们也要行动了，我还有一大堆邮件要发出去呢。"

"没错。不过我想你先查查车里的那个大人物，究竟是谁。"老韩对那位老先生，颇为顾忌。他觉得那位大人物的口音有些奇怪，虽然带着些京腔，不过偶尔露出些许南方口音。

第五章　螳螂捕蝉

A

第二天下午，县公安局接到了来自省公安厅的电话。据可靠消息，今晚有人抢劫，目标可能是金行也可能是金库。抢劫者是网上通缉A级在逃犯，人数不详，这次是有计划的预谋抢劫，线人可能也身在其中。

小小县城，一年里连杀人案都出不了几次，忽然得到这么大的线索，整个警局都轰动了。局长亲自下令，今晚全体行动，每个警员都必须参加。根据统一调度，警察们埋伏在城里的四家金行，还有存放全城银行现金的金库附近。消息来源太靠谱，几乎所有派出所的警员都空了，只剩下女内勤接电话。

同样集体行动的还有政府大楼的保洁部，工人们今天收到的是天大的惊喜。

晚上七点半，政府大楼里的人早就下班了，保洁部的人也完成了最后的打扫任务，正窝在地下停车场里的小房间，蹭着公家的电用电磁炉煮点热乎乎的饭菜。一个戴着大眼镜的学生模样的姑娘找上门来，自称是什么公益公司，要送大家免费的现金抵价券，每人两百块，但只有在发券当天晚上，超市关门前一小时使用才有效。

那姑娘自称是刚被总公司分到这个县城的新业务员，看起来很清秀，一口普通话也很标准。平时政府大楼里的公务员都不正眼看待的扫地工人们，被这个漂亮姑娘给打动了，多好的姑娘啊，笑起来也和气，还给咱送钱！

虽然姑娘说的什么公司什么公益一大堆名词听不太懂，但钱是真的就行，工人们赶紧吃完饭，撂下碗筷就奔超市去了，有些两口子都是保洁工人的能领到四百块的抵价券，这可赶上半个月工资了。不到八点，全体保洁工带着孩子老婆直奔超市，偌大的停车场，一下子变得冷冷清清。根据消费券上的时间，超市十点才关门，工人们短时间内是不会回来的。

晚上九点，埋伏在金行和金库附近的警察们早已就位，大概是以为那帮歹徒不会这么早就行动，大家还不是太紧张。可才九点一刻，情况发生了变化。好几辆改装摩托车把油门轰得巨响，在街上飙来飙去。开车的人一个个穿着黑色的皮夹克，戴着五颜六色的假发，脸上画着浓妆。

局长很快接到了报告，发现可疑目标，他也在自己的潜伏点发现了同样的飙车党。说来也巧，那几辆摩托车转悠的地段附近正好有两家金行。为了不打草惊蛇，局长吩咐大家继续观察，提高警惕。

同样提高了警惕的还有政府大楼的保安。今天正好是周末，没人加班，大楼里的人几乎都走光了。外面冷，保安们不愿出去，都窝在监控室里看NBA。忽然值班电话响了起来，保安不耐烦地接起电话，一听到对方的声音马上肃然起敬地站个笔直。

"家属楼都着火了，你们这帮废物还在干什么？"对方只说了一句话，却铿锵有力。

那声音大家都熟悉，是县委领导一把手，每天在办公大楼进进出出的，谁都知道他脾气不好。

完蛋了，一把手亲自打电话来了，小保安吓得脸都白了，只见监控器上家属楼那边果然火光冲天浓烟滚滚，这可是玩忽职守啊。全体保安连同队长一起冲了出去，有人忙着打电话给消防队，有人忙着找灭火器。

匆忙中，保安室的人都走光了，门却没关上。奥胖和西装男闪进保安室，两人很快换上自带的保安制服，并关闭了停车场里的所有监控摄像头。

两辆SUV开了过来，胖子没有给他们登记就按下了进入停车场的闸门。等这两辆车进入，西装男已经把保安室里"暂停服务"的黄色告示牌给搬了出来。在那两辆SUV出来之前，他不会放任何车辆进去。

SUV在地下停车场里拐了一会儿，最后停在距离小库房最近的停车位，车门打开，露出身穿全套黑色作战服的小禾、南柯和李先生。三个人全都戴上了只露出眼睛的头套，为了避免留下指纹，手上还戴了手套。李先生保持了他的神秘作风，一直没有在南柯和小禾面前露出真面目。

"是，我们已经进来了，最多十五分钟，请您放心。"李先生接了个电话，把手机放回裤子口袋里，冲南柯和小禾打了个手势，让他们快点下车。三个人身后，还有两名身强体壮的司机，他们看起来更像打手，手里拎着两个小桶，还有两个箱子。

南柯和小禾陆续下车，不知怎的，南柯居然没把鞋带系好，走了没几步差点摔倒在李先生身上。

"搞什么！"李先生很生气，狠狠地瞪了他一眼。

"对不起，我太紧张了。以前都是幻想而已，今天居然是玩真的。"南柯赶紧解释，并蹲下来把鞋带好好绑紧。

三个人很快进入库房，这里堆了不少破旧的办公家具和旧宣传资料。那个装满计划生育宣传手册的木箱就在墙角，李先生让小禾跟南柯把箱子挪开，他自己掀开了那块脏兮兮的地毯。一扇一米见方的黑色金属门就出现在眼前了，门上贴着的两张黄色封条，看起来就像一把大叉。

B

南柯虽然不会开锁，但这并不影响他打开这扇小门。

门是金属的，锁也是金属的，不论里面是多么复杂精巧的锁芯，只要是金属，就通通怕腐蚀。南柯的办法，就是用酸——强酸。理论上这个办法是完全可行的，虽然目前大部分锁芯都是黄铜的，而黄铜跟硫酸基本上不反应，但是锁芯中的锁簧不一定是黄铜的，只要能破坏锁簧，锁就能打开。

实际上，他们也用南柯提供的配方在别墅里试验过，两种不同比例的酸混合在一起，效果很强大，的确可以在短时间内破坏锁芯。不能确定的是这个小门上的锁芯究竟是什么类型，于是强酸准备得多了些。

李先生冲身后的两名打手打了个手势，他们马上把手里的两个小桶和箱子送了过来。两个小桶里是盛着的是不同的两种强酸，箱子里还有些催化剂和防毒面具。两股淡黄色的粘稠液体被浇在小门上，黑色的油漆立刻开始冒泡，白色的酸雾也凝结升腾。

酸雾熏人且有毒，再小的泡沫或者酸液溅到身上，都马上会烧出一个洞。司机们没准备防毒面具，李先生让他们退后些，小门前只剩小禾、南柯和李先生三个人。南柯蹲下身子，仔细观察着酸液的反应，随即又弄了些催化剂倒了上去，泡沫越来越大。小禾则拿着一柄防腐蚀的玻璃小棒不断地朝锁芯附近试探着，那锁变化不大，但是门板和锁芯链接的部分出现了小洞。酸液已经蚀穿了铁板，露出中间的空洞，下面还有一层金属板。

设计这个门的人也高估了政府大楼的保安工作，门锁再好，门板不结实也是枉然。更多的酸液从小洞中导入，浓郁的白雾下面，空洞越来越大，最后足以容纳一只手伸进去。南柯把一面后视镜从洞口探过，观察了一会儿，从里面打开了门锁。

咣当一声，大门向上掀开，密室里的感应灯自动开启，照亮了门下的小小楼梯，蹲在楼梯口，下面的风光还未可知。小禾骨架子最小，李先生正好用他当探路的小狗，让他先下去。第二个进入的是南柯，李先生走在最后。

这里的确可以被称之为小金库，地方着实小，十多个平米，这么屁大点的地方，居然满当当地摆满了长长短短的卷轴，靠着墙角的，是堆成小山的各色名酒。另一堵墙边，还有个老式铁皮文件柜，虽然上了锁，但这可难不倒南柯。正好手里还有不少酸，再加上撬棍，没过多久就打开了。不看不知道，一看吓一跳，柜子里摆满了大大小小上百个小盒，有名表，有金条，还有翡翠玉器的珠宝和古玩，宝光灼人。三个人看得眼花缭乱，李先生定一定神，催大家时间紧迫，快点找手机。

与此同时，茉小芭也完成了任务，她冒充促销人员送给保洁工人们免费券后，又忙着去政府大楼后面的家属区。两地相隔只有两三百米，保安是共用的。茉小芭当然不是去送免费券的，这回她干的是煽风点火。并不是真的纵火，为了把保安们弄得团团转，搞些垃圾和树叶点燃，以烟气和火光吸引大家的注意。为了让保安们多在外面待上一会儿，她必须多放几堆火。

差不多就是这个点，一直埋伏着的警察们也有了新发现，就在距离政府大楼四条街的金行门口，有一辆外地牌照的面包车停了下来。几分钟后，那些飙车党们都聚拢了过来，车门打开，跳下来五六个男人，他们全都穿着迷彩服，戴黑色头套，手里还拿着几把AK47。

"不好，歹徒出现了，大家上啊。"队长拔出枪带头冲了出去，难得的立功机会，过了这个村就没这店了。副队长忙着垫后，赶紧打电话给局长汇报，请求支援。

整队警察冲了出来，飙车党们莫名其妙，脾气爆的几个人已经跟警察们吼了起来，为首的一个黄毛调子特别高，"干吗？你们这是干吗？"

"我们干吗？我倒要问问，你们要干吗？"队长站了出来，看着这帮像妖魔鬼怪的小青年就气不打一处来。

"不就是开个化妆舞会吗，这也犯法？"黄毛叼着烟，满不在乎地晃着腿。

"化妆舞会！"队长以为自己听错了。

"是啊，没看到这里有家KTV吗？我们不跳舞难道要去抢银行啊。"黄毛挑衅地把烟喷到队长脸上，手指的方向的确是有家KTV，艳俗的霓虹灯正刺眼地闪烁。

"既然要开舞会为什么还不进去？"队长的怒火在酝酿，除了领导，还没人敢这样跟他说话。

"午夜场酒水打折嘛，大哥，我们不犯法吧。"黄毛吊儿郎当的样子相当欠揍。

"哼，给我搜！"队长被惹怒了，抬抬手，示意手下搜查这帮不良青年。

"喂，知道我爸是谁吗？我爸是……"黄毛很贱地弹掉烟头，正要说出那个名字。

"我管你爸是谁，就算是天王老子，我也要搜！"最后几个字简直是从队长的牙缝里蹦出来的，站在他身后的警员们也白耗了一晚上，吹了一夜的冷风，正好没地方撒气，下手时动作不轻。

从头到脚都搜了一遍，外加检查身份证，没想到这帮人的包里全是搞气氛用的小玩意，真的只是来开舞会的，就连刚刚吸引队长注意的AK47也都是仿真玩具，塑料做的。听完报告，队长的脸色挂不住了，大大地吼了一嗓子："他娘的，再给我搜，仔细搜，我就不信搜不出名堂。"

C

"大哥，不是我不信任你，但我想你现在就把那二十万转到我账上。"南柯忽然转过身来，他的手在身后做着什么小动作。

"你急什么，忙完了大事再说，那点小钱我不会黑你们的。"虽然看不见李先生的脸，但能听出他很不满意。

"您看。"南柯摊开掌心，露出一个老式摩托罗拉贝壳机，"东西在这，您不用着急，还是马上转账吧。"

"把手机给我。"李先生眼前一亮，虽然他也不知道究竟要找的是什么手机，但能出现在这间堆满了值钱货的小金库里的老款手机，一定就是他要找的那个。

"还是先转账吧，正好我的账户开通了电话银行，不会耽误太久。"南柯不紧不慢地说着，另一只手掌摊开，里面是个新款苹果手机，那是李先生的。

"好小子，身手不错啊，我看低了你。"李先生不得不重新打量起眼前的这个人来。到这时他这才意识到，南柯被鞋带绊倒有点不合情理。他还倒在自己身上，一定是趁那时偷走了手机。

不仅是李先生，就连小禾也很吃惊，刚才他俩站的地方相距不过一米，他根本没看出南柯什么时候动的手，更没看过那个凭空变出来的旧手机。虽然心里满是疑惑，不过他还是没露声色。

"不用夸我，我知道自己手艺还不错。"南柯一改之前的谦卑，按下了银行二十四小时客服电话，让李先生报出账号和密码。等候转账时，他还回头冲小禾挤挤眼睛，见李先生红着一双眼睛恨不能生吞下自己，又笑眯眯地说："放心，一会儿出去了就把手机还你，你可以马上打电话改密码。"

"钱已经转给你了，把两个手机交给我，我们一起出去。"李先生的脸因愤怒而变得通红，他伸出手，朝着南柯一步步靠近，"否则，我就叫我的人过来。"

"好好好，我给你，全给你。"南柯配合地把两个手机都递过去。

李先生的注意力都在那个最最要紧的旧手机上，手也朝着那边一寸一寸地探过去，他没看到，就在这时南柯给小禾递了个眼神，小禾忽然爆发，飞快地冲了过去。南柯的身体朝着旧手机的方向一送，整个人再度撞上李先生，说来也怪，就这么一撞李先生立刻觉得手脚发麻，使不上劲来，就连小禾把他脸上的头套给扯脱也没能躲开，两个手机全都落到了小禾的手里。

"小兔崽子，快把东西还我。"李先生的真面目暴露在灯光下让他极没安全感，加上此时手脚发麻，脸已经变了颜色。

小禾冷冷地笑着，苹果手机到手后做的第一件事，就是开启照相功能给李先生拍了张大头照。听到李先生的话，他不作声也不回答，而是继续登录网站把照片发到了微博里，"不好意思，这么做也是为了保护我自己，现在你的头像已经在网上了。如果我们平安出去，我可以考虑把你的头像删掉，否则的话，我就告诉我的一千六百个粉丝，你逼我做了些什么，正好这些东西做背景，完全没有PS。"

"你……"李先生那张脸气成了猪肝色。

"我没什么，只是以其人之道还治其人之身，你可以要挟我，我当然也可以要挟你。"小禾稚嫩的脸上这才显出一丝与年龄不符的老成，"你生气也没用，只有我的密码才可以删除照片。"

李先生这才意识到自己不仅低估了南柯，也低估了小禾。不过他没有马上放弃，他眼珠一转就看到了南柯，这个贪财的家伙，还有利用的余地，他决定利诱，"南柯，你帮我抢回手机，我给你一百万。从此以后你就是我的人了，将来大把赚钱的机会。"

"你要是动手你就不是人！"身后传来茉小芭的声音。

"你怎么就来了。"南柯的一个"就"字透露出许多小线索，李先生脑子里滴溜溜地转。

"我来早了吗？不是你说让我放火后处理掉奥胖和西装男，再来跟你们会和一起干掉这个混蛋吗？"茉小芭的手指着李先生，微微发抖，"你别忘了，答应过什么。"

一想到大人物还在外面等着他，李先生越来越紧张，可手机却不在他手上。不能再浪费时间，可又该怎么办，如果茉小芭说的没错，他的私人助理和两个司机很可能真的被"处理"了，甚至连奥胖也被茉小芭给"处理"了，他很可能连这个小女生也低估了。越想越不对劲，趁着现在南柯那小子还在犹豫，他再次提高了条件，"两百万，南柯你把那两个手机抢过来我马上给你两百万。"

有钱能使鬼推磨，南柯居然真的听了他的话，转而跟小禾夺起了手机，地下室里地方小，周旋不开，李先生本想自己上去搞定茉小芭，没想到小姑娘竟然是个练家子，一出手就把他重重地摔到地上，他使尽全身力气爬了起来，也不能再度近身。好个南柯，身手了得，李先生那边节节败退，他却已制服小禾，并抄起一根皮带，把小禾的手牢牢绑在楼梯栏杆上，两个手机也落在他的手上。

"南柯，帮我杀了他，我们带着这些宝贝远走高飞。"茉小芭占了上风，颇为得意地命令道。

短短的话里包含了巨大的信息量，也许早在论坛朋友见面之前茉小芭就和南柯认识；也许他们早就是情侣，合伙设计了朋友们，甚至设计了他；也许他们是进入别墅后才勾搭上。不过这种种的可能李先生都来不及分析了，时间紧迫，必须把南柯争取过来。

"南柯，别相信那女人的话，快帮帮我，我能给你的不仅仅是钱。"李先生再也顾不上端架子，几乎是在恳求。

南柯只犹豫了片刻，便倒向了李先生，他邪恶地一笑，捡起地上的酸液二话不说朝着茉小芭洒去。茉小芭万没想到他会出这么一手，来不及躲闪，酸液落到衣服上立刻烧出一个大大的窟窿，更多的酸液还在朝里钻。茉小芭慌了手脚，虽然穿了外套戴了手套，但这么强的酸液可不是闹着玩的，她一边尖叫着一边忙着脱下外套往外面逃。

"不用追，她逃不了，明天你去医院找好了，以这酸的浓度，用不了多久她就会肠穿肚烂。"南柯听着茉小芭痛苦的尖叫，脸色依然镇定如常。

李先生被这突如其来的一幕吓坏了，这个南柯，远超出他的想象，貌似忠厚却心狠手辣，那处变不惊的冷静，根本不是他可以相比的档次。一时间，他竟然对南柯生出几分敬畏，幸好刚才他选择的不是茉小芭，否则现在被强酸烧身的恐怕就是自己了。

"可以走了吗？保安们应该快回来了。"南柯回过头，平静的脸上仿佛刚才什么事情都没有发生。

"好，我们走。"李先生赶紧答道，不过他立刻就想到，一会儿该怎样把南柯甩掉才好。这么厉害的人物可不能被大人物看到，否则的话，此人取代自己指日可待。

拿着两个手机，留下小禾当顶罪羔羊，南柯最后把他手上的皮带给紧了紧，并凑在小禾耳边说了句什么。小禾满脸的诧异，看着他，看着眼前的巨变，一切的一切完全不是他所想象。

"你跟他说了什么？"走出楼梯回到停车场，李先生越想越不对劲，生怕南柯再搞出什么名堂。

"没什么，我跟他说千万不要跟警察告密，否则的话，他妈和他爸会比他死得更早。"南柯若无其事地说着，却听得李先生更加担心，如此慌乱的变故中，事情的发生完全超乎他们那个所谓完美的计划，可此人却能处变不惊引导着事情朝着对自己有利的方向发展。如果有最后的赢家，一定是这小子，他简直太可怕了。

地上还有酸液的痕迹，连同一些血迹，一直朝着大门口延续，看来是茉小芭留下的。李先生正忧心忡忡，经过自己的SUV时发现那两名人高马大的司机兼保镖已经都昏死在地，显然之前发生过一番搏斗。

"把衣服留在这里吧，这样出去太打眼了，车钥匙被小芭拿走了，我们出去打车会比较安全。"南柯一边说着，已经开始脱下自己的黑色作战服，露出一身便装。

李先生手脚发麻的程度越来越强，连动作稍微大一点都痛得厉害，可他不敢在南柯面前表露出来，咬着牙自己脱衣服。南柯动作快，就在等待的时候，他已经不问自拿地从李先生口袋里掏出手机，再次拨打银行电话，从李先生的账户里转出了两百万。

"还好你没来得及改密码，否则的话，这笔钱能不能兑现还是个问题呢。"南柯轻松地笑笑，最后大模大样地把手机塞回李先生的西装口袋。

如果手里有把枪，他一定会毫不犹豫地崩了这个该死的南柯。可惜，他现在手脚痛得可能要人搀扶着才能行走了，丝毫不能阻止南柯走在自己的前面。

停车场的门口，西装男和奥胖也倒在地上，李先生看在眼里，心里却在寻思：也好，一会儿警察来了替罪羊更多几个，自己的嫌疑也少一些。

南柯大概是刚刚赚到大钱，心里痛快，疾走如风，很快就跟李先生拉开了几十米的距离。李先生还没走出地下停车场，南柯就已经站到大马路上去了，现在十点还不到，街上人来车往，就算警察马上出现也不用担心了。

"喂，快点啊。"南柯真是得意忘形，居然称呼李先生喂了。短短的几十米，李先生走得大汗淋漓，甚至没有力气发火了。就在此时，一辆的士飞快地冲了过来，眨眼的工夫就撞上了人行横道上的南柯。

李先生愣了，他亲眼看到南柯的身体被撞得在半空中转了两圈，重重地落在地上。

路人们也被这突如其来的一幕吓坏了，马上有人围了过来，的士车的司机赶紧停下车来。那是个老司机，头发都花白了，不过周围的人都能闻到他身上有股浓烈的酒气。有人报警，有人打120，这可是县政府的门前，好心人还是多的。

李先生的表情先是一惊，随即变成了幸灾乐祸的笑，死了才好，此人可是他的眼中钉。他不再往前走，而是跛着两条酸痛异常的腿朝着旁边的一条小路走去。不知为何今天警察们的反应速度那么快，警笛几乎就在隔着一条街的地方拉响，大概不到一分钟就能赶到车祸现场。

听着那声音，李先生不得不咬牙切齿忍住剧痛加快脚步。

路口，有辆黑色的宾利车在等他。这是他的B计划。

D

"东西呢？"大人物要的只有结果，丝毫不关心发生过什么。

"给您带来了。"李先生笑得比哭还难看，献宝似的从口袋里掏出那个旧手机递上去。

"换上你的手机卡，打开看看。"大人物看也不看，冷冷地命令道。

李先生赶紧掏出自己的手机，可一揭开手机后盖他就傻眼了，没有电板，也没有手机卡，这根本就不是他的手机。可刚才南柯还用这手机打电话给电话银行，转走了两百万呢，这是怎么回事？他来不及细想，赶紧又把那个旧手机的后盖打开，完了，彻底完了，担惊受怕地忙活了这么久，空欢喜一场，这也是个模型机。

"我……"李先生哆哆嗦嗦地把小金库里发生的事说了一遍，他把责任全都推到了南柯身上，"一定是那个家伙，他动的手脚。"

"那他人在哪儿呢？"大人物的声音听起来不徐不疾。

"他，他得意忘形，一出路口就被车给撞了。"李先生极力回忆着刚才发生的一切。

"真的撞了？"大人物显然不相信。

"真……"李先生越想越心虚，刚才他甚至没有走近些去看个清楚。

"走吧，你知道该怎么做。"大人物命令司机停车，他不再多说一个字。

李先生下了车，看着宾利绝尘而去，他知道，他的前途也跟着大人物一同远去。以大人物的权势，他不能把这些天来做过的事情透露半点，否则的话，他的命就不是自己的了。现在，他成了弃卒，还是个随时可能被警方通缉的弃卒。小禾的微博上还有他的照片，从此他要做的，只能是逃，离大人物越远越好。该死的南柯，把他的行动资金全弄光了，本打算这件事成功后向大人物再讨点赏，现在也甭指望了，保住命才是真的。一阵夜风袭来，携裹着丝丝冬雨，落在脸上格外冰凉。李先生紧了紧外套，朝着路边一家私人诊所走去，得弄点镇痛药，这双腿痛得连路都快不能走了。

宾利在前方路口调转方向，很快就开回了县政府门口。围观的人更多了，但他们不是看车祸的就是围在县政府门前看热闹。而刚才躺在地上的人和肇事的士也都不见了。

大人物让司机下车打听，刚才看热闹的人还没走，大家都说刚才发生的事奇怪，明明被车撞得厉害，结果那人在地上躺了一会儿居然没事，很快就爬起来了。肇事的老司机也没喝酒，说是一个醉酒的乘客把酒洒在了他身上。后来警察来了，给他做了酒精吹气测试也没问题。那被车撞的人说是有急事，拍拍身上的土赶着回家，怎么劝都不肯去医院。见两个人都没问题，警察只好把他们给放了。

司机在县政府门口又站了一会儿，想看看更多情况，只见公安局长正兴奋得红光满面地对着一名记者指手画脚地介绍着什么。围观的群众议论纷纷，说什么的都有，但究竟发生了什么他们也不知道。不久，有人抬着三名昏迷不醒的男子出来，一个单瘦的小男生也被人领了出来，不过他头上蒙着衣服，路人看不见他的脸。

警车还没开走，很快就有另外几辆本地牌照的汽车开了过来。路人认出那车的牌照，说是纪委的领导。司机在人群中看了一会儿，就回到车上向大人物报告去了。

事情还要从头说起。

公安局长接到省公安厅的消息后赶紧布置了今晚的任务，结果守了好几个小时，只抓了几个非法飚车的小青年，还好在他们的车里搜出一些摇头丸，也算没白蹲一宿。正在大家准备收队时，局长又接到了公安厅的新消息，说是县政府的地下停车场里发生了大案子，让大家赶紧去。现场唯一的证人就是线人，一定要注意保护，他会提供重要线索。

这消息其实是一直留守在外面的单子凯发给局长的，司徒颖扮演的茉小芭在放完火后，就跟单子凯取得了联系。单子凯用手机软件修改了自己的号码，连同之前布置的抢劫金行的消息也是他用省公安厅的名义下达的。

也许有人会觉得奇怪，一直被严密监控的司徒颖又是怎样跟单子凯取得联系的呢？

秘密就在跟李先生第一次见面的那天，陆钟交出手机前就取出了手机里的内存卡。这种卡只需插在手机侧面卡槽里，指甲一按就能弹出来，很方便。卡里有一个文档，是陆钟在的士上编写的计划。

计划的内容是，在某个时段跟当地公安局取得联系，提供一个线人存在的信息，如果案件成功，要保证线人的豁免权。这个线人就是小禾，他跟李先生制造的那起轰动一时的案子有着难以撇清的关系，只有保证他交代了一切后会被警方豁免，才能真正帮他摆脱这一切的麻烦。

再回到内存卡上，那卡只有指甲盖大小，可以藏在舌头下。第一天晚上进入这栋大楼摸底调查时，陆钟就把卡带上了，一旦脱离李先生的视线，他就到处寻找手机和电脑。办公室里到处都有电脑，他浪费了几分钟找到读卡器，把卡里已经编写好的内容迅速发给单子凯，请他利用工具调查小金库的所在，并在一楼的某个厕所水箱里，留下一个手机。

老韩和单子凯两个人，利用了整整一个白天，乔装打扮进入办公大楼。他们带着金属探测器，有了这个，效率就大多了，排除已经检查过的部分，终于在地下停车场里找到了小金库的所在。找到了地点，又了解了要找的东西，接下来的节奏就可以由陆钟来掌握了。

第二天晚上，大家进入大楼后，陆钟在厕所水箱里找到藏在防水袋里的手机，再次跟单子凯取得联系。这一次，陆钟知道要找的只是一个不知什么型号的旧款手机，让单子凯准备一个充当替代品，另外再准备一个与李先生同款的苹果手机。两个手机，都被单子凯安放在靠近小金库的某台汽车下面，陆钟进入金库前假装被鞋带绊倒蹲下来系鞋带，想办法拿到手机后，最后关头用来掉包。

除此之外，陆钟还让单子凯准备了一小瓶速眠灵，藏在地下停车场的保安室里。李先生他们离开西装男的视线后，梁融扮演的奥胖就把速眠灵取出来，放在热茶里端给西装男喝，也招呼那两名司机喝。天冷，大家都不会拒绝热饮，西装男也不会想到刚刚进入的保安室有问题，只要喝下了那杯茶，这几个人的威胁就算是解除了。最后李先生出来时，看到奥胖也同样倒地，时间紧迫，他没时间确认奥胖是否真的被处理，就赶紧离开了。

司徒颖扮演的茉小芭当然也没有真的受伤，她多穿了好几件衣服，身上一沾上酸液就马上脱掉了，完全没有受伤，夸张的尖叫和地上的血滴全都是假的。

最后一晚，李先生看到茉小芭、奥胖和南柯去小房间私聊并没起疑，就是这一次他们已经把这一切全部计划好了。

凭借大家良好的默契，计划就是这样在一次次的沟通中得以完善和顺利进行。唯一一个并不知情的人就是小禾，计划跟他了解的截然两样，他不止一次对陆钟产生了怀疑，直到最后，陆钟假装再次捆紧他的手时，贴在他耳边小声说了句："放心，其实我是卧底，一会儿警察来你就把所有的事情都推到李先生身上，他们不会怎样你。"

卧底！这两个字对于小禾来说简直是天外福音，难怪他这么胸有成竹，看来这一次真的不用怕了。

再后来的事就简单了，司徒颖是第一个离开的，接下来李先生和陆钟走出停车场时经过了保安室，这是李先生最后一次见到奥胖，也就是梁融。

此时的李先生以为东西到手，正放松了警惕，一心想尽快离开这个是非之地，正好亲眼目睹了陆钟被老韩假扮的士司机撞翻在地。其实陆钟的身体并没真的受到多少撞击，碰瓷是最常见的低等千术，入行后大家都专门练过。

梁融和司徒颖都登上了等候多时的商务车，单子凯一看到他们，就马上给公安局长发信息，当然，号码还是省公安厅的那个。局长看到消息，再次来了兴趣，马上吩咐最靠近政府大楼的同事去看看情况，没想到，这回的情报准得不得了，人还没下到停车场，马上就有保安队长来汇报，今晚有人纵火不说，现在还有人闯进了保安室里……等到大家下去一看，不得了，这里居然藏了间密室，密室里还真有个线人在等待自己。

说来也真巧，跟警车同时到来的还有两个央视台的记者，一看那记者证，都是王牌新闻节目组的，他们本来是去临城跑新闻，正好路过此地。局长大人以前见过最高级的记者也就是省台的了，现在这几位居然是央视的，可了不得，光荣大了。

虽然事发地敏感，局长也有些顾忌地方领导，但事关重大，又有省公安厅的领导亲自下指示，便不再担心其他，热心地为记者介绍起案情来。不知道是谁给纪委的人打了电话，总之在极短的时间内，所有该来的人都来了，不该来的人也来了。

第六章　大人物

A

"看看，什么破手机，害我们折腾了这么久。"司徒颖从商务车的后座上探过身子，拍拍陆钟的肩。他刚上车，屁股都没坐热。

"急什么，让他先喘口气。怎么样，刚才没闪着腰吧？"老韩关心陆钟的安全，刚才他开车撞向他时，有点下不了手。

"还好，今天下午出发前我已经做了些准备活动，不过还是太久没运动了，后腰有点疼。这手机藏在一个放镯子的锦盒里，还好我打开来多看了一眼，要不然还不知道什么时候才能找到。"陆钟说完，把兜里一新一旧两个手机掏了出来。

旧手机的款式根本不是给李先生的那个贝壳机，不过有什么关系，李先生自己也不知道他要找的是什么。

"对了，你干吗要拿那个姓李的手机呢？"单子凯开着车，回过头来问。

"难道你不想知道那个姓李的背后是什么人？行动前，他还给一个大人物打过电话汇报，这里面肯定有号码。"陆钟一边揉着后腰，一边打开李先生的手机，查看通话记录。

"快看，这里存了几个视频。"梁融已经把自己的手机卡换到了旧手机里，现在，他正一条一条地打开来查看，也许就是这些视频，里面藏着李先生和他背后的大人物费尽心机也要挖出的秘密。

视频还没看出什么名堂，商务车忽然一个急刹车停了下来，大家差点从座位上摔出去。以单子凯的技术，不会犯这种低级错误，大家稳住一看，只见黑漆漆的前方路中央，横着一辆黑色宾利。在车前灯的照射下，那辆车就像一头正在歇息的野兽，沉默中散发出王者之气。

老韩和单子凯对望一眼心道不好，那位大人物找上门来了。

身穿黑色大衣的宾利司机下了车，殷勤得体地打开车门，那位大人物下得车来，一步步地朝着老韩他们的商务车走来。隔得那么远，也能感受到那种不怒自威带来的压力。

"介不介意我上来坐坐。"大人物敲敲车窗，冲着里面的人说。

"请。"老韩让单子凯打开车门。

来者不善，但大家并不紧张，车里的人没有一个是好欺负的。

大人物上了车，那位司机连同一名保镖，两人背对车门候在门外。车里的人，除了单子凯和老韩，陆钟他们并不知道对方的身份，不过看他的气度，还有出现的时间，并不难猜出，这位就是李先生背后的大人物。

"是不是觉得奇怪，我怎么会知道你们会在这条车辆稀少的县际公路上？"大人物的口吻并没有对待李先生的冷漠，言语中多了几分和气，养尊处优的坐姿却好像根本不是在陌生人的地方，仿佛在自己家里。

见无人应答，大人物指指陆钟手里的那个李先生的手机。

"多亏了你们把他的手机搞来，我在他手里安装了定位装置，他自己也不知道。"大人物颇为得意，一双威严却不乏精明的眼睛环视四周，他已经把车上的几个人打量了一遍，"如果没看错，几位应该是吃江湖饭的，有真本事的人。"

"请问阁下有何指教。"老韩的目光与此人相接，区区数秒，彼此的老辣都已了然于心。

"好，开门见山。我来是想给诸位讲个故事，这故事，是关于一个败家子的。"大人物说到"败家子"三个字时，隐隐地吸了口长气。

B

曾经有个不上进的纨绔子弟，天天跟狐朋狗友吃喝嫖赌，还跟朋友组了个乐队。某日一大帮人在某酒店开房，饮酒作乐喝多了，公子见乐队鼓手新带来的姑娘漂亮，便出言调戏还动手动脚。公子家世显赫，在座的全是巴结他的狗腿子，没人敢跟他做对。这姑娘第一次参加他们的聚会，并不知公子身份，不仅当场拒绝了他，还说了难听的话。

公子从没被人这样说过，只觉颜面尽失，一甩手就给了姑娘一个耳光。姑娘气不过，让男朋友帮忙，可男朋友碍于公子家权势，不敢做声。

姑娘受了委屈哭哭啼啼地骂了几句，这下更是激怒了公子，他抓起桌上的酒瓶对着姑娘劈头砸去，顿时血流满面。这还不解气，公子又把剩下半截的酒瓶，朝姑娘身上狠狠捅去。所有人都被吓坏了，他们从没见过公子发这么大火，不敢上前阻拦。等到公子放下酒瓶，姑娘已经成了血人没了呼吸。

公子这才消气，连灌几杯烈酒，醉倒在沙发上呼噜睡去，全然不知自己杀了人。那帮狗腿子们全慌了，毕竟人命关天，事发之地又是酒店，谁都不知道该怎么收拾这个烂摊子。

有人给公子家长打电话，很快，那边派人过来，先给大家封口费，甚至连遇害姑娘的家里，公子家也打理得服服帖帖，给了一大笔钱，让他们尽快搬到了外省。不久，在公子家长强大势力的影响下，案件了结，凶手是背黑锅的鼓手，公子与此案完全无关，最多得到家长的训斥。

"真他妈操蛋！"司徒颖听得气不过，忍不住骂了一句。

"的确操蛋。更操蛋的还在后头，这公子的家长，怕他在国内继续惹祸，决定送他出国。那公子在国外也同样不省心，到处惹事。就在上个月，这位公子在国外跟人非法赛车，车祸死了。公子的家长后来才明白，是他们的溺爱，害死了儿子。"大人物的声音低了下来，车内光线不强，不过还是能看得出他脸色很难看，"那混小子到死都不知道，他当年在国内杀人的事并没完全了结。包厢里，有人把事发经过用手机录了视频。那人也是个小官的儿子，把手机送给了他老爸。整个案件的审判期内，那位老爸都没有任何动静，他一直等到事情几乎平静下来之后，才把视频发给公子的家长，以此相挟。起初，不过是一些小小的批文，公子的家长觉得没什么要紧，都帮忙出面摆平。没想到这人胃口越来越大，一而再，再而三地提出无理要求。虽然整件事情已经过去，但如果视频落到外面人的手里，对公子家长的影响还是会相当恶劣。于是，公子的家长找了个人，试图找到那个存了视频的手机。"

"这个人，就是李先生吧？"梁融忍不住插了一句。

"所托非人，公子的家长浪费不少金钱和时间，终于看到一点成果。"说到这里，大人物的声音有些不自然，"现在那唯一的成果落到了诸位手里，现在那个小官已经自顾不暇，公子家长唯一希望的就是能够拿回那个旧手机。公子已经不在了，就算有人翻案也不能怎样，只是公子的家长从此不必再为人要挟，了却一个心病。"

"那混账公子跟我们有蛋关系，我们只在乎交出这个手机有没有好处。"司徒颖最烦这种自以为是的公子哥，她才不管对方是谁，开口便骂。

"这位姑娘说到了重点，现在整件事的来龙去脉诸位应该都了解了，也不必好奇调查其中的秘密了。诸位如果肯把手机还给公子的家长，这里有张一百万的银行本票，可作为答谢之礼。另外，我可以保证各位与今晚发生的事情毫无关系，也不会有人再追究。你们给我一个安心，我也给你们一个安心，也算公平。"大人物重新抬起头，用他习惯了的俯视角度看着车内的众人。

沉默不过两三秒，大家都在心里算计得失，最后老韩笑呵呵地接过那张银行本票，冲大人物拱拱手，"我们只是跑江湖的，不懂规矩，如有得罪还请多多包涵。"

老韩的话说完，陆钟立刻明白了师父的意思，把两部手机一起奉上。

大人物收好手机，环视一周，最后问道："不知几位，可否愿意交个朋友。"

"您太看得起我们了，我们这些人还真配不上您。"老韩这句话既是拒绝也是奉承。

大人物本以为自己豪爽的出手和显赫的身份，会让这几个貌似傲气的年轻人心为所动，根本没料想他们却直截了当地拒绝了他。这世上总有些人是他收买不了的，虽然拒绝得婉转，他还是觉得失了面子，连再见也没说就下了车，在两位保镖的护送下回到宾利。

"帮我留意这帮人。"大人物恢复了平日的威严，黑暗中吩咐着。

"是。"司机恭敬地点了点头。

漆黑的窗外，路边的风景被速度模糊成一片淋漓的黑色。夜深了，车外凄风苦雨，车内温暖如春，截然两个世界却共存于天地。

大人物看不到了，在他远远的身后，那帮收下他银行本票的人们站成一排，冲着他的座驾，集体竖起中指。

C

"大家现在看到的是警方在那间小小的地下密室里发现的东西，根据专家鉴定，其中不乏国家级珍贵文物和字画，总价值高达八位数。一个小小的县级政府，怎么会有这么多宝贝呢？据记者调查，其中大部分都是贿赂密室的主人的，还有一些是当地博物馆馆藏文物和多年前爱国华侨的捐赠，究竟是以何名义被私藏至此还需要进一步的调查……"

电视上播放的新闻画面正好是那栋规模空前的县政府大楼，小小的县城简直轰动了，那间地下室里的东西经过清点，总价值都快上亿了。这几天的报纸全都脱销，那位县领导疯狂索贿、入股煤矿、贪赃枉法的事已经上报了中央，纪委已经对县政府的领导班子展开了彻底的调查。

"我早知道他那狗屁儿子也不是好东西，每晚都开着改装摩托车在街上乱飙。"

"是啊，谁不知道呢，那混小子把头发染成一头黄毛，人五人六，到处惹事，听说就在他爹小金库出事那天晚上，警察还在他身上搜出了毒品呢，现在人还关在局子里。"

"这就是报应啊，听说中央也下文了，要严查这帮贪官。"

"感谢政府啊，咱们要去放挂鞭炮。"

公安局附近的报刊亭旁，几个市民围在一起边看新闻边讨论，经过他们身边的小禾和陆钟，听到这些话心领神会地相视一笑。

完成了一个"线人"的义务，小禾已经把该交代的全部交代了，警方很高兴一次解决了两个大案，根据他微博上李先生的大头照，已经下发了全国通缉令。不过有件事让警方疑惑，县公安局说小禾是"线人"的消息来自省公安厅，可具体是哪位领导发布的消息，大家都不清楚。不过很快就有比省厅更高级的领导传来消息，这位"线人"不用深查，要把调查重点放在姓李的身上。

小禾并不知道，这是某位他连面都没见过的大人物在暗中关照。还有当晚被拘捕的几名李先生的下属，对他们的调查也在继续深挖中。陆钟向他保证，他再也不用担心会跟这件事扯上关系。

"哥，你真是……"小禾越想越觉得陆钟神奇，直接叫他哥了。可没等到他把"卧底"两个字说出口，陆钟已经竖起手指做了个嘘声的动作。陆钟还摇了摇头，用眼神暗示他连老韩他们都不知道。小禾更加深信不疑，能搞定那么复杂的事，能想出那么绝妙的招，还让自己和伙伴们安全脱身的，只有真正的高级卧底。

"哥，我要报考警校。"小禾用凝望偶像的目光看着陆钟，异常认真地说道，"我想明白了，设局就像设计一个完美的数学题，解开这样的题需要更多智慧和天份，我可能不会超越你，但我希望通过学习能够接近你，做个像你一样牛逼的人。"

这小子是根好苗子。陆钟在小禾身上看到了当年自己身上那股天不怕地不怕的狂妄和聪明，同样是江湖子弟，小禾的老子也是个老江湖，可他的未来却会截然不同。他第一次想起，如果当年自己遇到的不是老韩，而是一个货真价实的好警察，现在的自己会变成怎样，会是最牛逼的警察吗？如果他走上了跟现在截然相反的一条路，后果真是不敢想。也许这就是命，命里注定他要当老千，像现在这样，当个好老千，除了不够光明正大，也没什么不好。

陆钟看着眼前这个前途不可限量的小子，笑着点了点头，不知为什么，这笑容里居然有一丝淡淡的苦涩。

D

当晚，商务车把大家带回了西安。天色已晚，老韩本想请大家去吃德长发饺子宴，小禾却把大家带到了回民街，说要谢谢大家帮了他这么大的忙，晚饭他请。大家都觉得好笑，小孩子家家的没什么钱，还能请大家吃什么好东西不成。

回民街一带都是小吃店，到了吃晚饭的时候到处是人，浓浓的肉香飘满了整条街。小禾也不说请大家吃什么，熟门熟路地带着大家来到一家小店里坐下。招牌上写着定家小酥肉，桌子小，人又多，来晚点还要排队。没多久菜就端上来了，每人面前一个老式搪瓷碗，碗里油汪汪的全是肉。司徒颖看着那油乎乎的碗，说这里的风格还真私房。

还别说，那肉看起来貌不惊人，闻着倒有股浓郁的花椒香，应该是重口味的。老韩带头试了一口，连声称赞。那肉是精瘦的牛肉，裹着米粉先炸后焖再上蒸锅，和葫芦鸡的做法有着异曲同工之妙，入口酥软，极为可口。再叫上两个小菜，配上店家自制的酸梅汤，既爽口又解腻，美翻了。

老韩是最会吃也最挑吃的，连他都说好，大家马上跟着下手，没想到就是这么简单的一道菜，让大家添了一碗又一碗米饭。老韩对小禾的态度也大大改观，在他看来，会吃的人都值得交朋友。

吃得差不多了，陆钟忽然拿出一张银行卡递给小禾，"这是那天在地下室姓李的给我转的二十万，密码是你手机尾号。这笔钱算是我们送你的学费，可得好好努力考上警校，没考上，你要加倍还给我们。"

"这怎么行，这笔钱是大家挣的，应该大家分，我净给您找麻烦，什么忙都没帮上，怎么能要钱呢。"小禾连连摆手，说什么也不肯收那卡。

"给你就拿着，这二十万不过是零头，我们的赚头比你多得多。"司徒颖忍不住露了底。

当初陆钟答应如果这笔买卖没赚钱他自己付给大家佣金，结果最后关头陆钟把李先生账户上的两百万全都转走。临了，那位大人物又亲自奉上一百万的银行本票，加起来一共三百万。大人物用这三百万买到了心安，从此再也不必担心有人揪自己的小辫子，这笔买卖也算公平。

"姐，你说话这口气真像我嫂子。"小禾滴溜溜地看看陆钟又看看司徒颖，经过这几天的相处，他也看出了司徒颖对陆钟别样的情意。

"好大的胆子，给你几分颜色就敢开我的玩笑了，找死呢你。"司徒颖佯装生气，举起筷子就要打。

小禾到底是个孩子，被追得往桌子底下躲，还一个劲地叫嫂子，惹得大家哈哈大笑。

"孩子，事情也算了了，你也该放心了，吃完这顿饭就早点回家，别让你妈担心。另外你答应我们的事，可别忘了。"酒足饭饱，老韩提起了正事。

一说到这个，小禾的脸一下子红了，也不笑不闹了，老老实实地来到老韩面前，先鞠了个躬，"爷爷，我要跟您说声对不起。其实……"

"你该不会是耍我们的吧？"单子凯从一开始就不太喜欢这个惹麻烦又自作聪明的小子。

"我有种不好的预感。"梁融看了眼师父，自言自语道。

小禾自责地低下了头。短短数日，他对这几位大哥大姐由陌生到熟悉，现在虽然谈不上是好朋友，但至少他们冒着风险费尽心机帮了自己，小禾知道自己必须要讲清楚了："其实我也不知道我爸在哪儿，他已经失踪半年了。"

"失踪？"陆钟看得出小禾说的是真话。

"是的，失踪。"小禾点点头，接着讲了下去。

老禾风流女人也多，天南地北的好几个地方都有女人有孩子，以往每个月他都会给大家固定的生活费，每过一两个月会回家住上一阵子，从不厚此薄彼，大家也都相安无事。但是这半年来，老禾一分钱都没有给过妈妈了，如果不是还有家小网吧，恐怕生活都要成问题。以前这种事从来没有过，小禾的妈妈跟其他另外几位姨也联系上了，大家居然都没收到生活费，于是大家都怀疑，老禾是不是出事了。

"我爸失踪半年，我又出了这么大的事，正好你们找上门来，我就大着胆子请你们先帮忙了。实在是对不起，我不是故意要骗你们的。"小禾再一次深深地鞠躬，虽然没哭，但眼睛已经憋红了。

"你再想想，最后一次知道你爸的下落是什么时候？"老韩听得皱起了眉头，倒不是怪小禾，只是没想到这家人的麻烦还真多。

"最后一次他给我们账号里打钱，那个账号是在湖南长沙。我爸最后找的那个阿姨就是长沙人，阿姨给我爸生了个小妹妹。不过我妈两个月前去了一趟长沙，我爸不在那里。"小禾努力回忆着半年前的一切。

"还有一种可能，他在外面又有了其他女人，一个更厉害的女人，不许他再跟你们来往，连你爸和你爸所有的钱都独霸了。"梁融猜测着。

"不，我爸不是那种人。他是个坦荡的君子，每次在外面有什么事情都跟我们说，我妈知道有几个姐妹，我也知道有几个兄弟姐妹，他不可能被某个女人控制。"小禾赶紧为他爸撇清，看得出，老禾在他心目中地位很高。

"那是你爸之前没遇上最厉害的女人。"司徒颖笑道，她最明白女人的手段，如果真要搞定一个男人，什么事都做得出。

"反正我不信我爸会丢下我们不管，如果他不是遇上什么难事，就一定是真的出事了。"小禾倔强地坚持自己的看法。

"孩子，你跟我说实话，你爸他到底是干什么的？"老韩听完小禾的话，忽然提出这个问题。虽说当初柳喜荫老前辈介绍说老禾是相士，但江湖中人的事很难讲清楚。

"我也不清楚他到底是做什么的，每次他回家都是休息，哪儿也不去。但外面的人都说他是大相士，总之，我觉得能养活这么多口人，我爸他一定是有真本事的。"小禾偏执地信任父亲。

看着他脸上的表情，陆钟再次感觉熟悉，十多年前，每当别人议论他爸爸，他也总是用同样缺乏论据的话反驳。最后那个不负责任的爸爸，终于抛家弃子跑路了，还留下一屁股债，拖累死了妈妈。小禾的反应让他有种不好的预感，怕是这一次，老禾也做出了跟自己老爸同样的选择。

"你爸有没有江湖上的朋友，比如说，师兄弟之类的，或者像我们一样，一起合作的人。"老韩试图从其他问题的答案上找到线索。

"这个还真没有，不过我记得小时候听他说有过师兄弟什么的，但是几乎没有来往过。"小禾挠着头仔细地想了想。

只要是吃江湖饭的，不可能不跟人来往，不论是相士、老千，还是砟子行，甚至混大街的佛爷（小偷），都得靠兄弟帮忙。生意越大，参与其中的人相应应该越多。跟同行来往稀少，却有大名声，这绝对不正常。

"哥，我知道的就是这些了。我真不是存心要骗你们的，你别怪我。"小禾委屈地看着陆钟，那眼神分明是向他讨饶。

"我要是你，恐怕也会做出同样的事，当时你也是没有办法了，放心，我们不怪你。"陆钟摆出长辈的架子，大度地拍拍小禾的肩，"能不能告诉我们，你爸爸这几个家的具体地址？"

"没问题，但你们要帮我保密。万一我爸回来了，知道我把家事说出去，他会生气。"小禾说完，跟服务员要来纸笔，写出了几个阿姨的家庭住址和电话。

第七章　背时鬼

A

　　长沙是个好地方，山有岳麓，水有湘江，自古以来就是鱼米之乡，兵家必争之地。湖南人性子烈霸得很，出了不少响当当的人物，远一点有曾国藩左宗棠，近一点的有毛泽东刘少奇胡耀邦，除了这几位，中国近代革命史上数得着的人物有一半都是湖南的。

　　初冬时节，站在橘子洲头眺望，湘江依然北去，岳麓山果真层林尽染，红的黄的枫叶夹杂着些常绿的樟树叶子，看起来别有一番韵致。只是又到了枯水期，近看不得，裸露的河床白花花的一片，沙砾遍布。沿江两岸或新或旧的楼显得不够洋气，唯一鲜活的是人，江边的杜甫江阁上有唱着花鼓调和长沙评弹的老人们在自娱自乐，隔着半条江，隐约有欢歌笑语传来。河床上不少谈恋爱的年轻人，正是如花似玉的年纪，那一张张笑脸，是最美的风景。

　　这座城没有上海和深圳的光鲜亮丽，也没有北京和西安的王者之气，它更像一个质朴却经得起推敲的中年人，有着自己独特的内涵。

　　老韩和他的徒弟们来到这里已经好几天了，拜访过老禾的小老婆湘琴，他们不是空手去的，备了厚礼，还有足够分量的红包给湘琴的女儿。但湘琴也说已经半年没有收到过家用了，更联系不上老禾。她年近四十，看起来却只有三十出头，保养得很好，不过一看就是个精明的女人。大家都看出她有所隐瞒，于是在这里多留几天，看看有没有新消息。小禾曾说他爸喜欢到橘子洲去，说那里风水好有灵气，大家便每天都来碰碰运气。

　　一连三四天都没进展，司徒颖没了耐心，白日里逛街去了。单子凯也找了个借口，去师大南院、艺术学院那边找美眉。这一日只剩下老韩带着陆钟和梁融，来橘子洲碰碰运气。

　　"问苍茫大地，谁主沉浮。"

　　陆钟忽然想起那位改天换日的伟人曾经吟咏过的名句，江水徐徐，近十年的岁月如水般逝去。他已经不再是十年前的那个无知少年，可谁又知道十年后的他会变成怎样。虽然身边是知心知意的师父和兄弟，可他的心里总有个角落空落落的。虽然他自己也不知道，究竟该用什么去填充，但最近一年来，那种虚空越来越让他在意。

"师父，我想去那边看看。"陆钟见橘子洲公园的人越来越多，顺手指了指沙洲的另一头。

老韩点点头，大家都朝那边走去。这橘子洲本是江心的沙洲，狭长，中间倒也有不少民居。洲边和江里还有为数不多的渔船，多为当地渔民。每日里撒下几网，捕到鱼便拿到岸上去卖。

渔民是个苦行当，风里来雨里去，寒暑都难熬，能打到甲鱼或者值钱的黄鸭叫卖就能乐上一天。以往湘江上游八百里洞庭，鱼肥水美，渔民们也跟着沾光，这些年来八百里洞庭萎缩了不少，鱼量远远不复当年了。赚不了几个钱，物价又不断地涨，日子艰难，江里的渔船越来越少，渔民们都上了岸。

"当年在上海滩刚出道，天天混码头，听人说起长沙港，也算是内地数一数二的码头，真是今非昔比了。"江心几条纤细的渔船，在体形硕大的挖沙船映衬下更显羸弱，老韩不免有些感慨："真是老了，总是想着以前的事，干脆再讲个老故事吧。"

凡有大江大河的地方就有码头，有码头的地方就有航船，除了运人的游轮还有运货的货轮。货轮是个临时性的小社会，远离陆地各自为局。解放前，游轮生意比现在发达得多，船票也比火车票便宜，是大多数人理想的交通工具。每条船上都有黑白两道的人物把持，也有各路的老千和娼妓，这么一来，自然少不得各种故事。

当年的黄浦码头，有个女人叫小白兰，肤白貌美，鬓角总插朵清香宜人的玉兰花。白花是寡妇戴的，她自称丧夫，要回乡奔丧，穿一身素色旗袍，身量苗条。一个寡妇出门在外诸多不便，只能开个单人仓，毫无心机地跟人聊天，什么话都讲，对男人不设防。聊得熟络，还告诉人家她住几号仓。对她起意的男人，晚上会禁不住诱惑摸到她仓里去，两人做个一夜夫妻。第二天船快靠岸时，小白兰就开始闹了，说是丈夫留给她的翡翠戒指被人偷走，恳请船长派人帮她搜搜。不多时，戒指肯定会在昨晚跟她过夜的男人身上搜到，原物奉还，男人还会被船长抓起来狠狠地打一顿，等到他下船的时候才把他放了，而他这时才发现身上带着的钱或者值钱的东西全都不见了。

"那要是这个男人也是有点本事的，不能随便冤枉呢？小白兰再厉害，也不可能从没看走眼过。"梁融若有所思地问道，这一次他把师父的老故事听了进去。

"你说得对，这个就需要B计划。小白兰当然不是一个人出来混的，船长收了她的钱会罩着她，还有她身后看不见的帮手。有一次，她真惹上了厉害人物，对方是个去某地任职的官员，被人冤枉要捆起来打当然不可能，他非但不承认，反而马上意识到小白兰是老千，检查自己的行李，发现少了整整两百大洋。他让船长搜小白兰，结果怎样，你们猜。"老韩说到最后，卖起了关子。

"结果小白兰的房里刚好有两百大洋，这笔买卖黄了。"梁融兴致勃勃地猜。

"错，当官的在小白兰的箱子里找到五百大洋。钱和钱都是一样的，但是如果说人家有五百大洋的富寡妇要去偷一个只带了两百大洋的小官，于情于理都说不通，最后那个当官的钱没找到，船已经靠案，乘客们争相下了船，这件事只能不了了之。"老韩颇为得意地摇着头，把故事讲完。

"基本上三两天就可以做上一单，这姐姐一定发大了。"梁融憧憬地计算着，好像这是他自己的生意。

"她也要分钱给身边帮忙的人，当年她赶上了最后一班去台湾的船，用了多少金条买的船票就不知道了，我听说，她的箱子只能拖着走，壮汉子都拎不动。"

"要是以后国内不好混了，咱们也用这一招去国外混。让大小姐当小白兰，咱们也坐船，什么玛丽女王号、海洋绿洲号、红宝石公主号，所有五星级游轮通通坐个遍，到那时候，我们就是国际级老千了。"虽然是玩笑，梁融开心得像个孩子。

"师父，您当年是不是也跟这位老前辈混过，还是初出山时，在她身上栽过跟头？"陆钟听完老故事，转而把注意力放在了师父身上。

"是啊，师父您英俊潇洒玉树临风，又这么了解小白兰的事，你们俩肯定……嘿。"梁融搞怪地冲师父挤挤眼睛。

"呵呵，你们随便猜，我是不会说的。"老韩神秘一笑，不给徒弟们开自己玩笑的机会，转而继续说道，"这是个有上千年历史的老招了，专骗好色之人。也有不讲规矩的男人，睡完姑娘就翻脸不认人的，说姑娘偷了自己的东西，等到众人搜出来，逼得姑娘跳河。咱们这一行，有英雄也有混蛋，我跑不了几年江湖了，你们今后要多加小心，搞不好一个跟头栽下去，全副身家都打了水漂。"

故事说完，大家已走到橘子洲尾，远离洲头的那一端，洲后头还有两个规模稍小的沙洲，上面郁郁葱葱地生了几丛荆棘，荆棘的掩映下，有艘精致的画舫靠在岸边，船头挂出一个条幅，上面写着三个大字：古而学。这三个字的下面，画着一个摇签用的签筒。

老韩眼前一亮，兴奋地唤住两位徒弟去看看。

B

几乎每个跑江湖的相士都有自己的招牌，连招牌字号也没有的，百分之九十九是连规矩也不懂的外行。老韩说他还年轻的时候，曾经在广东省遇到过一位很有名的大相士，那位前辈的招牌就是"幼而学"，既然这位敢叫"古而学"，怕是跟那位前辈有些渊源。

老韩兴冲冲地抢在了前头，画舫并不大，只是远看显得精致，近看却有些破落了。生意冷清，没有客人，就连客人坐的椅子上也落了浅浅的一层灰，一个穿着黑色长衫的老头笼着袖子坐在其中，正打着瞌睡。桌上摆着个小小的鸟笼，笼中有只黄色的鹦鹉，跟老头一样冷得都快把头埋进翅膀里了。鹦鹉面前有个木质签盘，上面摆着整整齐齐的几十个签封。这种老套路连梁融都知道，那些签封是用药水处理过的，鹦鹉只会叼出气味最浓郁的上上好签，因为好签客人给的钱才多。

见此情形，老韩略微有些失望，陆钟用力咳嗽两声，叫醒老头。那老头半眯起眼睛，打量了一番进来的三位，很俗套地张罗着，免费解签，不准不要钱。再对进来的三位四下里打量，他心中暗喜，更加殷勤地擦干净凳子请他们坐下，热情地介绍着，看手相算八字还有解字和求签，哪样都行。

"我们是外地来的，今天碰巧碰到了您，就请您给抽个签吧，不过我们要签筒自己摇。"老韩盯着老头细看，一双不大的眼睛里泄露出刻意掩饰过的精明，花白的头发却抹了发蜡，梳得一丝不苟。还有那双手，那是双养尊处优的手，皮肤光滑骨节均匀，指甲也干干净净。

"好说好说，签筒我有，在南岳衡山开过光的，保证准。"老头恭敬地递过签筒，老韩自己摇了起来，不多时，一只竹签冒尖落出。老头捡起来一瞧，笑开了："恭喜恭喜，第十八签，曹国舅为仙。"

"请问喜从何来。"陆钟帮师父问了一句。

"这签有四句签文，我写给您看。"说罢，老头从桌子下面捧出笔墨纸砚。

墨是早就磨好的，放了太久有点干，老头兴致勃勃地添上一点清水，提笔写来：金乌西坠兔东升，日夜循环至古今。僧道得知无不利，士农工商各从心。

人不怎么样，字却不错，至少临摹过十年的颜体，让人对这个长得不怎么样的老头有些刮目相看。放下笔，老头摇头晃脑地解释开了："此卦阴阳消长之象，凡事遂意之兆也。也就是说，您心想事成，凡事都会顺顺利利。"

"您觉得我这个签真的准吗？"老韩不急着付钱。

"怎么能不准呢，是您亲手摇的，这可是天意。"老头晃着脑袋，有点油腔滑调。

"是嘛，那可希望真是天意。我们这次来长沙，不是旅游，是来找人的。"老韩话里有话地试探。

"哦？"老头不做声了，脸上的笑容凝固了。

"我们是来帮一个细伢子找他父亲的。这孩子前阵子遇到了大麻烦，可惜他父亲又不在身边，真是急死人了。"老韩故意不紧不慢地说着，一边观察对方的反应。

"细伢子姓禾，您老做这档子生意，接触的人多，不知认不认识姓禾的朋友呢？"陆钟见师父火候差不多了，干脆把苗头亮了出来。

"你们究竟是什么人？"老头一下子站了起来，紧张地望着面前的三个生人。

"祖师遗下三件宝，众房弟子得真传，乾坤交泰离济坎，江湖四海显名声。在下韩枫，师爸傅吉臣，未请教阁下高名。"老韩正了颜色，认认真真地念出四句切口来。

"你们是……"老头立刻变了脸色，对着老韩恭恭敬敬地拱了个手，"在下禾下土，师爸是杨海涛，我师叔伯是杨海波。"

"不必客气，算起来五十年前杨海波大师爸跟我师爸有过交情，你我算是同辈。虚长几岁，我就叫你禾老弟吧。老弟啊，我们找你找得好苦。"老韩总算放下了心，找到正主了。两只老手紧紧地握在一起，虽然从未谋面，但他们不再感觉陌生。

"来来来，喝杯热茶，有话慢慢说。"老禾去船头收起了外面挂着的招牌，今天不做生意了。

老韩把从柳喜荫前辈那里听到老禾的消息，连同前阵子发生在小禾身上的事也和盘托出，老禾听得面有愧色，"真是对不起他们母子，是我没本事，害了他们。"

"老弟是不是遇到了什么麻烦？"老韩掏出两支雪茄，一支留给自己，一支递给老禾。

"丢人啊。不提也罢，自己没本事，怨不得别人。"老禾连连摆手，不肯接过那烟，羞愧得别过头去。

"你我同门，有什么事尽管说，要是能帮得上忙，我们一定尽力。"老韩看了几个徒弟一眼，心道这次怕是不会那么顺利。

"你们已经帮了我儿子，前几天你们还找到湘琴，留下一大笔钱，我已经没有还礼了。要不是我手头拮据，今天见到二位高徒，也应好好相请，怎好意思让你们再多劳心。"老禾是个爱面子的人，虽然落魄到没有条件讲究礼数，把话给说明了。

"江湖子弟，要是我遇到了同样的麻烦事，一样会有朋友帮忙。你再拒绝，就是看不起老哥了。"老韩干脆板起脸来，佯装动气。

老禾细细打量眼前这位风度翩翩的同门，看得出对方过得不错。江湖人吃江湖饭，没本事可什么都吃不着，想来今天遇到的是能人了，说不定真能帮上忙。其实就算帮不上，交个朋友也好，这么多年来，那个秘密把他憋得好苦。他紧紧地皱起了眉头，长叹一声："别看兄弟现在不怎么样，当年我也有风光的时候，只是说来话长……"

C

老禾的师爸杨海涛，虽然跟杨海波是堂兄弟，也是同门同辈，但不论天份还是名声都远不如杨海波。当年杨海波和傅吉臣在上海滩上做下了一件扬名天下的大买卖，后来去了新加坡，再也没有回来。

师爸自己本事不够高，教出来的弟子水平就更有限，老禾连同他的师兄弟几个等到明白自己拜错了师爸，为时已晚。师爸就跟爹一样，不能随便换。后来又赶上了解放，再后来的二三十年间，"文革"和各种运动，不仅是老禾他们，就连全国各地的千门子弟都没敢闹出动静。

　　师爸教不了多少东西，但是老禾和他的师兄弟们一直没忘赚大钱。几个人中，又以大师兄李韬最为好学上进，他在师父那里听说过有几本秘籍，以为就像武功秘籍一样，只要拿到手，好好学习就能练出盖世神功。那二三十年里，他到处寻找秘籍，不枉他一片苦心，终于费了不少心血搞到一本《军马篇》的手抄本。

　　说来也怪，那手抄本上只有封面上军马篇三个字，里面就像无字天书，什么内容都没有。这事成了师兄弟们的笑柄，说李韬想学骗术想疯了，居然被同行给骗了。私下里跟大师兄关系最好的就是老禾，李韬跟老禾说过很多次，秘籍一定是真的。

　　八十年代末，全国各地的千门同行们像蛰伏了太久的虫蛇鼠蚁，纷纷出动了。师爸杨海涛在"文革"中重病去世，此时师兄弟几个就团结起来想办法赚大钱。厦门某地，有个远近闻名的大善人冯嘉泽，父辈是知名华侨，家里珍藏了不少珍品古董，在"文革"期间被搜走一批，还剩下另一批因为小心地藏了起来躲过了浩劫。政策稳定后，政府归还了一些古董，连同他家的大宅院也还给了冯家。冯嘉泽没有搬回去住，而是在老宅里成立了一家福利院，把附近的孤寡老人和孤儿病儿们都接来住，生活所需全靠他自己的生意，有时候开销太大，他就把家里的古董拿出一两样送去香港拍卖，所得款项全用在福利院里。

　　既然是大善人，肯定心肠软，好骗，老禾他们师兄弟几个把目标定在了冯家。大师兄起初反对，说师门规矩不能骗好人。可师弟们哪里肯听，都说只有钱才是真的。师爸都早死了，谁还管什么劳什子规矩。那时候的大师兄早已成家，媳妇在三年自然灾害的时候饿死了，他一个人带着两个孩子，艰难度日，迫于生计，不得不跟师弟们合作。

　　为了获得冯家人的信任，摸清冯家的底，师兄弟几个全都改名换姓进入冯家开的米店打工。冯家有个小姐冯明慧，起先二十年因为成分不好没人敢娶，她也忙着照顾有病的父亲和家里的生意，熬成了老姑娘，三十来岁了还没结婚。

　　师兄弟几个商量着，本想让对女人最有办法的老禾去勾搭冯小姐，能找到她家藏古董的地方就行。结果冯小姐没看上油头粉面的老禾，却看上了老实巴交的大师兄。大家在冯家干了大半年，终于发现古董藏在米仓的最底下，苦于人多眼杂，冯家的工人们又格外忠心，不便动手。

　　没多久，机会来了，冯家有个很重要的亲戚去世。师兄弟几个制造了一个小小的意外，冯嘉泽伤了腿，不方便出国奔丧，只能让女儿替他去一趟。这一趟可是远门，家里店里还有福利院里，大大小小的事情都落在了冯老板身上。

因为大家功力不够，不足以把古董骗出来，于是决定用强，不过由于之前大师兄强调过千万不能做瓜（做死）冯老板，大家决定瞒着他下手。趁冯小姐不在家，让大师兄以生日为由，请店里的伙计们去外面吃饭，老禾他们连同几个弟兄计划放把大火，先从隔壁的布店烧起，再烧到冯家米铺。三个师兄弟趁乱把米仓里的古董全都偷了出来，至于冯老板，就用砖砸晕了扔米仓里烧死。

大师兄的饭吃到一半，见师兄弟几个都借口先走，就起了疑心。等他追出去，大家已经准备动手烧屋了。大师兄拦住师弟们，不让他们杀人，可谁也不肯听，还打了起来。寡不敌众，大师兄被打晕了，为了防止他清醒后把大家的事抖出去，几个师弟商量好，也要灭掉大师兄。老禾和二师兄白灵光不敢亲手杀死大师兄，商量了一会儿，决定把大师兄扔进城外的一个下水道井里，那里人迹罕至，就算大师兄醒过来也会活活饿死。

这件事后来还是做成了，那晚风大，大火不仅烧了布店和米铺，还蔓延开来足足烧掉半条街。冯大善人死在自家米仓，伙计们见小姐迟迟不归，也各自离去找新的营生。老禾和师兄弟们平分了古董，大家约定离开厦门，有多远走多远，改名换姓各自发展。

"你们是为那本秘籍来找我的，也算找对了人。如果我手里有书，别说是借给您的高徒看，就算是送给你们也没什么。只是眼下这情况，唉，实不相瞒，那秘籍大师兄曾经放在我身边保管，所有师兄弟里，我俩感情最好。那年把他留在下水道里，我于心不忍，就把那秘籍也扔了下去，算是他的陪葬。这么多年了，也不知道那东西还在不在，我可以带你们去看看，但是不能保证。"老禾凝望着画舫窗口外，那一小方滚滚不停的江水，浊如黄汤。

"前辈，您说了这么多，并没有什么麻烦啊。你们师兄弟分了那些宝贝，应该都过得很好才是，不必为生计发愁了。"陆钟认真地听完每一句话，却发现老禾说的跟他现在的窘境无关。

"我有罪啊。"老禾长长叹了一声，一串浊泪滚滚而出，"我们真的做错了，不该背叛师门，杀人还放火，没了冯家人的照顾，那个福利院也办不下去，我们害死的不仅是冯老板和大师兄。现在，报应终于来了。"

老禾拿着那些宝贝，却没过上一天心安的日子。这么多年来，他东奔西走到处生根，为的就是躲避冯家的人，躲避比自己更加残忍狠毒的师兄弟们。偏偏他学艺不精，做生意不行，骗人也不行，为了能让那些钱有个正当的来历，只能大把大把地花出去，结交达官贵人，幸好他有一手好字，名声渐渐地大了。大家只当他是知名大相士，不肯轻易亮出真本事，反而对他愈加敬佩。遇上有真本事的同行来讨教，他也都是大礼相赠，讨个人情，让大家不点破自己。

就这样，坐吃山空，多年前的那些宝贝已经被他折腾得差不多了，偏生这时候，出大事了。半年前，二师兄白灵光的手下忽然找到他，说三师兄死了，而且死得蹊跷，手心里被人用血写了一个冯字。

"一定是冯家的人找上门来了。当年我就说过，冯小姐不会放过我们，虽然她在国外，但迟早要回来，迟早会知道那场大火不是偶然。我真的好怕，怕她找上门来，我已经没有钱还给她了，我身后还有那么多人要养活，我不能死啊。二师兄这些年生意做得大，连他都怕了，我能有什么办法。我只好到这里躲了起来，不敢跟家里人联系，生怕冯家的人找他们麻烦。"老禾说完这些，已经憔悴得像是老了十岁，佝偻着背，缩成一团。

"老弟，你们的确是错了。"老韩轻轻地把手搭在老禾的肩上。

"我总是梦到那场大火，烧也烧不完，冲天的火光，还有那股子烧焦的米香。大师兄他是个好人，是入错了行。他当我是好兄弟，什么话都跟我说，我却亲手害死了他。我……真的错了。"老禾的双手抓住头发，哭得像个孩子。

"老弟，这样吧，我们陪你回一趟厦门，为那位故去的大师兄做个体面的道场，为他买块风水好地，所有开销我们负责。"老韩想了想，做出一个决定。

"这……这可叫我怎么谢你们才好。"老禾惊喜地睁大了那双老眼。

"不用谢，帮你也是帮自己。一来了却你的心事，二来我们也好看看有没有秘籍的下落。"老韩站起身来，带着两个徒弟准备离去，"你准备一下，我们尽早出发。"

第八章　清理门户

A

两日后，老韩和他的徒弟们，连同老禾一起赶到了厦门。

厦门是个岛，副省级城市，国民党撤到台湾后，这里是两岸最接近的前线阵地。鸦片战争之后，厦门岛连同鼓浪屿作为战略部署重地，被英法德美等欧洲列强，甚至荷兰和西班牙之类的小国殖民侵略长达四十年之久。岛上洋行和银行众多，还有各国领事馆，各种来路的大资本家大买办，那段晦暗的历史，给这座美丽的岛屿留下了一栋栋风姿各异的精美建筑，经过时光的洗礼，这些建筑已经彻底跟这片土地完美融合。

大家这次来不是看风景的，当年的老街早已变了模样，大家买了香烛纸钱，根据老禾的指引来到城郊。虽然时过境迁，但老禾还是找到了把大师兄扔下的下水井。那是个有三五米深的老式下水井，当年外国人在此地居住的时候开挖的，井面上是一个圆形的下水井盖，盖子上还有几个小孔可以渗水下去。原本附近的小山上有外国人的别墅，"文革"期间早就被红卫兵们毁掉了，于是这条水道也被废弃，变成了枯井。

梁融搞来绳子和工具，单子凯和陆钟下到井里，用铲子挖开厚厚的枯叶和淤泥，却什么也没有挖到。

"您没记错地方吧？"司徒颖眼看着井下的陆钟和单子凯挥汗如雨，心疼了。

"肯定没记错，当年冯家的米仓就在山下。"老禾用双手打起凉棚朝四周望望。

"会不会那位前辈苏醒后，从井侧的水管里爬到其他的地方去了？"梁融趴在井口，看到井壁上一左一右有两个水管。

"不会，水管口这么小，里面还有不少沉积的垃圾，除非是野猫和老鼠，要不就只有几个月的婴孩能爬进去。"老禾把大师兄扔下去之前，他是做过勘察的。

"人死肯定会臭，这里温度又高，说不定后来有人发现了前辈的尸体，把他弄走了。"司徒颖再次提出设想。

"这倒有可能，出事后我们谁也不敢往这边来，不过那阵子并没听到发现死尸的新闻。"老禾依然摇头。

"如果弄走尸体的是你们自己人呢？你们那几个师兄弟可都不是省油的灯。"司徒颖穷追不舍。

"这……"老禾忧心忡忡地看了井底，让陆钟和单子凯先上来，"不瞒你们说，其实我有件事忘了跟你们说。"

老禾要说的是，近十年来，二师兄白灵光总是阴魂不散地缠着大家。

当初提议对大善人下手的也是他，他原本就好赌，在外面欠了一屁股赌债，急着要钱还。大家动手前曾约定，得手后就分开，大家都改名换姓从头再过，免得这人命案子落到自己的头上。其实这一条也是针对二师兄定下的，大家都被他拖苦了，再也不想被他拖累。

不料二师兄没过上两年好日子，又赌上了。这一次他瘾更大，去了澳门，而且越赌越大。澳门是什么地方，高手如云，他很快就输光了自己那份钱，还欠了赌场一笔巨款。被追得没办法，这家伙无奈再次故技重施，千方百计找到各位师弟，求大家帮一把。说是帮忙，但话里的意思是大家必须给他钱，他豁出去了，反正还不上债会被人打死，不如去找警方自首，把当年的事全抖出来，大不了进局子下半辈子吃牢饭。

师兄弟一共五个，大师兄被害死了，当年一起做下案子的人除了二师兄外，就还剩下三个。老禾是入门最晚的，在他之前，三师兄和四师兄都被二师兄成功勒索过。每个人都付出了上百万的代价，在九十年代，这笔钱算得上巨款。

从那之后，三师兄和四师兄再次改换姓名举家搬迁，老禾为了躲避二师兄也为了躲避冯家的人，更是狡兔三窟在全国各地置下了好几个家。好在真的躲开了二师兄，他再没找上门来。直到半年前二师兄派来的人再次出现，不过这次不是来要钱的了，而是来告诉老禾三师兄去世的消息。

"你这个二师兄，倒是有点古怪，不如我们去查一查他的底细。"老韩看了陆钟一眼，师徒俩倒是想到一块儿去了，陆钟连连点头。

"干爹，既然咱们来了，这些香烛也带来了，还是拜拜吧。"司徒颖心细，指了指那挖得稀巴烂的下水井，就算前辈的尸身不在，至少这里是他去世的地方。

老禾找来块木板写了个牌位，老韩带着一众弟子，对这位素未谋面的大师兄三拜九叩上了香，一叠又一叠的纸钱被点燃，青烟袅袅至上天际。老禾老泪纵横，对着牌位重重地磕头，嘴里不住地念着"对不起"。

伤感的情绪像是传染病，老韩的眼眶也跟着红了，不知是被烟火熏的还是真的动情。司徒颖看在眼里，紧紧地挽着干爹的手臂，递上一方手帕。

陆钟和梁融、单子凯交换了一下视线，大家都明白，兔死狐悲，师父也是在为自己伤心，虽然这阵子病情比较稳定，咳嗽没有增多，体重却在不断减轻，就连腰围也减了两寸。师父一定知道自己的身体状况，他是怕有朝一日，同样的场面会出现在自己的坟前。

见徒弟们都用凝重的目光看着自己，老韩意识到自己的情绪不好，把徒弟们拉到一边，压低了声音吩咐道："以后我死了，你们都不许哭。给我多烧点钱，多烧几个美女、菲佣，还有别墅。车么，布加迪劳斯莱斯还有宾利，什么贵烧什么，我还要喷气式飞机，另外名牌衣服鞋子和包一个也不能少。"

看着老韩认真的样子，司徒颖忍不住破涕为笑。

"笑什么，我是认真的，你们都给我记好了，每年清明节和七月半我坟头上的排场要最大的。对了，还有麻将扑克牌骰子千万别忘了，就算是到了那边，我也要好好过日子。"老韩依然板着脸，有板有眼地吩咐。

"干爹，我保证不论什么时候，您永远都是排场最大的。"司徒颖撒娇地把头埋进老韩的怀里，她跟老韩在一起比跟自己亲爹在一起的日子还多。

"师父，您放心。"陆钟、单子凯和梁融异口同声地说道："您还有什么需要随时吩咐，我们一定都会照办。"

听到这些对话，老禾不由得回过头来，羡慕地看着这帮年轻人。想当年他也同样年轻，也有过同样的师兄弟，可惜造化弄人，偏偏跟他感情最好的，却死在他手里。

"干什么，我只是说说，又不是立遗嘱，距离那一天还早着呢，你们还有得等呢。"回去的路上，老韩拉上老禾，健步如飞地走在了最前头，"走，老弟，我们去吴再添吃沙茶面。"

B

调查一个人，需要大量的时间和精力。

调查两个千门中人，更是需要投入极大的时间和精力。好在老韩人脉广，人缘也好，价钱也给得高，天南地北都有人帮他的忙。等候结果的日子，老韩他们陪着老禾回到了长沙，有徒弟们替他奔波，每天吃吃湘菜，打打长沙麻将，有空再去做个足浴，日子倒也惬意。这阵子老韩甚至抽上了湖南产的烟——芙蓉王。不过他更感兴趣的是长沙卷烟厂，每年光是纳税都高达上百亿，这需要多么牛逼的销量！

不到半个月的时间，二师兄和三师兄的资料就搜集得差不多了。

三师兄的资料先送到，大家没能搞清死因，反而更不解了。

三师兄杨晓波是老禾师爸的亲生儿子，老子学无所长，也没教给儿子什么真本事。这些年来，他靠着当年从冯家偷走的古董起家，搬了两次家，最后在武汉定居，在大学城里开了家规模很大的网吧，生意红火。但是这一次，真的不知出了什么事，现在人已经死了，网吧也转给了别人，他太太也躲灾似的带着孩子出国了，连国内打过去的电话也不接。

三师兄死的时候手心里好歹还有个"冯"字，二师兄却更让人费解。老韩托的人不知用了什么办法，不仅给出了白灵光这二十年来的文字资料，连他家的户口本复印件和家庭照片都搞到了。

"大家辛苦了，下面我来帮干爹介绍一下情况。"司徒颖清清嗓子，按下了投影机的播放键。

画面上首先出现的是一张身份证照片，姓名那一栏上赫然写着三个大字：达济天。

"他改成这名字了，难怪我总找不到他。"老禾瞪大了眼，死死盯着屏幕上的二师兄，那张洋洋得意红光满面的脸，显得比他年轻了十岁。

"这名取的，达则广济天下，他是想当大善人吗？"单子凯插一句嘴。

"的确不错，一听就不像是坏人，容易给人先入为主的好印象。"老韩也表示赞赏。

"听到接下来的消息，请大家保持冷静。"司徒颖看了一眼资料夹，环视在场的各位，然后她盯着老禾的眼睛，一个字一个字地说："现在，他身价数千万，名下有十多家公司，是省级先进个人代表，著名慈善家，航空公司钻石VIP。"

什么？老禾简直不敢相信自己的耳朵，夺过司徒颖手上的资料夹自己看起来。

梁融索性鼓起掌来，单子凯甚至吹了声口哨，就连老韩和陆钟也面面相觑。

"这还不是最劲爆的，前辈，您说他曾经欠下澳门赌场高额赌债。根据我们的调查，这位达济天先生从未涉足澳门，没有出境记录，也没有欠过一分钱赌债，他本人，近十年来几乎没有参加过牌局，他公司的人说他除了陪重量级大客户，连麻将都很少打。"司徒颖用纯正的京片子继续说道。

"不可能，这怎么可能，他真的是个赌鬼。如果他不是赌鬼，那我们给他的几百万都干什么去了！"老禾几乎在咆哮，他愤怒地扔掉了手里的资料。

"老弟，他可能曾经是个赌鬼，但是你别忘了，他也是咱们千门中人。我觉得，你这位二师兄应该是你们师兄弟几个之中，道行最高的一位。他把你们全都给骗了，还骗了几十年。"老韩说的这番话，其实早就埋在心里，今天不过是有了确凿的证据。

"等等，你说的不对，他赌过的。你看这里，他曾经用过的名字：易光。这名字我听过，十多年前曾经在江浙那边很火的一个高手，几乎从没输过，帮一位很厉害的大老板看过半年场子，据说月薪都有五十万，外加分红。"梁融捡起老禾扔在地上的资料看了一眼，"姓易的人本就不多，易光，用江浙那边的地方话说，就是赢光的谐音。他的名字也是故意这么叫的。"

"月薪五十万看场子，怎么可能！"单子凯听了直摇头。

"当然可能。他技术好，为好几家大赌场暗中护庄。每次外地来'开档'（赚钱）的同行来了，或者碰上运气特别好的赌客，就轮到他出场。那是很久以前的事了，我曾听一个混牌桌的朋友说过，其实是这家伙在牌上做了手脚。他自己出了十万块，在一家印刷厂定做了十万副扑克牌，每张牌的背面都有暗花，这暗花只有他自己认识。"梁融曾经也是个牌精，就算什么也不干，也能靠着打牌维生。

"就算他定做了牌，也不能保证大家都用他的牌啊。"司徒颖也被这个话题深深吸引。

"他聪明的地方就在于，自己又投了十万块，让当地所有出售扑克的批发商只做他一个人的货，买断了一年行市。算一算，一副几块钱的扑克能有多少钱利润，他的牌进价比人家的低，质量一样好，卖出去了还有另外的奖金，换做是你当批发商，你做不做？"梁融颇为得意地介绍着。

"做。他可真是聪明，这么一来他就是赌王了。"单子凯用手摸着下巴，憧憬地看着幕布上自动播放的照片，那位前辈风光无限地跟不少官样人物合照。

"俗话说得好，小赌可以养妻活儿，大赌可以创业兴家。这位前辈真是楷模啊，混到他这份上也算是洗白了，好日子还在后头。"梁融敬仰地看着达济天的模样，做崇拜状。

"楷模你的头！他明明是坏人，杀人放火是他提出来的，骗师兄弟也是他做出来的，你说，他坏了多少规矩。"司徒颖照着梁融的后脑勺狠狠地来了一下。

"小颖说得对，不能以赚钱多少来评论个人成功。就算干我们这行，捞的是偏门，也要讲规矩，如果我们都像他那样，自己人骗自己人，你们说会怎样，我们还能继续玩下去吗？还不如趁着你们没做出这样的事来，趁早散伙！"别看老韩平时跟大家嘻嘻哈哈地什么玩笑都开，但是一旦涉及门规，比谁都严厉。

"师父对不起，我们错了。"梁融和单子凯见师父脸色大变，马上低头认错。

老韩在房间里踱来踱去，每一步都异常沉重，听得众弟子们心惊胆战。一支雪茄都抽完了，老韩才终于停下脚步，表情异常严肃地说："老弟，你我虽然不是一个师爸，但也算同门。如果你不反对的话，我想帮你们清理门户，顺便更进一步地调查你那位三师兄的死因。"

老禾听完介绍，早就怒火中烧，被他当师兄看待的人，却一再欺骗自己，足足骗了几十年，换了谁都想不通。他激动地捧起老韩的双手，恳求道："老哥，你已经帮了我这么多忙，就拜托您帮到底吧。就算我也死了，至少在那边对大师兄三师兄，还有师爸都有个交代。"

"好，那下一站咱们就去山西，咱们要好好演一出好戏。"得到了老禾的同意，老韩把视线投向徒弟们。

师父从没发过这么大的火，大家赶紧点头。陆钟不忍师父动怒，也点了头，可心情却格外沉重，虽然江相派早已名存实亡，师父对于门规的看重和维护，让他始料未及。如果有一天，自己撑起了这面大旗，真的能跟师父一样，重振千门吗？天下的老千们，会乖乖地服从那几条流传了数百年的老规矩吗？

第九章　喝杯白酒，交个朋友

A

山西省坐落于太行山以西，是历史悠久物产丰富，不仅有著名的平遥古城杏花村汾酒，也有武则天和貂蝉。不过急功近利的现代人谁还关心这些老黄历，近十年来山西最出名的就是煤老板。

没办法，谁让全国最贵的房子车子全都被煤老板们买走了呢？就算在山西，不少本地人都说开煤矿比开银行还赚，一天没有个三四十万进账都不算见到钱的。

这天是煤城县里响当当的煤老板鲁大龙娶儿媳妇，迎亲的车队大排长龙，没有一辆是价值低于百万的。吃的什么不说了，无非是燕翅鲍，没什么新意。这天最吸引人的还是烟花，耗资一百万从湖南浏阳定做的，可以在空中持续两小时不间断。整座城里都被烟火气搞得白雾缭绕，不过主人家要的就是这个效果，据说在煤城的任何一个角落都能看到。

这么高档的婚宴，给多少红包合适？一万块以下都不好意思出手，主人家还请了银行的人在前台负责清点并直接入账。酒店门前几乎全是奔驰宝马，开丰田本田的，大都是老板本人不能来，秘书助理来代理跑腿的。今天接新娘子的花车最漂亮，价值六百多万的宾利，酒店前不少路人围在车旁议论纷纷。一个矿工一天拼死拼活也赚不到一百块，这得卖出多少煤，才够换来这辆车。

不过很快，花车的风头就被另一辆车给盖过了。那是辆宝蓝色的劳斯莱斯幻影敞篷车，经典的可折叠软顶，车身腰线刻意抬高，配以二十一英寸的硕大车轮，形成车身高度是车轮高度两倍的比例，这是只属于劳斯莱斯车系的完美比例。不论是车头浑圆的前灯，还是内饰乳白色的真皮座椅，每一个细节都体现出顶级皇家风范的优雅。那尊贵的宝蓝色车身，在遍地的烟花纸屑衬托下，在一众黑色为基调的宝马奔驰背景中，显得独树一帜。

这辆车价值七百万，加上不菲的关税，到手怎么也得上千万。

豪车不算什么，山西的地界上路最烂，但什么好车都有，不过大部分煤老板都没读过多少书，粗鄙得很。有人说过，煤老板们就是穿着路易威登也随地吐痰，开凯迪拉克也乱闯红灯。在场看热闹的人们本以为这辆车的主人也是个大腹便便的煤老板，没想到，车上却下来一位明星般光彩照人的年轻男人。

这位年轻人，皮肤比大部分女人还白，头发用发蜡打理得精精致致，乳白色的修身长裤搭配巴宝莉经典款米色风衣，举手投足间显示出本地爆发户学也学不来的风度，高人一等的身高在腆着肚子的煤老板中，鹤立鸡群。此人仅仅是在酒店门口亮了个相，立刻把新娘新郎的风头全都抢光。帅哥身边还跟着个胖子跟班，帮忙拎着包。虽然胖，但胖子也是一身光鲜气质不凡，跟其他的秘书助理一比，立分高下。

"哎，那谁啊？"一位煤老板的私人助理拉过伴郎低声问了问。

"不认识，可能是女方的亲戚吧。"伴郎故作镇静地盯着那二位看了又看。

"这可得问问，这号人物，不能不认识。"那位助理的眼睛自从盯上了这位，就没再移开过。

只见帅哥跟新郎新娘握了握手，道了声恭喜，又随着道贺的人流来到交礼金的地方，在礼宾部上洋洋洒洒地签下大名。见之前的人都是一人一砖一万块的毛主席，那位年轻的帅哥问道："可以刷卡吗？十万。"

"十万？"听这位帅哥的口音不是本地的，收礼的银行工作人员立刻抬起了头。

"没错，十万。"年轻人彬彬有礼地笑笑，这一笑就更迷人了，仿佛有一圈看不见的光环萦绕在他身边。

"可以，可以刷卡。请问您是女方的亲戚还是男方的亲戚？"坐在收礼人旁边的，还有两位专门负责招待贵宾的工作人员，他们赶紧站起来，"没别的意思，男方的亲戚坐大厅左边，女方的亲戚坐在右边。"

"算是男方吧。"年轻人犹豫了片刻。

"二位请跟我来，坐左边的包间可以吗？"接待人员殷勤地带着这位贵客去了包间。

这顿饭还真是阔气，不仅菜色都是山珍海味，就连桌上的碗筷也都是定做的，每个餐具上都印有一枚粉红色桃心，桃心中间是新娘新郎的姓名，下面是百年好合之类的吉祥话。主持的司仪，据说也是从省台请来的红人，出场费都得十万。

吃饭时，虽然包厢里坐满了本地大大小小的煤老板，但大家都端着架子，并没马上问起这两位的身份。帅哥自顾自地吃着，也跟着大家一起看热闹，临到新郎新娘敬酒，也跟大家一样举起酒杯一饮而尽。

酒足饭饱，煤老板们掏出软中华，也客气地敬了一支给这位帅哥，没想到他摆摆手，掏出一支雪茄。那派头，各位煤老板嘴上不说，心里却全都暗暗赞叹。不过没想到的是，那个身为跟班的胖子，却掏出一包软中华来回敬给诸位，在座的煤老板们接也不是不接也不是，搞得很尴尬。

酒席结束后，嗅觉敏锐的煤老板和地方官员们讨论的不是新娘新郎，也不是酒桌上分量十足的澳洲龙虾和东星斑，更不是每桌两瓶价值千元的五粮液，而是这位来去匆匆，却神秘豪爽的帅哥。如果只能用四个字来形容他的话，那就是"贵不可言"。

他究竟是哪方的亲戚，做的又是哪路的买卖，为什么出手那么阔气？

没人知道答案，不过有人看到那辆劳斯莱斯幻影的车牌上，有一个"京"字。

B

婚宴结束的第二天，新郎的父亲鲁大龙，找到那位贵客下榻的宾馆，亲自上门道谢。

"是汪老弟吧，我在昨天的礼宾簿上看到了你的名字。昨天是有眼不识泰山，招待不周啊。不知您昨天为何送这么重的礼，咱们非亲非故的，实在是愧不敢当。"鲁大龙是本地算得上前五位的大矿主，虽然没读过多少书，倒也懂得无功不受禄的道理。

"谁说咱们非亲非故，去年您去北京小事，是我堂哥帮的忙。"年轻帅哥礼貌中带着一丝高人一等的距离感，从怀里掏出一张名片，递给鲁大龙。

"原来您是汪少爷的堂弟啊，久仰久仰汪公子。听说您一直在国外念书，怎么跑到我们这小地方来了？"鲁大龙性格直爽，心里有话马上就问了出来。他去年的确是在北京办了点事，矿里出事，死了不少矿工，他亲自去打点的，花了大价钱。那位汪少爷是个厉害角色，名门之后，旁系所出，虽然只是自己做点生意，但黑白两道都给他面子，是个人物。

"书总有念完的时候嘛，现在我想回国做点生意。听表哥说，咱们山西有钱人多，生意好做，就过来看看。也没先跟您通个气，正好昨天来就碰上您家办喜事，我也就随个份子，应该的。"汪公子说得轻松，十万块随个份子，出手不凡。

"不知道汪公子想做什么生意，我一定全力支持啊，在煤城这地界，你有什么事都可以找我。"鲁大龙豪爽地拍拍胸脯，摆出地主的架势。

"生意的事嘛，来日方长，不急不急。"汪公子翘起二郎腿，散漫地说道。

"您这次来是一个人？"鲁大龙朝套房的里间望了望，房门紧闭，不知里面是否有人。

"不是啊，两个人，我私人助理出去找雪茄去了，你们这里不太方便嘛。"汪公子指了指窗外，瘪着嘴鄙夷道，"这儿的路不是一般的烂，骨架子都能颠散。"

"那是啊，您那辆好车，开在咱这小地方可真是……"鲁大龙挠挠头，搜肠刮肚也想不出用什么词来形容才好。汪公子家里情况复杂，虽说只是汪少爷的堂弟，但在这个小县城里那绝对是比县长还牛逼的大人物。眼前这位跟他堂哥汪少爷，那派头真是一模一样地，鲁大龙赶紧把一张崭新的银行卡给拿了出来，"欢迎老弟还来不及，怎么好意思收您的礼，这钱您还是收起来吧。"

"表哥说这里是你的地盘，我们要想在这里做生意，少不得请你帮忙，以后还得请你多多关照啊。这点小意思，就当咨询费了，大哥还是收着吧。"汪公子和气地把卡又推回鲁大龙的面前，"我可能会先考察几天，到时候做什么项目，再跟您讨教。"

"老弟，你要是不肯收这钱，我可就不敢帮你忙了。汪少爷要是知道我这个屁都不懂的家伙还敢收咨询费，准得把我皮都扒喽。"鲁大龙做出为难的样子，再次把那张卡塞到汪公子的手心，腆着脸说，"汪少爷什么脾气，我就是吃了豹子胆，也不敢得罪他，您就当行行好收下吧，密码就是卡号的尾数。"

"好吧，那我就先收下。不过话说回来，今晚我做东，请您帮我请几位本地有实力的朋友，初到贵宝地先混个脸熟，到时候买单您可千万不能跟我抢哦。"汪公子勉为其难地收下那张卡，又顺风顺水地约下了当晚饭局。

鲁大龙当然赶紧应承下来，出了酒店，马上打电话约上他的煤老板朋友们。汪公子关上门，从里间走出两位老人和三位年轻人。不消说，老人就是老韩和老禾，年轻人是陆钟、梁融、司徒颖。

"怎么样，我演得不错吧，像不像京城四少。"汪公子是单子凯扮的，这一次他的戏份还挺多。

"京城四少可没你骚包，也就是这没见过世面的小县城里，人家会拿你当盆菜。"司徒颖环抱双手，挑剔地说道。

"大小姐，好歹我这次当男主角，不捧场就算了怎么还损我呢，平时没少孝敬你吧。"单子凯平时跟司徒颖的确很要好。

"谁让你跟陆钟抢男主角，他长得低调多了，那才像京城四少嘛。"司徒颖终于说出了心里话，不过说到陆钟名字时，她的脸上浮起一丝绯红。

"其实我觉得凯子哥真演得不错，昨天酒席上那些女宾客，从六岁到六十岁，没有一个不盯着他看的。"梁融出来打圆场，这次他扮演单子凯的助理，再次跑龙套。

"算了，不跟你争，知道你净向着陆钟。快拿钱来，这个赌我赢了，鲁大龙真不敢收这份人情。"单子凯调转话题，摊开巴掌向司徒颖讨起钱来。

"你了不起，还不是打着我表姐夫的名号，哼。"司徒颖说的表姐夫，正是鲁大龙嘴里的汪少爷，其实是拐了好几个弯的远亲。做前期准备的时候他们就调查到，这位鲁大龙正好去年在北京待了很久。再一细查，就查到了表姐夫身上，这出戏，就变得真真假假，假假真真了。

"不带这样玩的，愿赌服输，你可欠我五百。"单子凯不依不饶。

"干爹，你看他欺负我。"司徒颖才不理这套，转而向老韩撒起娇来。

"这可不归我管，我什么都没听见。"老韩笑呵呵地做老好人，这出戏里他的戏份暂时还没轮到。回过头来，他问老禾觉得这计划怎么样。

"好是好，就是太大了，我连想都不敢想，你们真有把握让我那二师兄往火坑里跳？"老禾一肚子的不放心，几十年来他都靠着啃老本过日子，本来就不够扎实的才气和胆气早就消磨光了，徒有虚名。

"您老放心，不是我们逼他跳，是他来求我们，一定要让他跳进这个火坑。"

陆钟站在两位老人身边，有股超越年龄的老成持重自然流露。老禾细细看着他，觉得这年轻的外表下，像是住了个鸡皮鹤发的人精。

C

当晚，汪公子邀请煤城几位生意最大的老板吃饭，大家听鲁大龙说是那位开劳斯莱斯幻影的帅哥，一个个全都赶来了，比矿务局的领导请吃饭还积极。

鲁大龙说开两瓶路易十三，汪公子却说喝腻了，想试试本地的名酒——杏花村汾酒。大部分煤老板都是土包子，今天贵客主动要求喝这个，大家嘴里不说，心里都痛快着呢。他们根本不懂品味洋酒，反倒是这绵甜味醇又长不上头的土酒更对胃口，以前吃饭都是爱面子，净捡贵的点，今天跟贵公子的这顿饭，光是冲着酒，都能喝对头。

达济天也在受邀之列，他不是本地人，是十年前来此地做生意的，不知用了什么手段，几乎在场每位老板的矿里都有他的股份，还不用他出面经营，出了事也不用他承担，却可以净得分红。

就算是老禾见到了这位阔别许久的二师兄，也会为他现在的形象而震惊。人说相由心生，现在达济天的样子，就是个理想的成功商人，慈善家的模样。不论是走路还是吃饭，随时随地都挺着胸膛，跟人说话时目光相接，那慈柔的目光和善的微笑，无一不在表示着他的社会地位和身份。就连老韩见到他本人，也觉得他是个很成功的老千。

酒桌上，达济天的谈吐举止比其他煤老板显然高了几个层次，汪公子对他的态度顺理成章地比对其他老板更加热情。钱是最好的问路石，酒是酒场的万能钥匙。一帮有钱爷们儿，虽说是第一次见面，但几杯酒下肚，大家脸也红了脖子也粗了，话题自然也就深入了。听说汪公子是想来做投资做生意，大家全都摇起了脑袋。

如今的生意越来越不好做。中国只有那么大，地球也只能挖那么深，煤炭这玩意儿挖来挖去已经挖了几十年，挖得差不多了。有人说，如果山西省地震一次，恐怕有一大半的楼要埋到地底下去，整个地下都挖空了。虽说这几年全国资源紧张，每年煤价都在涨，但胃口越来越大的各路菩萨的香火一点也不能少。不出事还好，万一出了事就更麻烦。一个矿工赔上几十万是少不了的，就连找上门来真真假假的记者也要给封口费，担惊受怕赚点钱，这么上也折腾下也折腾，也就剩不了几个大子儿了。这一行最赚钱的时代已经过了，现在正是走下坡路。国家还有相关政策要出台，未来的三五年内就要压缩小矿井数量，只剩下几家大型煤矿。这些都是趋势，都有硬性指标和法规，虽然还没走到这一步，但也就是最近两年的事了。这一行，真干不长。

"您还来我们这小地方发财，我们还想上北京赚大钱呢。"坐在达济天身边的一位老板说道。

"北京就是看着热闹，其实做生意竞争太大，而且成本高，不论是写字楼的租金还是人工，第一笔投进去的钱可能连响都听不到就打了水漂。哪像你们这小地方，什么都便宜，我在北京租写字楼一年的租金，都够在这儿买下一层楼的。你们说哪个划得来，而且我也不想靠家里人，免得给人说搞裙带关系，对家里影响不好。"汪公子虽然看起来高傲，喝痛苦了也跟大家掏心里话。

其实大家都想转行，可怎么转，能继续赚钱不，大家都没把握。煤老板们没念过多少书，不会炒股，大部分人都在北京上海等地置办了不少房产，还好这两年房价一个劲地涨，也算投了资。另外还有不少老板，每个人几千万地合股干私人借贷，不过这也是刚刚起步，不知道好不好做。

"您这次过来是不是有什么项目？如果有的话，跟我们说说吧。"一位煤老板喷着满嘴的酒气，大咧咧地说。

"是啊，老弟你就说吧。项目好，咱们大家都投资，把生意做得热热闹闹的，有钱大家赚。"另一位老板也积极地打听着。

"承蒙几位大哥看得起我。"汪公子嘿嘿一笑，颇有些得意："这次来的确是带着项目来的，一个很有前途的项目。具体怎么投资，跟谁合作我还没想好。不急，慢慢来，第一次出来做生意，每一步都得踏踏实实，我要有百分百的把握才动手。"

"嘿，别看老弟年纪小，想得比我们还周全呐。"鲁大龙第一个拍起了马屁。

"老弟，你们读过书的人就是不一样啊，知道卖关子。"

"要不就透露一点点，哪怕告诉我们是什么方向的也好，让老哥们也有个想头。"

"你放心，我们绝对不会抢你的饭碗。"

几位老板再次怂恿汪公子说出究竟是做什么生意。

"我只能说，我要做的这个东西，也跟能源有关，而且是新型能源。跟煤一样能烧，还能让汽车跑。不能再说了，下次咱们吃饭再接着聊。"汪公子见助理使劲朝自己使眼色，知道自己话说多了，赶紧打住。

这顿饭吃到最后，还是鲁大龙抢着买了单。打那之后，汪公子就算是跟各位老板交上了朋友，几乎天天请人吃饭，但最后都被人抢着买单，人人都想巴结这位有来头的北京阔少。汪公子总想甩开大家自己单独行动，无奈他那辆劳斯莱斯跑车太打眼，走到哪儿都能被找到。没过几天，那辆豪车被他打入冷宫，借口地面太烂，保养麻烦，叫人从北京送了辆宝马X5过来，跑车让手下人开回北京了。宝马X5是本地煤老板的热门之选，马力强劲配置也不错，还能走山路，实用。

没人知道那辆劳斯莱斯和宝马X5其实是租来的，虽然一日好几万的租金，但这笔钱的投入换来了整个煤城的知名度和煤老板们的信任，相当划算。

D

人都是好奇的动物，有人越是不肯说，就越是有人想打听。

这位汪公子究竟要做什么好生意，几乎成了这些日子里来煤城里每一位生意人茶余饭后的话题。这位公子越是神秘，大家的好奇心偏偏越强，就连煤城里最厉害的达济天，也动了请他吃饭的念头。偏生汪公子还就买达济天的账，似乎是看不起那些没文化的煤老板，他跟达济天格外谈得来。

一来二往，汪公子知道了达济天生意上的手段，达济天也知道了他究竟要做的是什么生意。原来这位汪公子要做的，是生物柴油。

生物柴油，顾名思义，就是用生物资源作原料生产的可代替柴油的液体燃料。主要原料是植物油脂、动物油脂、植物油精炼后的下脚料、酸化油、地沟油或者是各种油炸食品后的废弃油。

这种油看起来和柴油差不多，同样清亮透明，用途也跟柴油一样，能作为柴油替代燃料单独使用，也能与柴油以任意比例混合使用。不仅各种型号的汽车能用，火车和舰船也能用，就连各种工程机械农用机械、发电机组都能用。除此之外，生物柴油还适合作工业窑炉锅炉发电厂还有酒店、食堂餐饮炉具的非动力燃料。正如汪公子所说，这是理想的新能源，足以替代煤炭。但它比煤炭更理想的是，不用担心原材料的枯竭，就连地沟油都能当作原料。

汪公子的目标，是在煤城开一家全国规模最大的生物柴油加工厂，这里有已形成规模的运输车队，不论是把原材料运进来，还是把成品油送出去，全都可以使用现成的车队，只要把送煤车改装成油罐车就行。

如今全国的燃料都紧缺，汽油和柴油的价钱也和煤价一样一路看涨，只要把油加工出来，根本不愁销路。长期来看，全世界的能源紧缺也是趋势，地球上的石油和煤炭总有一天要耗光，新能源绝对是可持续性发展。更理想的是，这种人工加工的柴油不论生产还是销售都不受季节的影响，就算是国家政策方面，也是大力支持的。

自从听完汪公子的介绍，达济天就睡不踏实了。

地沟油多少钱，柴油又是什么价，直觉告诉他，这是个理想的投资。这些年来他还是爱赌，只不过不再把钱扔在他熟悉的赌桌上，而是放进了更大的赌场——股市。曾经辛辛苦苦骗来的钱都赔在股市里，他甚至冒着被识破的风险找了师弟们，撕破脸皮跟他们要了笔钱才终于填平了亏空。逃离股市后，他在钱多人傻的煤城混出了一点名堂，手里十多家空头公司，捏造销售额和各种数据，账面看起来干干净净，其实他花的钱全是银行贷款，那些公司不过是抵押给银行做样子的。靠着捐款行善，频繁地出现在电视新闻上，他还混出了一点虚名。费了不少力气才抓到各位煤老板大大小小的把柄，靠着要挟，得到手里这些股份。除此之外，每年还得还给银行高昂的利息，为了维持他的正面形象，每次地方号召捐款他都不能退缩，可眼看着煤炭就快不行了，表面上看他还过得不错，其实心里早就急得发慌。也许这汪公子带来的就是他的新机会，他很想抓住这个机会。

虽然心里迫切地要加入这笔买卖，可达济天谨慎地没有透露半分。那位来自北京的汪公子，虽然开劳斯莱斯，虽然满口的京片子，但如果不是鲁大龙介绍的话，他不会想要结交。走南闯北许多年，他好不容易在这里安定下来，名声和地位来之不易，他不会轻易地掏出筹码，押在一个花花公子身上。

多年的经商经验告诉他，任何看起来简单的生意都没有想象中的那么简单，在他掏出真金白银之前，必须有百分百的把握。就像他玩牌，只有看清了自己看得到的暗花，才会出手。

他沉默地观察着，等待看到更多关于这笔投资的内容。好在，他没有白等。

半个月后，汪公子人脉通得差不多了，他手下另一个重要人物也来了。一位刚从美国回国的年轻专家，据说是汪公子花了重金请来的，生物柴油方面的权威。

第十章　大股东

A

汪公子的重金聘请的专家叫黎钢，鼻梁上架着黑框眼镜，穿牛仔裤和运动鞋，貌不惊人却做事稳重。

黎钢一到煤城，就开始了调查规划，通往全国的运输线路，原材料采购的成本，还有本地的人工价钱，甚至地皮的价格，每一项都认认真真仔仔细细地记下来。汪公子对黎钢更是大加赞赏，对他比谁都亲。私底下汪公子只跟鲁大龙和达济天交过底，黎钢跟他是中学同学，家里条件不好，父母早早下岗，他平时经常接济黎钢。因为学号挨着，每次考试他都是抄黎钢的才混了个高中毕业，又混过了高考。虽然他也在国外念书，本事没长多少，败家的功力却越来越高，倒是黎钢，因为有他的资助不用浪费时间出去打工，把全部精力投入在学习上，拿了个经济管理和生物化学的双学位。

汪公子说，除了真本事外，他最看重的一点是黎钢的人品，老实、本份、值得信赖。

这黎钢也不负汪公子的重望，简直就是个工作狂，几乎把全身心都投入到了这个计划上。好几次，达济天特意在晚上去找汪公子，他都在电脑前加班，请他唱歌宵夜不去，请他洗脚按摩也不去，就算办公室里只有他一个人，没有人给他加班费，也要干到三更半夜，简直就是只知工作不知娱乐的铁人。

这样的人，是真能干成大事的人。达济天看在眼里喜在心上，这汪公子也不是只会玩，还真懂得用人。他对黎钢很是看重，这份信任比汪公子的北京背景分量还重。

时间一晃就一个多月了，汪公子每天在外面跟大大小小的官员和老板们应酬，吃吃喝喝，已经成了本地炙手可热的名人，谁都想跟他沾上。不知是谁走漏了风声，没过多久煤城的人大多知道汪公子要在这里开一家生物柴油加工厂了。

事情都差不多了，汪公子注册公司之前，回了趟北京。一周后，他带回一份有国家能源部盖了章的批文。批文是对于诸如生物柴油之类的绿色科技要大力扶持的一系列相关优惠政策，这一来，连县政府的人都轰动了。看来汪公子真是大手笔，接下来他肯定是要搞大动作了，有了这么大的背景，他的生意准火。

除了批文，更让大家再次震惊的是汪公子还带来一个女人，一个好像从电视里走出来的大美人，大名没人知道，汪公子管她叫芝芝。

煤城的老板们谁都见过美女，不少人还包了二三四奶，另外当地的娱乐产业也挺发达，不少外地的漂亮妹子都来捞钱。但大家都没见过派头这么大的美女，吃的穿的，跟汪公子有的一拼。

这天晚上，汪公子请客，芝芝作陪，一桌人玩起了麻将。美人在侧，貂皮袄子下只穿一件半透明的蕾丝短裙，隐隐约约中秀丽双峰引人入胜，一口堪比央视主持人的标准普通话让煤老板们耳目一新，这跟本地的土妞和外地的小鸡们完全不是一个档次。坐在她身边眼珠子都被勾走，哪还有心思算牌，一圈又一圈打下来，最大的赢家就是芝芝。赢了钱，她说要睡美容觉，早早回了酒店，留下一个足够悬念的话题给这堆男人。

如此佳人，可汪公子对她却彬彬有礼，虽然偶尔开开玩笑，却从不越雷池。大家都觉得奇怪，难道芝芝不是汪公子的女人？打听了好几次汪公子才说，芝芝是省里一位鼎鼎大名的大煤商在北京车展买车时顺便"买"下的车模。

哇，买车还能买车模。土老板们傻眼了，难怪芝芝这么漂亮，她这个档次的车模出场费一天也要上万，能把她买下，要多少钱才够呢？

汪公子只是摇头，"不能说，不能说。"

大家只好旁敲侧问，那芝芝小姐是哪个品牌的车模呢？

汪公子还是一个劲地摇头，"要是让你们知道了品牌，马上就知道那大煤商是谁了。"

此话一出，大家就跟打了鸡血一样兴奋，那肯定是宾利、劳斯莱斯那个档次的。最近省里谁又买了车，买了什么车，一桌人翻来覆去猜了个透。

鲁大龙最爱打听这种八卦，平时也总以煤协主席的身份自居，当然并没有这个煤协，这名号是他自己想出来的，因为本地甚至本省，所有煤炭行业的重量级人物他几乎都知道。一个个名字爆出来，汪公子却还是摇头，"别问了，问了我也不会说，要是被芝芝她男人知道，我可要得罪大人物。"

连汪公子都觉得是大人物的人，那肯定是真的大人物了。煤老板们失望莫名，可惜了这如花似玉的芝芝小姐，只能远观意淫没机会入手亵玩了。

"可是，这位芝芝小姐到我们煤城来做什么呢？"达济天趁汪公子身边人少的时候，小声地问。

"还是达叔你厉害，跟他们不一样，一问就问到了点子上。"汪公子拍拍达济天的肩膀，把他拉到一边，"你比他们都聪明，肯定猜得到她来干什么。"

"她都有男人了，肯定不是来找男人的，八成是做生意。"达济天表面上不问，其实从见芝芝第一面就开始留意她了，这女人不简单。

"没错。"汪公子得意地点点头。

"做什么生意呢？"达济天有些担心，这一行越来越难了，莫非省里的大人物也要到这小地方来抢生意？

"你看芝芝整天跟我在一起，能做什么生意？"汪公子两手一摊，一副明知故问的表情。

"该不会是……那位大老板也要投资你的生物柴油厂吧？"

"这有什么稀奇，这可是朝阳产业，好多人明里暗里找我入股，我都没答应。我不缺钱，就缺个能正经帮上忙的，毕竟我还年轻，好多事没经验。现在可好，有芝芝她老公在背后，什么也不用愁了。"汪公子说得眉飞色舞，得意之处还掏出两支雪茄，塞了一支给达济天。

"原来是这样……老弟，你的生意就要开始了？"达济天的瞳孔在放大，可他的表情却还是无动于衷，好像正在讨论的事他并不太关心。

"那当然，我是什么效率。只等我家老头子点个头，随时可以开始，我的好日子就要来了。"汪公子对着窗外黑漆漆的煤城，张开了双手，似乎黑暗中的某一处已经变成了他的工厂，一个属于他的新时代即将到来。

"那我可要恭喜你了。"达济天自己也没意识到，他说这句话的时候居然在微微发抖。

B

达济天是个老狐狸，虽然看汪公子跟芝芝表面上清清白白，没有什么来往。可暗地里却收买了酒店里的工作人员，盯着他们。没多久，他得到了一盘录像，每天半夜里，汪公子都趁着走廊里没人，跑到芝芝的房间里去。

达济天笑了，他早看出汪公子跟芝芝的关系不一般，只是没想到他们会这么不小心，居然留了把柄在他手上。

一个天大的好消息震惊了煤城的大小老板，汪公子居然不费分毫地弄到了一块地皮。

虽然没花钱，但汪公子向政府承诺解决至少三千人的就业问题，而且在公司每年的利润里拿出十分之一捐赠给政府作为专项基金，用来改善政府办公条件和煤城的绿化环境。

说起来政府方面既不违规也不吃亏，汪公子弄到的其实只有那块地皮的二十年使用权，不能转让，不能用作银行抵押。而那块地皮其实是一块荒地废地，地址是曾经的垃圾填埋场，种不出庄稼，周围污水横流。一旦汪公子的工厂办得成功，政府能解决就业问题还能收到不菲的利税，退一万步来说，万一汪公子的工厂失败了，政府也一分钱不赔，还白落一工厂。

对汪公子来说，这也同样是笔划算的好买卖，有了这块免费的地皮，他能省下不少前期投入，把生意做得更大。这是个双赢的结果，也是汪公子经过跟政府工作人员多次的磋商才得到的结果。

消息一出，大家都对汪公子的花花公子形象大为改观，看来这位京城贵公子不仅会玩，也同样会做生意。只有达济天知道，这点子其实是黎钢的主意，有一次他去黎钢的办公室，无意中在电脑上看到过这份计划书。

一时间，汪公子的形象在煤城更加高大，风头甚至盖过了曾经的煤城一哥鲁大龙。汪公子更忙了，每天都有人找他谈合作谈入股，大把的人捧着钱要投资，可他呢，千方百计地躲。

可怎么躲也躲不掉，总有人想办法找出他，没办法，他连手机也不接了，办公室也不去了，所有事都交给助理和黎钢，自己回北京了。达济天那几天吃什么都不香，每天都去找黎钢，他知道找助理没用，但黎钢好歹每天要跟汪公子汇报情况。

没去找黎钢还好，一见到黎钢达济天更着急了。黎钢的电脑上，连工厂的施工图和设备添置表都已经做好了，所有预算都定了下来。达济天请不动黎钢吃饭，就一次次地买好饭菜亲自送过去。

"达叔，您真的不用给我送饭。我只是个打工仔，帮不上您的忙。"黎钢也是聪明人，当然明白他是想从自己嘴里套几句话。

"客气什么，我就是佩服有学问的人，这些都算不得什么，我只是真心交你这个朋友。"达济天自来熟地把饭菜拿出来，也给自己面前摆了一碗，看样子他是真要跟黎钢吃一顿饭。

"对不起，是您太看得起我了。我这个人不太会说话，其实，我工作也挺忙的，您老是来，会耽误我的进度。"黎钢推了推鼻梁上的眼镜，小小地下了个决心才把这番话说出口。

"小黎，我真觉得你是个人才，踏实，肯干，又吃得苦。我有句话一直想问，又找不到机会，现在正好汪总不在，我就大着胆子问你一次，咱们好好交个心，我保证下次不会再来烦你。"达济天也不看他，只是往黎钢的碗里夹了不少菜。

"好吧，您就明说，想要问什么？"黎钢索性放下碗筷，盯着达济天。

"你有没有想过自己当老板？我来过不少次，也看得分明，汪总并没做多少事，公司里上上下下大事小事全是你做的。要是你离开他，他什么都干不成，要是他离开你，你还可以跟现在一样，甚至干得更好。"达济天语速不快，他在说的同时还在捕捉黎钢脸上每一个细微的表情变化。

"你什么意思？汪总对我有恩，我这么做是应该的。"显然，黎钢没想到他会这么说。

"没什么意思，我只是喜欢你这样的优秀人才，想跟你交个朋友，希望你给我这个机会，说不定，将来我也能给你一个机会。"达济天笑了起来，那个笑显得格外和蔼，充满了善意。

"你这是……"黎钢的额头有隐隐的汗珠，他显然很紧张，再一次推了推鼻梁上的眼镜，他的眼神有些闪烁，这个老实人，动心了。

"你底薪只有八千，我看过你的工资表。我真的是想帮你，也帮我自己。"达济天殷切地恳求，从口袋里掏出一张银行卡，轻轻地放进黎钢的口袋，"这里是五十万，你的手机尾号是密码，我的身份证开的户，只要咱们成为朋友，没人知道这个小小的交易。"

钱这玩意，虽然是人制造出来的，却有着神一般的力量。在五十万的诱惑下，黎钢紧张得喘不过气来。达济天终于得到了他想知道的秘密：汪公子这番回北京，是跟老头子做最后交代，把县里那块地皮的相关文件全都带走了，只等老头子一点头，钱就可以打过来，工厂也就可以开工了。

这八字的一撇，算是撇下了。

C

没多久，汪公子回来了。这次他回得比较秘密，夜里进的城，一回酒店就把自己关在房里，哪也不去。除了黎钢和那个胖子助理，没有人进过他的房间，芝芝也不知道去了哪里，自从汪公子离开后，没多久她也消失了。

达济天收买了黎钢，自然有别人得不到的消息。原来汪公子跟家里闹翻了，老头子不肯给他钱做生意，如果只有芝芝老公那笔钱，不够按原计划设定的规模购置设备，也就达不到原计划的产量，也不能按照那块政府无偿使用地皮的协议，提供三千人的就业岗位，这是个连锁效果，许多相应的回报达不到，会严重影响他的个人信誉。

达济天觉得奇怪，"这汪公子不是名门之后吗，看他平时做事说话虽然有些公子哥，但也算有分寸，这节骨眼上，怎么会跟家里闹翻。"

"这您就有所不知了，这其实是个秘密，我也不知当讲不当讲。"黎钢虽然收了达济天的钱，但对汪公子还是有很深的感情。

"咱们什么关系，什么话不能讲，你也应该看得出我不是随便放话出去的人。"达济天摆出那副大善人的尊容。

不知黎钢是不是真的对达济天那么信任，抑或他早就恨透了在汪公子的阴影下生活，只犹豫了一小会儿就把秘密全都抖了出来："说是秘密，其实当年我们好几个同学都知道，汪总他，其实是私生子。京城里他那位赫赫有名的堂哥，其实是他亲哥，剩下的我就不用多说了，堂哥自己也是私生子，汪总他也是私生子，他家的关系乱得不行，但是牵扯到好几家大人的利益，这些事我也不敢乱猜，不过八成是大人们闹矛盾，把汪总给扯了进来。"

"原来如此。也好，做生意哪有一番风顺的，有时候就是要出点小问题。"达济天听完这个秘密，开心地笑出了声。

"您这是什么意思？"黎钢看不懂达济天嘴角的微笑。

"你不懂，就像去看相，人家说破财免灾，丢了小钱就算是避了大难。还有的时候，摔个跟头出点血，也算是避过了血光之灾。这次汪公子碰上这个小麻烦，将来生意做起来肯定会更加顺利的。"达济天心情大好，居然耐心地解释起来。

"我真是越来越听不懂了，他现在正愁没钱呢，怎么还能把生意做得更顺利？"黎钢越发摸不着头脑。

"有我啊，当然会顺利。"达济天心里的算盘正打得如意，等来等去，机会正好来了。

当天晚上，达济天敲开了汪公子的大门，但是他没想到，鲁大龙居然先于他坐在了里面。

"呦，达哥，什么风把你给吹来了。"鲁大龙看到达济天，马上打了个哈哈。

"应该跟你是同一阵风吧。"达济天的这句话既表明了自己的来意，也表明了他知道鲁大龙的来意。

鲁大龙愣了一愣，随即哈哈大笑起来，没错，鲁大龙跟达济天一样密切关注着汪公子，这次来，他也是想谈投资入股的事。既然把话题扯开了，大家也没什么好隐瞒的，只是汪公子再次拒绝了他俩。

这让达济天有些意外，他不是明明缺钱嘛，为什么不肯要自己的钱？原本他以为汪公子是爱面子，怕人家知道他现在没钱，等了两天，汪公子居然真的没有半点动静，不像急着找钱的样子。为了搞清汪公子的真意，达济天不得不又给黎钢塞了十万，这次他的钱可没白花。原来汪公子真不愁钱，虽然家里人不肯给钱，但他自己也正在联系京城的各路阔少，已经凑到了不少钱。而鲁大龙也生怕达济天独占这件好事，从中挑拨，把达济天靠手段要挟才拿到的各大矿坑股份的老底都捅给了汪公子，汪公子对他已经起了提防之心。

达济天表面上没发作，但心里却完全相信鲁大龙的手段，毕竟鲁大龙在他手里也栽过跟头，表面上跟自己和气，其实恨不能将他剔骨剥皮。达济天不知道的是，汪公子那边却跟鲁大龙解释不能让其入股的原因，是达济天说鲁大龙在煤城根深蒂固，可以呼风唤雨，怕跟他合作之后自己反而会吃暗亏都没处说去。

面子上没有人挑明，但这两个煤城最有实力的人物因此结下了梁子，最后汪公子还是把入股的机会给了达济天。因为达济天手里，有他和芝芝私通的证据。

"这份录像送给你，我手里还有拷贝，如果不想让这件事传出去，汪公子您最好还是跟我合作，给我一个共同致富的机会。"这是达济天对汪公子说的原话。虽然汪公子百般无奈，但在这份秘密武器面前，若不想身败名裂，也只能乖乖就范。

无意中，这个结果让鲁大龙更相信达济天想方设法挤走自己，面对生化柴油这个香饽饽，他只能看在锅里，却怎么也吃不到嘴边了。

几天后，芝芝风风火火地回来了。当晚的牌局上，来的除了汪公子，还有鲁大龙和达济天，这两位面合心不合的本地大佬都想看看事情到底会进展得怎样。

芝芝口气一如既往地大，"我男人支持我学做生意，我马上要替他在这个小小煤城迈出第一小步。我跟他家那个没文化的黄脸婆老婆不一样，我可是学过国际金融的，懂投资。我才不去大城市凑热闹，那些地方有什么好，遍地的人精，做什么生意都不容易。我要学毛主席，走农村包围城市的路线，我会让我老公明白，我跟他那些女人全都不一样。"

"芝芝小姐口气不小，但是不知道你用多少钱来迈出这第一小步呢？"达济天试探着问。

"怎么着，信不过我？"芝芝媚眼一翻，拿出手机来登陆网上银行，把账户里的余额亮出来给大家看。还真不是吹牛，个十百千万，一共七个零，整整一千万。

"您家那口子也真是放心，芝芝小姐不过二十多岁吧，就做这么大的买卖，啧啧。"鲁大龙心里酸酸的，自己相中的肉偏偏吃不上。

"瞧您这话说的，我人都是他的，他有什么不放心呢？我呀，就是喜欢背靠大树来乘凉，小地方土壤又肥，收成不好才怪呢。"芝芝笑嘻嘻地伸出兰花指，朝着汪公子一指。言下之意在座的各位都明白，大树是汪家的背景，小地方自然是煤城。她说的没错，只要跟对人找好了位置，赚大钱绝对指日可待。

芝芝人旺财也旺，赢了个盆满钵满，除了她，第二大的赢家就是达济天。以鲁大龙的财力，根本不把这点钱放眼里，偏偏今晚输得眼睛都红了。

第二天，达济天带着一千万找到了汪公子，让他尽早注册公司，把股份确定。

"达叔，丑话说在前头，我是第一次做生意，芝芝除了会得瑟其实屁都不懂，万一生意没做好，你可不能怪我。"汪公子看着那份白纸黑字的股权分配协议书，迟迟不肯签名。

"老弟，是我真看好你这单生意，咱们马上就是一条船上的人了。那录像带的事还请你别往心里去，不管是赔是赚，我都认了。遇上你，是我的命。"达济天紧紧握住汪公子的手，像是要赋予他力量一般。

"你真不后悔？"

"不后悔。"

"那我可就签了。"

"签！"

两人对望良久。一个是久经商场老谋深算，眼底藏着凶凶的贪欲，无形中散发让人不得不妥协的力量。一个是涉世未深，平日里虚张声势其实自己清楚外强中干。汪公子那点底子暴露在对方的眼皮底下，很快连自己也看出自己的那个小来。

小的拧不过老的，汪公子终于在那份协议书上签了字。

第十一章 冤大头

A

汪公子一千万，达济天一千万，芝芝一千万，天翔生化很快就正式注册。

芝芝本不同意达济天也掺进来，无奈他手里那份证据对两个人都很不利，万一事情传出去，她要失去的就不仅仅是钱，更是远在省城的活财神。芝芝心里不痛快，找达济天闹了一场，出了气，最后这事不了了之，没多久公司就正式开张了。

三位大股东全都是煤城的名人，开业庆典自然热闹非凡，这天光是来送礼的花篮就把整个煤城的花店都卖空了。锣鼓喧天，鞭炮阵阵，县里的领导来了好几位，电视台也来了，大大小小的煤老板们也都来了，看热闹的看帅哥的看美女的老百姓们也全都来了。

美貌的芝芝小姐，帅气的汪公子，一左一右地站在县长身边，旁边还有本地知名人士达济天和招商办主任，五个人手持金剪刀，在县电视台的当家花旦主持下剪彩，之后领导带头，在工地上挖下了第一锹土，大家热烈鼓掌，仪式就算齐活了。少不得中午晚上一大堆人去酒店聚餐，人人都说，那块流臭水冒臭气的烂地里要产金子了。

钱到了位，工厂很快开始部署，使用彩钢隔热板质量轻强度高，保温隔热，造价低工期短。没多久，一幢幢漂亮的新式厂房就搭建好了。在黎钢的指挥下，公司又一口气购置了十几台油罐车，招聘技术人员和工人，添置设备，购置原材料，账上的钱花得比流水还快，好在很快就产出了第一批成品油。

虽然是用的废油脂和潲水油做的原料，但经过一步步提纯和分离，最后产出的成品是清亮见底的，看起来和石油中提炼出来的柴油没什么两样。连很少来工厂的芝芝都亲自参加了第一次试油实验，达济天更是请了电视台的人来做了个专题报道。黎钢亲自驾驶一辆以生物柴油为燃料的汽车，在县际公路上跑得飞快。经过技术检测，成品油完全达到了国家标准，可以进入市场销售了。

达济天已经联系了煤城大大小小十来家加油站，把成品油以低于柴油每吨三百块的价钱售出。成品油只要从厂里拉出来就可以直接送销售地，马上可以换钱。因为油价比柴油便宜，不少运煤车都愿意加他们的生物柴油。半个月后，全国各地到处跑的运煤司机们把消息带到了更多地方，除了煤城本地的加油站全都成了指定经销商外，每天都有附近好几个县城的加油站打来电话，要求供货。供不应求，厂里必须尽快提高产量才能应付日益扩大的市场需求。

看着大笔大笔的订单，达济天笑得合不拢嘴，没想到这么快就把生意上了轨道。他每天都守在工厂，这可是他下半辈子的希望，他算了笔账，按现在的效率生产和扩张，用不了三年，这家生化厂的效益就能比他手上所有煤矿的股份赚的还多了。煤矿也算靠天吃饭，再富的矿也有煤层挖空的时候，这厂子可不一样，只要工厂开工，就不停地有产品出来。

让达济天满意的是，黎钢这小子一如从前，辛辛苦苦地奋斗在生产第一线，把好每一道质量关。

跟黎钢一起工作的还有汪公子的助理，这胖子可没有黎钢尽职尽责，不过是装模作样地巡视一遍，马马虎虎地查查账，每天给汪公子打个汇报电话，应付了事。尽管如此，达济天也不时塞点钱给胖子，在笼络人心方面，他从来不吝惜手笔。

除了塞钱给胖子，他也继续在黎钢身上投资，他知道设备哪些都是可以花钱买来的，而黎钢这样肯吃苦肯办事的人可是花钱也难以买到的。黎钢也很领情，对他的知遇之恩常回报以各种各样的小消息。

让达济天很不满意的是，黎钢告诉他汪公子和芝芝的关系。其实不仅是黎钢知道，达济天也一直在派人盯着这俩不省心的货，浪荡子和骚狐狸，一个星期难得来趟厂里，天天腻歪在一起，不是吃喝玩乐就是聚众赌博，跟鲁大龙打得火热。

就他们这样，能把生意做好才怪！达济天心里透亮，如果不是他盯着，不是有黎钢，这厂里的事根本搞不成器。换一个角度来说，如果没有那俩货，只有他达济天和黎钢，也完全能把这家工厂给撑起来。

夜深人静，达济天在厂区新植的草地上流连忘返，崭新的工厂让他满心欢喜，空气中还有淡淡的成品油散发出来的特殊气味，他贪婪地嗅了一大口。摆在眼前的，就是他第二个事业的春天，是他下半辈子的人生追求。有那么一瞬间，他甚至有了踢开那两个混蛋，独占这家厂子的愿望。

这念头一旦冒出来，就在他脑子里扎下了根，赶都赶不走。这才是他真正擅长的事，只需要玩点小把戏，很容易。从此以后，这家工厂赚到的每一分钱都是他达济天的，不用跟任何人分享。自他出道以来，为了达到同样的目的已经无数次使用了各种各样的手段，也都成功了，也许这一次，他所需要的只是个足够妙的点子。

芝芝每半个月的样子会离开煤城，不用说，她一定是回去伺候省城那位大佬。那位大佬相当爱惜羽毛，除了给芝芝打电话，从不踏足煤城。达济天私底下派人调查芝芝，要动她，必须搞清她身后的男人究竟是谁，否则很可能搬起石头砸自己的脚。

达济天不着急，他像只经验丰富的老狐狸，正守在小猎物的门口，只等它们露一露趾头。这种躲在幕后操纵一切的感觉是他最喜欢的，也让他最安心，他不会对任何人提起，至多，也就是问问黎钢和胖子，最近汪公子有什么新动向。这两个收了他钱的小子，对他简直知无不言。

订单雪片般越积越多，根据眼下的形势，应该马上追加投入扩大再生产才是。可偏偏这时候，不省心的汪公子闹出了大麻烦。

B

半夜三点，这是一天之中煤城最美好的时光。皎洁的月光给整个城市覆盖上一层透明的银纱，川流不息的运煤车像是从未光顾过这个小城，被超载的汽车压得破烂不堪的路面也变得不再醒目，白天灰蒙蒙的房子和街道此刻显得干净而祥和，有种小城市质朴的美。不知名的小巷里偶尔传出两声狗叫，反而显得这夜更深邃了。

达济天家的狗却一声接着一声，吼个不休。那是一头藏獒，他花费百万从藏区买回来的，专门看家护院。

这么晚了，谁？

达济天披着衣服下了床，心里有些不安。别看煤城的老板们平时潇洒，其实每个人都提心吊胆，人怕出名猪怕壮，谁都知道煤老板有钱，本地的外地的混混，绑票勒索什么的都是家常便饭。更可怕的还有同行，往往一个矿坑的招标背后就藏着一场小小的战争。

达济天雇了四名保镖，早在二十年前他就检查出没有生育能力，一直没结婚，当然也没孩子，身边的女人常换常新，四个保镖二十四小时全天候保护他一个人，足够了。

站在门口的人是汪公子，这让达济天有些意外，好几天没见到他的面，听胖子说他回北京了。

站在达济天面前的汪公子，右眼眶整个变成了紫色，肿得厉害。他脸上还有皮外伤的痕迹，鼻梁上也贴着创可贴，嘴角也裂了口子。除此之外，头发也乱成了鸟窝，脸色难看得厉害。这位风流倜傥的贵公子，还是头一次以这么狼狈的形象出现，显然他自己也很不习惯，用手遮着眼睛，"别看了，我知道自己现在很难看，我找你是有要紧事谈。"

是谁把他打成这样，又是谁够资格把他打成这样，达济天嘴里没说，心里已经大致有了个答案。他不紧不慢地坐下来，为自己倒了杯威士忌，"是不是跟芝芝的事搞大了。"

"你怎么知道？"汪公子惊讶地看着他，这句话等于是从反面肯定了达济天的答案。

"说吧，你找我想做什么。"达济天事不关己地轻轻晃着酒杯，欣赏着酒杯中的冰块，心里抑制不住的狂喜，甚至不用他出手，这一天就早早来到了，真是天助我也。

原来，汪公子这次回京是被家长召去的，他上次回去后家里大人就不放心，收买了他那个胖子助理。现在他和芝芝的事家长们全都知道了，他父亲很生气。芝芝的男人跟他父亲有不少交情，父亲决定，趁着芝芝的男人还不知道，要把这件事造成的影响控制到最小，让他尽快出国。

"我早就看出那小子不是东西。"表面上达济天说得愤愤，其实心里却高兴还来不及。汪公子回京后的第二天，胖子跟他借了十万块钱，据说也回北京了，人走了之后电话一直关机，一直联系不上。胖子简直帮了他的大忙，十万块而已，歪打正着，甚至不用他出手这件事情就按照他期望的方向发展了。

"老头子发了话，就算我留在这里，他也有办法让公司垮。我迟早得走，只是不想连累芝芝。"汪公子的头深深低下，昏暗中肩膀微微耸动似乎在哭泣，不知是真心痛还是身上的伤痛，"你知道，办厂这笔钱我家里人不肯给，是我找朋友们凑来的。我要走，也得把这笔钱还清。我决定把我的股份卖掉，你看你要不要，如果你不要我就找鲁大龙接手。"

"鲁大龙，你怎么会想到他？"达济天送到嘴边的酒杯忽然定在半空，他对这名字太敏感了。

"他是这里最有钱的人，我当然应该想到他，他私底下也找过我很多次，想要加股，不论是诚意还是实力，他都是最合适的人选。"汪公子的理由相当充分。

"你要是敢把股份卖给他，我就马上把你跟那个狐狸精的破事告诉芝芝的男人。"达济天最讨厌人要挟他，只有他要挟人的。

"你……你知道他是谁？"汪公子惊讶地抬起头。

"哼，我当然知道。"达济天冷冷一笑。其实他放出去的人还没给回消息，芝芝也还没回煤城，但这并不妨碍他现在虚张声势。

"达叔，其实我最不想找的人就是你，你这个人城府太深，太可怕了。"汪公子摇摇晃晃地站了起来，单薄的身体在达济天庞大的阴影中显得微不足道。

"我只是关心自己的生意而已，关心一下合伙人是应该的。"达济天恢复了那种刻意和善的口吻。

"那好，那一口价，你给我两千万，我就把名下的所有股份都转给你。"汪公子也不是好惹的，他出了个狠招。

"两千万，你当初注资时不是只出了一千万吗，你居然跟我坐地起价！"达济天一拍桌子，这比他的心理价位翻了一番。

"我是只出了一千万，但你要知道那块免费使用的地皮是经我的手搞来的，这算固定资产。另外现在生意这么好，股价也应该相应上涨，我算过了，如果你接受，这多出来的一千万只要半年就能赚回来。"汪公子显然是有备而来。

"那块破地根本不值钱，送给人家都不会要，也不能抵押给银行，不能算作固定资产。"达济天愤怒地辩解道。

"我就这个价，两千万随你要不要。原本我也没打算要你入股，是你使了手段讹的我。要不是我现在时间紧，就是多要你两千万也应该。如果是鲁大龙，一千五百万我都给他。你最好尽快考虑，要是明天我得不到答复，就找鲁大龙去。"汪公子丢下这番话就头也不回地走了。

这一夜，达济天没有再上床，杯里的酒换成了浓茶，他反反复复掂量着汪公子的话。他说得没错，如果把他那百分之三十的股份吃下，按照现在的产量加销量，一年内利润五百万完全没问题，如果再按他的计划，把厂房再扩大一倍，这多出来的一千万也完全能够赚回来。更重要的是，没了那个碍眼的汪公子，他手里的股份可就要占到百分之六十六了，这意味着他将拥有绝对的话事权。

第二天一早，达济天就去了趟银行，他把手里所有现金都算上，刚好凑齐两千万。不过这只是动了动他的皮毛，不至于伤筋动骨，他手里还有十来家煤矿的干股，只要工厂到了他的手里，很快就不用愁钱了。

C

汪公子拿着两千万，很快办妥了股份交易的手续，为防汪公子反悔，达济天特意安排他临走前去公证处公证了。

达济天第一次看到，汪公子手里拿着的居然是美国的国籍，这让他心里有点不踏实。可公证手续都办了，股份的事已经彻底了结，他没理由不踏实，想了想，他告诉自己不要疑神疑鬼，将来要对黎钢更好才是，只要有他，就能继续把这家厂子搞下去。

汪公子走了，黎钢没走，公司开幕时，他跟公司签订了合同，现在老板换了，他还是得同样给厂子打工。

达济天手里的现金没有了，但他还有那十来家空头公司，那些公司全都押给了银行，用贷款来的钱投入在他好不容易搞来的十来家矿场的股份上。每个月拿了矿里的收入，他还得偿还贷款的利息，还得为了维持大善人形象响应各种号召捐款，这也是笔不小的开销。

手里没钱心里慌，可要是借钱，他几乎敲诈过所有煤城的老板，没有人会帮忙。达济天面对一笔笔只能推掉的订单就心疼。芝芝回来了，可她见不到汪公子就一口咬定是达济天从中破坏，怎么也不肯相信是汪家人把他逼走的。正好达济天派出去的私家侦探也回来了，带回来可靠消息和确切照片，芝芝这些天都是住在省城一位大人物的家里，那位大人物不是首富也跟首富差不多实力，不是可以随便动的人。

达济天跟芝芝商量增加生产线，可她已经因为要挟汪公子的事得罪了她，用芝芝的原话说，她宁可不赚钱也不要便宜了这个死老头子。这种情况下，芝芝不撤股就算好的了，达济天一下子变得有些被动，一方面资金周转不过来，另一方面看着大笔大笔的订单却接不上，唯一的股东也跟他闹翻，他第一次觉得，啃下这块大骨头有点消化不良。

关键时刻，黎钢给了他建议，把手里的固定资产，例如别墅、车子，先抵押给银行，暂时周转一下资金，能添置一条生产线，也能每个月带来上百万的收入，用不了多久，就能把车子别墅赎回来。

也只有这个办法了，达济天咬咬牙，把手里的东西全都抵押了出去，购置设备的事，他亲自把关，没想到的是，因为行情好，外地不少地方都新增了同样项目的生化柴油加工厂，相关设备也水涨船高，连同原材料和必需的化学产品也都连带着涨了。

原本计划购置一条生产线的钱，已经不够了，再接着抵押下去，那就得动用手里的煤矿股权，转出去几家，马上就可以让资金链接上。其实达济天有个秘密，就连这些煤矿也不是他最后的底牌，他手里还存着几样当年从厦门冯家搞来的国宝级古董，这些古董加起来也值几千万。万一到了过不去的坎，只要把东西送一两样去拍卖，随时可以翻身。有了那些古董打家底，达济天再次下了狠心，把煤矿也转出去大半。不出半个月，崭新的生产线进了厂，新招的工人也开始接受培训，再一次看到新生产线上产出澄亮的柴油，达济天的眼里就看到了希望。

订单一笔笔地接下来，渐渐地又看到了钱，不过钱进来的速度远比他设想得要慢得多。临城也搞出一家新的生化柴油厂，成品出厂价比起他们天翔每吨要少一百块，而且免运费送到煤城来，不少加油站的老板都变成了他们家的客户。要想再捞回这些客户，唯一的办法就是打价格战，达济天只好把出厂价调低了一百五，又请各大加油站的老板吃了不少饭，许诺以后油价始终会比临城那家厂的出厂价要低，这才巩固住本地的生意。

这还不算完，偏偏节骨眼上原材料也跟着吃香了，原本无人问津的潲水油和工业废油脂，现在就算出高价都收不上来了。达济天让会计师算了笔账，按照现在每吨的价钱来说，已经是在盈利和保本的边缘线上。

达济天急得找芝芝，想靠芝芝男人出手帮忙，不论是他站出来说句话还是再投些钱周转，能帮一点都好。达济天第一次拉下面子去求一个女人，可芝芝却蹬鼻子上脸，不仅断然拒绝了达济天的请求，还一条条地数出这个"老不死"的罪状：他投钱买下的另一条生产线因为芝芝没有出钱，所以没有分享获利；现有的两条生产线，处于亏损的状态，等于到了年底非但拿不到红利，算上机器折旧和人工等各项的支出，原本投入的一千万还会严重缩水。

"好歹我也是个股东，别以为我没去厂里就什么都不知道。你不就想一个人玩吃独食吗？我现在可不怕你了，汪少走了，咱们接着玩，看谁能玩到最后。"

芝芝的冷笑让达济天心尖都在颤，自从汪公子出国后，她就再没跟达济天好好说过话，人虽然在煤城，可这个女人整天跟一帮煤老板混在一起，不知是想搞钱还是搞人，神神秘秘。唯小人与女子难养也，这句老话说得没错，从这天起，达济天决定多多提防这只小狐狸。

一家厂，两个股东，心不齐生意肯定也不兴。国际油价一天一个行情，国内的生化柴油也一天一个行情，为了留住加油站，达济天不得不坚持超低价路线，可销量越大赔得越多，短短的一个月时间，已经亏了上百万。他急得吃不香睡不着，干脆住在了厂里。这一住，他居然有了新的发现。

周五的下午，黎钢下班后居然没回宿舍，而是登上了去临县的大巴。

这小子去哪儿？无意中看到那个老实巴交的背影，达济天不得不怀疑。这小子可是知道公司的全部机密，貌似忠厚，可既然他肯收自己的钱，就也可能收别人的钱。再一细想，临县不正好有家竞争对手的生化柴油公司吗？达济天心里就像有一窝蚂蚁在爬，这节骨眼上，公司可再也不能出事了。

D

达济天亲自开车跟在黎钢的后面，一小时后，那辆大巴到达了临县。黎钢下了车，在街边吃了点东西，上了一辆的士，在城里兜了一圈又换了辆车，再兜一圈，最后下车还徒步走了很长的一截路，这才钻进一家远离闹市区没有招牌却有保镖在门口看守的小店。

达济天是老江湖，一看就知道黎钢是在兜圈子，兜得还挺不错，如果有人盯梢，十有八九会被甩掉。但这点小招在老江湖面前算不得什么，就在黎钢走入那家小店后，达济天下车了。他没有贸贸然闯进去，而是假装打手机在门口流连了一会儿。

天色已晚，没多久有一辆凌志车停在了路边，车上下来两名中年男子，笑嘻嘻地来到小店门前，对保镖说了句什么，保镖才换上笑脸让他们进去。达济天觉得这场面好熟悉，多年前他在浙江那边进的地下赌场大多是这样，只接待熟客。好在他刚才靠得够近，听到那两个男子说的暗号是四个字：杠上开花。

对于这种地方，达济天有种难言的亲切感。当年他就是在赌场上起家的，心想进去看看黎钢做什么也好，便跟在那两位的身后，也对保镖说出句杠上开花，进了那扇神秘的小门。小门里是间空门面，用来装样子的，达济天跟在那两位熟客身后，穿过空房间来到后面的楼梯，径直下到了地下室。

上面的门面虽然小，下面的地下室却惊人的大，打通了整栋楼的地下室，足有好几百平米。除了百家乐、德州扑克，还有俄罗斯轮盘之类的台子，除此之外还设有洗手间和休息室，另有账房专门兑换筹码。虽然时间还早，地下室里却已有二三十个人正围坐在大大小小的桌子前酣战。

开得起地下赌场的都是有来头的人，达济天不敢暴露身份，兑了两千块筹码假装看人家玩，搜索着黎钢。没多久，他就看到这小子居然坐在二十一点的牌桌上。达济天不动声色地看了半个小时，黎钢先是一把把地输，输得只剩最后一万块了，全押在最后一铺。没想到就是这一把赢了笔大的，不仅翻本，还把三位对家手里的钱赢走了大半。达济天一望便知，黎钢应该是跟庄家合作，之前一把把输都是在引诱更多人下手，等到时机成熟，他再一把下手。他曾经也干过这个，有庄家罩着暗中合作发牌，加上黎钢良好的数学能力，可以算牌，输赢可控。

这个结果是达济天万万没有想到的，他甚至不知道黎钢这小子这么干了多久，是自己真的老了吗？如果是从前这样的事肯定瞒不过自己的眼睛，甚至他都不知道临县有这样的地下赌场了，最近忙着公司里的事，原本就不好的人缘越来越差了，都没有朋友给他消息。难怪黎钢最近工作越来越不上心了，原来是有了更好的财路。相比起自己给他的那点工资，他在这里一晚上赚到的都不止。

身边的人越来越多，空气中渐渐弥漫起各种烟气酒气，愈加浑浊。达济天觉得口干舌燥眼发晕，精神不济随便找了个地方坐下。有侍应生推着饮料车经过，他要了冰水，一口灌下去才让心头那股子无名火小了些。黎钢没有玩多久，接着跟在一位身穿白色西装头戴礼帽的老人离开了。

看那人的派头，十有八九是这间赌场的老板，达济天打起精神，继续跟在黎钢身后，要把盯梢进行到底。黎钢和那位老板登上了一辆没有牌照的捷豹，县城不大，没多久就来到城内最高级别的酒店，二人有说有笑地进了门，达济天心里有种说不出的失落，看来这小子也留不住了。

两天后，达济天忍不住找黎钢谈了次话，交心的那种，事实上他已经很久没这样跟人聊过了。

"小子，我知道你脑子活，年纪轻，前途无量啊。"达济天心里不是个滋味，他不习惯求人，"我希望，你还能再多帮我一阵，等我过了眼下的难关。"

"您这话什么意思？"黎钢佯装不解。

"我都知道了，你在外面赚外快。"达济天干脆挑明了。

"我……汪少走了之后，我就像个无头苍蝇，一下子觉得没了前途。以前念书的时候，凭着小聪明跟朋友们玩牌每次都能赢，正好那地方汪少带我去过一次，我一心想着多赚点钱，就去了。您别怪我，我真的只是想多赚点钱。"黎钢到底是个老实孩子，人家一问就全交代了，"眼下的境况我也看出来了，的确是有点难，其实我也想了一个对策，不知当讲不当讲。"

"我就知道你小子良心好，什么对策，快说。"达济天仿佛看到了一丝曙光。

"您现在不是愁着销量高但不赚钱嘛。咱的钱让谁赚了？加油站。如果是中石油中石化的油，有全国统一的标准，限价，他们是唯一供货商。但加油站可以卖咱们的油，也可以卖别人的油，谁便宜就卖谁的，说到底他们才真正决定了我们的剩余价值。"黎钢一不小心就丢出了达济天不太懂的经济学名词，见达济天听得认真，接着说道，"我的意思是，咱们自己开加油站，专卖点，只卖咱们自己的油，赚多少咱们自己说了算。煤城只有这么大，市场不够，咱们在全省开，每个县市开三到四个加油站。自己控制销售价之后，就可以跟临县那家柴油厂打价格战了，他再怎么跌价也要被人多赚一刀，用不了半年他们肯定玩完。"

"你这个想法很新颖，也很大胆，开加油站，我还真没想过。"达济天琢磨着黎钢的话，心里有点活动。

"您都没想过，其他同类型生化柴油厂肯定也一样没想过，咱们如果真的办成的话就抢占了先机。"黎钢说得头头是道。

"可是，开加油站也要钱啊，公司现在大部分现金都放在外面收原料去了，短期内有点周转不开。"达济天也觉得开加油站好，可钱不是问题，问题是没钱。

"这就是我为什么没跟您说这个点子的原因了，公司的状况我也清楚。如果有什么东西能做抵押都好办，费老手里有钱，您要是周转个一两千万的都没问题。"黎钢说得有板有眼，似乎早就为公司做过打算，"费老就是那家赌场的老板，人脉很广，不少煤老板都把钱放在他那里，集中做私人贷款，利息比银行高点，但是拿钱容易，很方便。"

"你是说，那家赌场老板还放高利贷？"达济天有点不放心。

"不算高利贷，只比银行利息高一点点。我觉得开加油站这件事要干的话就得快，咱们公司是全省第一家，初期多少还是赚到了一些钱，要是被费老手里那帮煤老板们知道这条财路，他们的财力肯定比咱们大，到时候咱们再出手就晚了。"黎钢对公司到底是有感情，他的每一个出发点都是基于公司的利益。

"你说的有道理，再让我想想。"达济天的眉头拧成了疙瘩。

E

达济天这一想，就想了七天。七天内又发生了一件事，简直要了他的老命。

芝芝要把股份转给鲁大龙，和汪公子不一样，她甚至没跟达济天商量，直到交易那天，还是鲁大龙通知了他一声。

芝芝的撤资早在达济天的计划之中，现在公司的名声还算不错，因为价格低，外面大把排队加生化柴油的队伍，看起来热闹，赚不赚钱也只有自己人才知道。他达济天费劲财力好不容易撑出来的空架子，被芝芝捡了个便宜。他心里恨死那臭娘们了，拆他的台，让他不好做人。本想回头去那位省城大佬面前参她一本，他也真的跟着芝芝去了省城，可一看到芝芝竟然大模大样地挽着大佬的发妻，那亲密无间的样子，就没有再轻举妄动。这女人竟然有办法搞定那个出了名厉害的女人，大佬对她肯定也是另眼看待。

达济天明白自己是扳不动那个女人了，就算真的拼上老脸去扳倒了她，对自己也没半点好处。费力不赚钱的事，就算痛快达济天也不做，这是他行走江湖多年的信条。

鲁大龙用一千五百万的高价接手芝芝的股份后，很快发现了问题，这生意根本不赚钱。怎么办才好？达济天让他掉了牙齿往肚子里吞，只要不坏了公司的名气，将来再找人接手手里的股份就算解决了问题。

达济天跟鲁大龙商量开加油站，鲁大龙答应按照股份，投三分之一的钱，但是要把达济天手里剩下的几家煤矿的干股让给他做抵押。达济天没有拒绝的勇气，这副重担他实在不想一个人再扛下去了。

按照黎钢的计划书，去掉所有可有可无的投资，在全省范围内每个地区开一家加油站，至少需要一千五百万，如果资金到位，按照现在公司的成品油产量，只要一年半就可以完全收回投资，他达济天也就可以拿回那几家煤矿的股份。

想了又想，达济天终于取出了珍藏多年的两样宝贝，送去银行，看看能不能贷款。可古董这玩意不好估价，银行方面根本不要这种抵押品，除了房产和真金白银，他们不收其他抵押品。鲁大龙天天催着他快点投钱，工厂里每多开一天工都要亏掉十来万，达济天被催得不行，终于走出了最后一步，让黎钢带他去临县找费老。

生意是白天谈的，赌场空荡荡的，不过还残留着浓郁的烟气和酒气，让人想起夜里这里的热闹。费老在休息室接待了达济天，他还特意请了鉴定专家。达济天总觉得这位费老看起来有点面熟，可又想不起在哪里见过。

"怎么，你认识我？"费老见达济天总是盯着自己，就问了出来。

"好像见过，想不起来了。"达济天也有五六十岁了，平时总以老江湖自居，今天难得见到比自己资格还老的，也许是费老气场太强，他有点底气不足。

"我在外面混了一辈子，就算你见过我也不稀奇。说说，这两样东西，想贷多少钱？"费老说标准的普通话，递给达济天一支雪茄。

"您不是本地人？"达济天惶恐地接过雪茄，却有些疑惑。听黎钢说费老是告老还乡，可眼前这位一点也不像外地人。

"小时候家里条件不好，吃不饱饭，只有破衣裳穿，我就立志将来赚了钱一定要选最洋气的打扮。现在这样子，要是说一口土话，不是笑话嘛。"费老丢出几句标准的山西话，藏在墨镜后面的眼睛，不知道在看哪里。

"呵呵，您说的是。"达济天打消了心里的顾虑，费老这两句说的很地道，他掂量着，报出一个价位："前几年香港佳士得拍卖会上一只成化斗彩鸡缸杯都卖了两千八百万，这一对成化斗彩缠枝莲杯虽然比不上那只，但品相完好，算得上精品。我知道规矩，拿不到全数，您就给我一千五百万吧。"

"一千五？哈哈。"费老听完这个数，笑得肚子都疼了，"你没抵押过东西吧，人家那是拍卖会，知道底价是多少吗？我就算收这两个杯子，也得是在底价的基础上再减半。一口价，五百万。你要有同样的宝贝，有多少拿多少来，我全都收得下。"

"五百万，也太少了吧。"达济天一听这数，立马知道眼前这位是比自己还老的老江湖，黑起来比自己还黑。

"是少了点，但是你迟早会把它们赎回去。我只赚点利息，你抵押金越少，我赚得越少，这还是看在小黎的面子上给的特价。换做别人，你看谁肯五百万收两个没有鉴定证书的杯子，这东西要在国内，卖不出高价，要送香港卖，怎么带出关也是大麻烦。你要是没想好，就慢慢想，我不缺钱，不急。"费老说罢就拂袖起身，要送客的样子。

"且慢，您真的，有多少都能收下？"达济天心里一紧，如果他再错过这个机会，就不知怎么找钱了。

"大了不敢说，几个亿还是拿得出，蒙各位老板看得起，放心跟我合作，我在中间，也不过赚个利息的抽头。"费老回过头，漫不经心地弹弹烟灰。

"好，你等着。"

达济天把压箱底的四件宝贝全都拿来了，这些是他全部的家当，他需要两千万，必要的时候把鲁大龙手里的股份也给买下来，剩下的钱，他想过了，万一公司再有什么不测，他就要使出非常手段把临县那家柴油公司搞垮，这一切，都离不开钱。

费老果然实力雄厚，当天，就带他去银行划了账。眼看两千万到账，达济天心里有了底，哼，重振河山，为时不晚。那些宝贝也不过是暂时离开几天，等到他赚了钱，马上回来把它们赎回去。

F

宝贝真能赎回去？

达济天踌躇满志地回到煤城，准备先划出一千万到公司账户上，做开设加油站的前期投入。可他万万没想到，那两千万看得见却动不了。这是怎么回事？他赶紧打电话给黎钢，难道其中有诈？

中午达济天离开费老的赌场时，正好有一拨人要来玩牌，据说带来的钱还不少，费老让黎钢先留下，帮他护庄。黎钢接了电话，他马上去银行查了账。原来，当初达济天送给黎钢钱的那张银行卡，是挂在达济天的私人账户上的，那张卡上个月钱透支了两千块，他忘了还，牵涉到个人信用，银行把达济天的账户给暂时冻结了。

"你小子差点耽误我的大事了，赶紧把卡账还了，我这边还等着转账呢。"达济天吩咐完，就挂断了电话。

半个小时后，他再去查账，那两千块还是没还。这让达济天动气了，这小子太不分轻重了，打算再打电话过去教训一顿，电话却怎么也打不通了。达济天心道不好，赶紧吩咐备车，去临县，他要去赌场把黎钢找回来。可人上了车，车却开不出去了。公司门口堵满了运煤车，愤怒的司机们冲了进来，声称要找老板算账。

原来他们生产的生化柴油技术指标不过关，使用了一段时间后严重损毁发动机，这些司机都是加过他们生产的柴油，这是来找公司索赔了。运煤车的后面，还有两辆电视台的采访车也刚刚停了下来，记者们扛着摄像机跑过来，主持人也举着话筒往这边跑。

"你干的好事！"鲁大龙的声音在身后发出。

等达济天回过头去，只看到鲁大龙慌张逃跑的背影，还有怨毒的眼神。他心里明白，要赶紧走才是，可眼下他的腿就像灌满了铅，挪不了一寸。他并不知道，他的厄运才刚刚开始。

几天后，媒体曝光天翔公司的劣质油低价倾销市场，引起恶劣后果的新闻后，工商部门勒令公司停业整顿，并承担所有责任，对受害车主们进行赔偿。达济天想跑，至少他账户里还有两千万，就算暂时不能动，那也是两千万，总有一天可以解冻。但他想得太简单，鲁大龙找到他，告诉他那笔钱其实是他和几位煤城煤老板们借费老的手，借给他的，那两千万，他必须得还。

这主意是芝芝出的，她恨达济天坏了她和汪公子的好事，决心报复。临走前帮忙牵头，让几位煤老板把钱暂时放在开赌场的费老那边，专等着他周转不灵。鲁大龙还拿出了几位煤老板投钱在费老的财务公司的协议书，白纸黑字写明，那是一家财务公司，专门提供私人融资服务，公司的老板，正是鲁大龙。

一切合理又合法。

达济天这才想明白，自己中招了！

黎钢，那么信任他，结果他一再怂恿自己投钱，不断地投钱，先是买生产线，再是开加油站。一切都交给这个浑小子，没想到他暗地里搞破坏，以次充好，坏了公司的名声，就算他手里有了钱再开加油站，生意也做不起来了。

芝芝，这个坏女人一开始就针对自己，想出这么恶毒的招数，摆明就是要玩死他，让他欠上鲁大龙的钱，走都走不掉。

那个费老，对，找到他，看看有没有办法。达济天带着最后的希望，在鲁大龙的监视下去找那家赌场。来不及了，那里只剩下一层空空的地下室，什么也没有。找到房子的主人，听说有人在三个月前就租下了哪里，还预付了半年的租金，这半年来房东也没有去过，并不知道里面发生了什么。

芝芝，对了，还有那个骚狐狸。

达济天什么也顾不上了，他像个疯子般闯进了省城那位大佬的家里，可人家却说根本不认识什么芝芝，把他乱棍打出。回到煤城到处打听他才知道，原本他手里的煤矿干股，全被那位大佬收了去。

原来芝芝那阵子天天跟煤老板们混一起，是借他们的手便宜收了他达济天手里的干股，又平价转卖给了那位大佬。这女人不知使出什么招数，居然跟大佬的发妻成了结拜姐妹。以大佬的势力，保护给自己送来煤矿的女财神、老婆的干妹子那是必需的。

原本这些煤老板们都是被要挟才把股份给了达济天，现在有比达济天更有能耐更强悍的人参股，对他们来说也相当于多了一把保护伞，这是双赢。于是大家默契地没有露风，反倒他达济天成了全世界最后一个知道的人。

细细回想起来达济天才发现值得怀疑的地方太多了，那个早就远走高飞的汪公子，他用的是美国护照，难辨真假，还有那个贪小便宜的助理胖子，也越想越不对劲。

达济天想起了几个月前，他拿着所谓的奸情证据要挟汪公子要让他入股的时候，汪公子曾经问过他，真不后悔？是他自己说，不后悔。再后来，汪公子出事要撤股，是他自己傻乎乎地一定要买下原本可以卖给鲁大龙的股。怪谁呢？只能怪他自己太贪心，人家做个坑，不让自己跳，自己还挖空心思非要往里跳。这一步步，分明都是设计好了时间，设计好了步骤，就连最后那场闹剧，也是人家计划好的，私下组织了汽车司机们来闹事，打电话给电视台爆料。就是等着拦住他，留出足够时间给那帮老千们逃。

作死呢！达济天把头狠狠撞向坚硬的墙，肉体的痛却丝毫不能分担心里的痛，那种撕心裂肺，仿佛被人活活剥皮的感觉，只有被骗的人才能体会。

"操！老子步步算计，骗人一辈子，到头来也被人给骗了，一辈子的努力全都打了水漂，真他妈报应！报应！"

悔恨、气愤，化作两行热泪滚滚而下，这个曾经把师兄弟们耍得团团转，叱咤赌场，潇洒煤城的大能人，第一次尝到了失败的滋味。鲁大龙放出话来，那两千万他要收，利息也要收，还不出钱来，就收他的别墅，他的车，还有他的狗。也许是明天，也许是后天，这别墅就不能住下去了，他将重新回到街头，像几十年前那样。但是这把年纪的他，经历过失败滋味的他，已经没有了重头来过的自信。

"师兄，你后悔吗？"

听到这个声音，达济天猛然抬起了头，站在眼前的人竟然是他多年前的师弟老禾，他揉了揉眼睛，不敢相信眼前的画面。可重新睁开眼睛，眼前的人还是老禾。他打哪儿来的？又是怎么进来的，院子里的藏獒呢？达济天脑子有点不灵光了，不忙着接话，反而朝院子里看去。

"别看了，扔了一块下过药的肉，它想都不想就吃了。你忙着赚钱忘了训练它，再凶的狗也不能随便乱吃别人的肉。"老禾往前走了两步，整个人站在了灯光里。

"你怎么来了？是不是你，是不是你跟人家设的局？快说，是不是你要害死我？"达济天失去了理智，冲过来揪住老禾的领子，

"我倒希望自己有这本事，如果我真有这本事，也不用被你骗得团团转了。"灯光下的老禾也老了，眼角额头掩不住的皱纹，颓丧的眼中同样失去了精气神。

"那你来干什么？来笑话我？"达济天恢复了一部分理智，松开了师弟的领子。

"我只想问问你，当年你到底做过些什么，还有三师兄，究竟怎么死的？"老禾规整领子，找了张椅子坐下。

"我为什么要告诉你！"达济天的本能告诉他，只要有人想从他这里挖走什么，就必须得付出点什么才行。

"告诉我，我就给你二十万。"老禾很认真。

"哼，二十万。"达济天不屑地哼出一声。

"钱不多，但足够让你可以离开煤城，找个小地方好好过完下半辈子。"老禾说的在理，现在的境况，达济天已经身无分文，这可能是他唯一的机会。

"你真有二十万？"达济天来了兴趣，从抽屉里翻出半盒烟，给自己叼上一支。

老禾掏出一张银行卡，推到达济天面前。

"好吧，那你就听好了。"达济天点燃那支烟，开始讲当年的事。

许多年前的那个夜里，那时候的达济天还在使用他的本名白灵光。按照计划，他和师弟小禾，一起把喝醉了的大师兄扔进郊外的下水井里。可后来他不放心，小禾平时就跟大师兄要好，他怕小禾做出什么傻事，就跟在他后面看了一阵。没想到小禾真的又回到了下水井边，把那本无字天书的秘籍扔了下去，给大师兄当陪葬。白灵光一直觉得那本秘籍有点古怪，趁着小禾走远了，他移开井盖，拿大石头扔下去，砸死了刚刚苏醒的大师兄，并把那本秘籍带走了。

后来的事，大家都知道，大家放了火，分了冯大善人的宝贝，各自谋生。可他总觉得自己的宝贝分量不够，后来借口自己欠了赌债，让师弟们给了自己几百万封口费。再后来，他就一直顺风顺水地混了这么多年，可是大半年前，三师弟忽然找到他，说大师兄回来了。他当然不信，如果大师兄回来了，那他当年做下的丑事也就曝光了。一怒之下，他杀死了三师弟，还在师弟手上写下了冯字，试图把凶手嫁祸在失踪多年，音讯全无的冯家后人身上。

"反正全是我做的，为了试探你是不是知道大师兄的事情，我后来又派人去找了你，跟你说起三师弟的死。没想到，你什么都不知道，还被吓破了胆，到处躲。哈哈，你这个胆小鬼，真是丢尽了师父的脸。"达济天狰狞地笑着，丑态毕现。

"你知道，你遇上的这些事究竟是怎么回事吗？"老禾听完，冷冷地问道。

"是你叫人来搞我的鬼！"达济天咬牙切齿地说。

"错了，是咱们师门同行知道你恶行不端，来清理门户，岔你的档！"老禾掷地有声，"岔档"在黑话中就是拆了台，赶人走的意思。

"操你姥姥，都什么年代了，你还在做大头梦吗？哪里来的师门同行，你别想懵我！"达济天虽然心里隐隐觉察到了什么，但嘴上死硬着不肯承认。

"那本秘籍，还在你手里？"老禾似乎并不动气。

"当然，在我手里，怎么样，你还想买吗？实话告诉你，那本秘籍并不是无字天书，那天晚上我从大师兄身边拿到时，秘籍上沾过血的地方显出了黑字。我就是学到了书里的秘密，这些年才混得那么好。那可真是本宝书啊，不过，也得有天分的人才配学。怎么，你这个没天分又没胆色的家伙，也想要？"达济天越说越得意，他找到了再次翻身的秘密。

"开个价，多少钱。"

"五百万，少一分钱也不卖。"

"好，我给你。明天早上七点半，煤城车站，五百万现金，你拿了钱，正好可以搭头班车离开这个鬼地方。"

第十二章　军马篇

A

第二天早上，达济天如约来到煤城火车站。他像从前一样开着他的车，换上了最好的衣服，精神抖擞，祖师爷赏饭吃，他的又一个机会来了。

七点半，老禾正点来到车站门口，身边有两个大大的黑色旅行箱。

达济天把箱子搬到车上，打开来仔细验过，没错，整整五百万，全部是现钞。

一本被血渍浸透的小册子交到老禾手上，那暗红的颜色似乎还带着丝丝血腥。老禾的心狠狠地揪了一下，这可是大师兄的血。打开来细细看过，映入眼帘的正是大师兄曾经梦寐以求的秘籍内容。

"钱货两清，我赶时间，你快点走吧。"达济天不耐烦地打开了车门。

"师兄，这一别，也许这辈子也见不到面了，你好自为之。"老禾转过头认真地看了他一眼。毕竟是几十年的师兄弟，虽然他害过自己，也害了所有的师兄弟，但那份感情还是在的，不过成分复杂了些。

目送着那辆车绝尘而去，老禾轻轻地摇了摇头。二十分钟后，达济天的车开出了煤城城区，上了坑坑洼洼的县际公路。这条路他走了无数次，闭着眼睛也能开出去，现在五百万在手，他什么也不担心了，大不了换一个名字，重头来过，反正以前也这么做过。

从后视镜里，看着那两个沉甸甸的箱子他正有些得意，一阵惊天的轰鸣忽然自脚底下发出。他什么都来不及想，车就被强烈的冲击波给掀翻了。好在这辆大众辉腾内置全方位安全气囊，够扎实的车身没有变形太多，达济天是在空中翻滚的瞬间受了惊吓。他身上绑了安全带，一个个迅速弹出的气囊把他隔离起来，只是身子被卡得不能动弹了，手机也不知落到哪里。

他闻到了汽油味想马上爬出去，可头晕沉沉的，五脏六腑乱成了一锅粥，难受，用尽力气也只能发出不大的声音求救。就在这时，车门不知被谁打开了，达济天以为是来救他的人，连连道谢。可那人根本不动他，只是把后座上两个箱子拖走，很快就连脚步声都消失了。达济天拼命扭过脖子，只看到一辆黑色的老款桑塔纳从他身边缓缓开过。

桑塔纳全国至少上百万辆，二手车便宜的只要万把块就能买到，随便套个牌就能上路，事后扔了也不可惜，是最理想的半路打劫交通工具。达济天当然知道这些，他马上就意识到自己再次被人算计了。

"你们说，他会不会自杀，被连着骗了两次，什么脸都丢了。"司徒颖一边说，一边打开别克商务车的后门。

是这辆车载着他们来煤城的，现在也要载着他们离开，上次租用那辆劳斯莱斯幻影，他们已经成了租车公司的VIP客户。

"他那种人脸皮厚着呢，绝对是好死不如赖活那型，才不会自杀呢。不过我想等他发现那张号称有二十万的银行卡里，其实只有五块钱的话，哈哈，那才崩溃。"单子凯乐呵呵地答着，他正跟梁融把那两个大箱子从桑塔纳里抬出来，放进商务车后备箱。

"我那空压弹滋味可不好受，也够他尿上一壶的。"梁融这次亲手设计并安装的空压弹，其实是他在剧组里学到的办法，看起来炸得厉害，其实只是冲击波，并没有太大杀伤力。这个遥控炸弹，是昨晚老禾去找达济天谈话时，溜进达济天家的院子，安在车底下的。

"师父，咱们这次算不算做了个生菩萨？"单子凯笑嘻嘻地问，"生菩萨"在黑话里是骗富翁的意思。

"讨打，我们是清理门户，哪里来的菩萨。"老韩作势朝单子凯头上打去。

"那鲁大龙呢？算不算生菩萨？"梁融接着问道。

"他嘛，也不算，咱们只是搂兔子顺手打了把草，要是真要做他，现在他可没那么舒服喽。"老韩笑道。

"前辈，这下您放心了吗？"陆钟帮老禾打开车门，做了个恭请的手势。说起来，最最辛苦的人就是陆钟，想出这个招不难，难的是根据达济天的反应一步步地调整计划。而且他扮演的黎钢戏份不多却至关重要：要在两次关键时刻成功说服达济天不停地往陷阱更深的地方跳去，还要天天坚守在化工厂，扎扎实实地拟出那些计划书。不少技术问题得临时学，他是整出戏里任务最繁杂最辛苦的人。

"放心了，谢谢你们，帮我们杨氏一门清理了门户，这本秘籍，请收好。"老禾终于放下了压在胸口多年的大石头。

"那个败类，就算想翻身，没有个十年八年也翻不过来了。"老韩拄着拐杖下了车，从老禾手里接过那本秘籍。

"可惜我那大师兄，这么多年来，我一直很后悔当年没有回头把他救出来。也许当时只要他隐姓埋名，就能逃过二师兄那一关，可以不用死。"这些天来，老禾亲眼看到老韩他们一步步把达济天诱进陷阱，却还是不能挽回当年被他亲手扔进下水井的大师兄的性命。

"诸位，可不可以借个火。"路边一辆黑色别克停了下来，车上下来一位体形微胖的中年妇女，见大家有些迟疑，她赶紧解释道："不是我抽，是我丈夫想抽支烟。"

这位中年妇女，身穿米色风衣，个子不高倒也端庄大方，老禾一见，眼睛都直了，"你是……冯……"

"没错，我是冯家大小姐。小禾，这么多年不见，你可比当年老多喽。"冯大姐也盯着老禾打量了一番，怪罪道："你们可真狠心，这么多年，都不回去看看，连我们结婚也不知道。"

"结婚？跟谁？"老禾紧张得浑身发抖。

"老公，来，见见你的老朋友。"冯大姐打开车门，车上下来一位头发斑白的老年人。

老禾一见到此人两条腿差点跪下，嘴唇哆嗦，不住地喃喃道："大……大师兄……"

"其实我不记得你了，但我老婆说你是我师弟，当年我们还在一起打过工。"大师兄伸出手跟老禾握了握，他憨厚地笑着，那朴实的表情一如几十年前。

"你没死？"老禾摸着那双温暖宽厚的手，惊讶不已。

"当年你们放火烧了米仓，第二天一早我就回家了。还好你们没烧掉我家，本来我带着看家狗去米仓找我爸，偏偏那条狗嗅到了他的气味，咬着我的裤脚引我去了下水井边。当时他满头是血，还好最后有一口气，我把他救了回去。他醒来后失忆了，什么也不记得，我怕你们回去找麻烦，就卖了祖屋隐姓埋名过起了日子。我早就喜欢他的老实忠厚，后来我们结了婚，现在孙子也有了。这些年来，儿女也算争气，我们过得还可以。我一直没忘寻找你们这帮杀父夺宝的仇人，直到半年前，终于打听到老三的线索，我们找了去，没想到这家伙居然马上告诉了老二。那个混蛋死都不肯相信大师兄没死，居然把老三给杀了。从那之后，我就顺着老三的线索找到你们几个人，一直暗中观察着，没想到，你还真请到了高人，演出这么一场好戏。"冯大姐细细说来，原来这一切都是在她眼皮子底下发生的。

"原来你都知道了，大小姐，大师兄，我对不起你们，对不起冯老爷。"老禾扑通一声跪下，拼命磕头。

"也许这就是命，到如今已经过了追诉期，不能再把你们送上法庭了。这些年你过得不好，我知道，也许这就是报应吧。看到老二那样，他往后的日子舒坦不了，我也就心安了。"冯大姐大度地搀扶起老禾，递过去一块手帕，"我们都老了，又没有兄弟姊妹，你要当大师兄还是师兄的话，以后就多走动走动，来看看他。"

老禾羞愧得老泪纵横，大师兄敞开双臂给他来了个熊抱，爽朗地说："哭什么，以前的事，我都不记得了。"

"度尽劫波兄弟在，相逢一笑泯恩仇。两位同门，时间还早不如先上车，慢慢叙。"老韩见两位老兄弟在大马路上又哭又笑，似乎忘了身后不远处还有个没死的达济天，含蓄地提醒他们先离开这里。

B

老禾上了别克，不知有多少话想跟师兄说。桑塔纳被单子凯开上远离大路的小路，见四下无人，擦干净指纹弃之。商务车和别克一前一后，奔驰在离开煤城的公路上。

商务车上，单子凯和梁融在前排热烈讨论，如果不在厂里做手脚，让那些油达标生产，继续把生意做下去的话，以大家的手段，要想在这行真干出名堂也非难事，年入个几千万轻而易举，如果大家用心，就算做出更大的成绩也不是不行。

"天天在一个地方待着，每次开会的主题都大同小异，工作内容都是同一件事，每天面对同样的人，你们觉得有意思吗？"

大小姐一吭声，单子凯和梁融都不接茬了。

"当老千的最大乐趣，就在于你永远不知道下一次要骗的人是谁，下一次要设的局怎样，甚至不会知道明天将要面对的会是什么，陷阱还是成功，一切未知，每一天都是崭新的，如此充实刺激的人生只有足够聪明足够健康的人才值得拥有。如果只是埋头苦干做同一门生意，那活了几十年，跟活了一天有什么分别？"司徒颖白了二人一眼，单子凯和梁融赶紧点头称是。

"我们也就是说说，谁会放着这么逍遥的日子不过呢？"

"神仙都没我们快活。"

单子凯和梁融对望一眼，心里似有隐衷，却不再多说。

老韩把秘籍交给陆钟，来不及再行沐浴焚香大礼，在老韩的默许下，他迫不及待地翻开了第一页。

军马篇。三个笔力浑厚的大字写在扉页上，一翻开来，书页内侧暗含的血腥气扑鼻而来，冲得陆钟眉头一皱，这本书里不知除了那位老禾大师兄的血，还有谁的血。手里一颤，第一页兀自翻开，黑色的小楷映入眼帘。

论命运

只道浮云风送去，人间霹雳自空来。莫道小溪流水浅，须知滑石有惊人。

莫谓途不堪走马，应防路滑失前蹄。马快当防平地石，舟忙宜慎水中矶。

如火烧赤壁，曹孟德之惊魂。若兵用乌江，楚霸王之丧胆。

只可静坐观风月，切勿临渊去钓鱼。周郎大破连环策，孔明台上借东风。

……

连续看了好几页，也只是些江湖神棍们帮人看相算命的口诀。陆钟不觉有些失望，又跳着翻了好几页，没想到还是差不多的内容。除了论命运，还有论双关，论颂扬，论命宫，论田宅，论命帛，论官禄，论疾厄，论子女，论兄弟等一共十余种，每个名目下，都有口诀若干。

这些口诀内容并不深，寓意也粗俗易懂，念起来琅琅上口，只要能够背诵流利，针对不同的客人运用自如，混出个二流相士还是没有问题的。

问题是，陆钟要学的，远不止二流相士的本事。这本秘籍，跟之前的《阿宝篇》和《扎飞篇》比起来就像小儿科，差距太大。看陆钟脸上并无惊喜，老韩接过秘籍细看，没多久也有了同样的狐疑。

"莫非达济天耍了老禾？"老韩偏过头去，看着旁边那辆车上正跟师兄聊得热火朝天的老禾，有些疑惑。

"应该不会，一个晚上他根本来不及重新造出一本这样的书来，在老禾找他之前，他也并不知道我们要这个。您看这上面的血，显然也是多年前的痕迹。"陆钟一边分析，一边指着书上不少毛边的地方给师父看，"不知当年老禾前辈的师父，是否是相士，如果是，他们当成师门秘籍传下来那倒可能真是宝贝。"

"这上面的内容还是太粗浅，而且老禾师兄弟几个，除了他以外谁也没有当相士。"老韩不住地摇头，掩不住的失望，忍不住把雪茄掏出来，可没抽上几口，又惹起了咳嗽，惹得几个徒弟心疼不已。

这次是他们耗时最久的一个局。光是单子凯扮演汪公子，就从达济天手里套出两千万买下那份原本只投入了一千万的股份。再后来，他又把名下所有的煤矿干股抛出，其实入手人都是司徒颖扮演的芝芝，经她之手转卖给省城那位大佬，中间又赚了一千万。除此之外，价值最高的，还有达济天手里那几件属于冯家人的古董。刨去达济天平时小恩小惠塞给陆钟假扮的黎钢和梁融扮演的胖子助手的大几十万，大家光是账面上就净赚两千万。

另外还有一大恶人鲁大龙，表面上他对汪公子殷勤备至，其实骨子里是个只看重钱的无良煤老板。之所以决定第一个拉他入局，就是因为司徒颖在表姐夫那边打听到，鲁大龙去年去北京到处托人，想把他矿上瓦斯爆炸死掉数十名矿工的事摆平。司徒颖的姐夫打心眼里讨厌鲁大龙这个人，但是他给的钱多，面子上并没有推托，不过也没帮他办事，只是敷衍。是鲁大龙托的人多，到最后也不知是谁办成的，总之最后他一次性给了矿工家属一笔钱后，这事算是不了了之地糊弄过去了。

鲁大龙从司徒颖手里，买下了一千五百万的股份，原本只投入一千万，净赚了五百万。最后，他跟达济天之间还有笔两千万的账款没有搞清，一家公司，就这么套进了两个冤大头。原本达济天不会信任一个贸贸然出现的外地人，所以第一步就是要让一个被他认为信任的人，引出这个人的出现。正好赶上了鲁大龙家办喜事，汪公子送上一份大礼，再用他那乡下人稀罕的派头，征服了煤城土老板们的心，自此，这桩千局才得以顺顺利利地进行下去。不算达济天手里的古董，总共收入两千五百万。

　　车开了一上午，快要离开山西境内时，两辆车上的新老同门们，一起吃了顿午饭。大师兄李韬听说那本秘籍主要是相士的口诀，也有些失望。冯小姐也知道，有那么一阵子，他简直对秘籍着魔了，每天带在身上，做梦都垫在枕头下，还以为其中有什么了不得的惊天大秘密。

　　不过大师兄又仔细想了想，似乎想起了一点线索，当年秘籍是一位被红卫兵生生打断一条腿的"牛鬼蛇神"塞给他的。他当年还是个愣头青，负责看守牛棚，牛棚里有个被人剃成阴阳头的封建迷信大毒草。听说，阴阳头是个混江湖的，别的人对他嗤之以鼻，大师兄心里怀着对江湖人的敬重，对他很是照顾。也许是他的善良感动了阴阳头，一天晚上，阴阳头把这本秘籍给了他，说是让他想办法找出其中的秘密，如果能找出来，就算跟本门有缘，将来要想知道秘籍更多的秘密，可以到一个地方去找他。

　　"大概这本秘籍对我来说太重要了，失忆后我唯一记得的事情就是这些。"李韬端着酒杯，迟迟没有饮下。

　　"前辈，能不能想起去什么地方找那位神秘人？"陆钟急切地问道。

　　"你们这是……"李韬不太明白对方为什么会对一本并没有价值的秘籍那么感兴趣。

　　老禾忙把老韩的身份，连同师门从属，以及要为陆钟找齐四本秘籍，重振江相派的事一股脑地说了出来。

　　"真是没想到，现在这个年代还有人想着振兴咱们的门派。光是听着我就觉得带劲，可惜我们都老了，帮不上忙，且让我想想，好好想想。"李韬挠着头，努力地回忆着，不多一会儿，他终于想起那个阴阳头外号"神叨叨"，让他去的地方是珠海，当时也曾说过一个具体的地址，只是时隔几十年，实在记不清了。

　　"两位，我们从达济天手里拿到的那四件宝贝，今天就物归原主。原本就是你们冯家的东西，只可惜我们不能追回全部。"老韩冲冯大小姐拱拱手，指了指窗外的车，东西就放在后备箱里。

　　"谢谢，谢谢。千门还有你们这帮人，总算还有希望。"冯大姐并没想到此行还有意外收获。

　　"老弟，这里有些钱，你拿着养老，好几个家可不容易，你早些回去给太太们孩子们报个平安吧。"老韩拿出一张卡，

"这……这钱我怎么能收，你们帮我这么大的忙，我谢还来不及。"

"这张卡里真有钱，放心，不止五块。"老韩拿出一张银行卡，里面有五百万，他却拿着昨晚给达济天空卡的事打趣，"别忘了，咱们门规里可有那么一条：江湖财江湖散，不散有灾难。想当年，咱们江相红火的时候，何等辉煌，各位大师爸的家里，天天高朋满座食客满堂。我和我的徒弟们，就是因为谨守门规，才能走到今天这一步。今后，我们还要继续走下去，把我们的江湖精神发扬光大。"

老韩说到兴头上，举起酒杯，一口就把杯中清亮的汾酒喝了个干净。不多时，他的脸上泛起一丝绯红，其实他心里暗暗担忧，凭着几十年前的一个外号，没来由地去珠海，究竟能不能找到那位神叨叨呢？

两天后，煤城县福利院收到一笔五百万元的捐款，捐款人匿名，但是指定要把这笔钱用在因矿难而失去了家长的孩子们身上。

第十三章　神叨叨

A

"六哥，接受心理咨询吗？"

"凯子哥，你别玩我了。"

"我就是想问问，你有没有想过我们手里的钱，一辈子挥霍都够了。"

"你到底想说什么。"

"虽然这行很刺激，每天都有新东西新任务要面对。但师父也曾经说过，我们必须失去很多东西，比如说家人，爱情，宠物，甚至……小孩什么的。"

"你想退休？"

"没有，只是一个人走得闷，无聊罢了。"

"无聊你找美眉嘛，找我不更无聊。国际漫游电话费很贵的，我现在澳门啊凯子哥。"

"找到美眉又怎么样，就算再喜欢，也只能是露水情缘，根本不能长久。"

"你是在抱怨啰。"

"不是啦，你别告诉师父。只是来珠海都半个月了，根本没有找到神叨叨的线索，我是想也许他早就死了，甚至没有活过'文革'。"

"你如果真的累了，就去休息，下午可以放假。如果你是想退休，最好早点跟师父说，找人接班也需要时间，很麻烦的。"

"我没别的意思，就是想……其实我一直想问你，是不是真的相信师父说的，可以重振门派，当个掌门什么的……喂，你在听吗？喂，六哥……陆钟……."

电话就这样断了，陆钟出事时，正在跟单子凯煲电话，以至于开车的时候有些分神。通话结束前，单子凯还听到听筒里传来一阵急刹车的声音，紧接着，有女人的尖叫，各种口音的嘈杂。

大家再见到陆钟时，他已经身在澳门监狱。

霉运沾上了，真是躲都躲不掉。电话还没讲完，从路边忽然冲出来一个女人，一个嘴里吐着血的女人，他刹车不及撞了过去。当时的速度并不快，只是路上人少，又不是十字路口，附近也没人行道，那女人根本就是胡乱冲出来的。正常人那么一撞，最多受点轻伤，可那女人居然倒地不起，大口大口地吐血，很快就昏死过去。陆钟被随后冲出来的人们给拦住了，人多嘴杂解释不清，等到救护车赶到时，女人已经停止了呼吸。

人命关天，偏偏那女人有些身份，是新晋嫩模，刚刚跟当地有名的某豪门公子订婚，而肇事的陆钟是个没有任何背景和靠山的大陆人，这么一来就麻烦多了。调查女人究竟为何吐血，再调查女人后来的死亡是因为车祸还是中毒，全都需要时间，再加上那位有背景的未婚夫施加压力，原本可以被保释的陆钟却被送进了监狱暂时羁押，等待调查结果出来后才再做裁决。

原本大家在珠海待了半个月，全力以赴寻找神叨叨，却收获全无。这个周末，陆钟提出自己去澳门找找看，澳门和珠海只隔个拱北口岸，交通方便，混江湖的前辈就算转个档头换地方混也极有可能。

出事的时候，陆钟刚刚在澳门的车行租了辆小吉普，还没走出整条街，就撞上了那个女人。老韩他们接到消息，所有人都立刻来了澳门，可惜亲友见面只能见一个，老韩就代表大家来看陆钟了。

"师父！"虽然才两天不见，但是陆钟感觉已经跟师父分开了很久很久。

"里面还好吗，要不要我找人进去照顾你？"老韩看着陆钟双眼中的血丝，知道他过得不好，有些心疼。

"没事，我可以自己照顾自己。里面不少外籍犯人，还有很多黑帮成员，这回算是身临其境看现场版《监狱风云》了，挺刺激，也算是长长见识。"陆钟轻描淡写地说着，其实是怕师父着急。

"我会请最好的律师，应该没有问题，只不过司法程序比较麻烦，可能要等上一阵子。"老韩来探监之前其实已经打听过了，陆钟一时半会儿还出不来。

"我行的，您真的不用着急。您别忘了，我有您教的绝招护身，打我的人占不到太多便宜。"陆钟伸出几根手指，暗示他的暗劲打穴五百钱功夫并没丢。

探视时间很短，许多话还来不及说，老韩就不得不离去。老韩目送着陆钟走入那扇铁门，心里竟然隐隐作痛。他没有子嗣，如果有，如果他的儿子走进监狱，他的心一定也是这种痛法。

陆钟的心中何尝没有牵挂，走入铁门内他最后回望了一眼，老韩已经比他初次相识时苍老了许多，时间和病魔带走了许多许多东西。

B

高墙内，是另一个与外界完全两样的世界，这里有着另一套截然不同的生存法则，不过两个世界都有个共同点：胜者为王。

全世界的监狱都一样，都有监狱长，他是这个小世界的最高统治者，拥有绝对权力。每座监狱也同样有狱霸，黑社会的头目，以及各种路数的搏击高手，高墙内部同样拥有绝对权力。

如果不动武纯粹靠脑子当老千，混黑社会的话，最高境界就是白纸扇，类似军师的角色，在龙头老大身边出谋献策。地位虽高，但归根结底和打手一样，不过是老大的一杆枪，命都不是自己的。就算是威风八面的双花红棍（帮内最高级别的打手），老大一声令下，全都得为他卖命。

澳门监狱比起其他监狱更加复杂，一千多名囚犯中不仅有帮派复杂的黑帮人物，还有世界各地来澳门赌场捞偏门的好手，说不定身边某个擦身而过的人就是深藏不露的高手。在这样的地方要想好好度过羁押期，必须夹着尾巴做人。陆钟不想当别人的枪，也不想被别人的枪打到。

刚进监狱的第一天，着实吃了点皮肉之苦，被牢头打了一顿。不过他也趁着那几个人身体跟自己接触之际，悄悄地使出五百钱点了对方的穴位。一连好几天，那几个人都浑身不自在，没精神找小犯人的麻烦。不知他们是不是觉出是陆钟下的暗手，后来没再动手打过陆钟，最多就是嘴里不干不净，吃饭时把他碗里的好菜夹走，干活时把脏活累活让他干。这种状况让陆钟回忆起当年在广州，他被卖到工人房里，又被人像猪仔一样拖到工地上的生活，同样有恶劣的工头带着狗看守，同样有人从他碗里抢吃的。

已经到了睡觉的时间，但监房里的犯人们还在叽叽喳喳地争论着金沙和永利哪家的小姐更好。陆钟无意投入这场辩论，把身体摆平躺在木板床上，本想早些入睡，可脑子里这些年的经历电影般在他的脑海闪现，有风光也有心酸。

人生如梦，上一次，这么早上床还是少年时代。回忆的闸门一旦打开，就像决堤的潮水关也关不上了。

没有责任心的父亲，不知身在何方。许多年前听人说起他在澳门的某家赌场扫地，腿已经瘸了，见到赌客却会笑嘻嘻地跟人家打招呼，说一声老板精神，碰上手气好的，偶尔也会扔一个筹码给他当小费，可他最后又会把这些筹码断送在赌桌上。赌，就像只只闻其名不见其身的怪物，给贪婪者以憧憬，最后残忍地带走他们的精神家庭甚至事业，带走全部的一切。

这次陆钟主动提出来澳门看看，潜意识里也藏着一点小心思，说不定会在某个街角，或者某家赌场再看到父亲。出事当天，他正跟单子凯讲电话，无意中视线的左边闪过一个人影。那是个佝偻的老头，一瘸一拐地拖着一袋垃圾，穿着皱巴巴的T恤，身体薄得像张纸片。他多看了一眼，没注意到右侧冲出来的那个女人。后来女人倒下，有路人尖叫，那老头也回过头来，陆钟的心差点从嗓子里蹦出来。不，那不是父亲，可他却半天没回过神来。

这些年来走南闯北，陆钟无数次想过可能会跟父亲重逢。万事都准备周全甚至想好B计划和C计划的他，却从没想过如果真跟父亲重逢，该说些什么。心头一阵针扎般的痛，脑海中又浮出了母亲的脸庞。那是最善良的母亲，最勤劳的母亲，也是最命苦的母亲，住在桥洞里靠捡破烂维生的母亲。如果她老人家没死，现在一定能住上全中国最好的房子，吃上最新鲜的水果，穿上最暖和的棉衣。

可是……如果母亲真的没死，自己还会走现在这条路，当老千吗？不，她一定不会允许。母亲在天有灵，看到他现在这样一定会不高兴。可这条路他还要继续走下去，他还要为了师父重振这个没落多时的门派，了无止境的崎岖之路就在脚下，肩膀上的担子，好重。

妈妈，请你原谅我，下辈子，我一定做个好人。

陆钟用力地闭上眼睛，一颗沉甸甸的眼泪坠落。

C

"喂，小伙子，你哭什么，是不是女人跟别人跑了？"睡在下铺的老人冒出半个光头来，笑嘻嘻地问。

见有生人，陆钟不好意思地擦去了眼泪，连忙解释说不是为了女人。

"嘻嘻，别哭了，你面相这么好，犯不着哭的。"老人一边说着，还伸出手来摸了摸陆钟的额头和鼻子，"尽力推开沙与石，用心淘得玉兼金。时运就从今日发，百花俱是此间开。少安勿躁，你的好运气很快就来了，不出今年有笔横财要发。"

"您是相士！"那四句口诀出自《军马篇》，陆钟立刻来了精神，一骨碌坐起，不忘跟老人家打听，"您有没有听说过一位叫神叨叨的前辈，他可能也是个相士，跟您同行。"

"神叨叨？你从哪听来的名字。"老头脸上的笑意一下子收了起来。

"我从一位江相派的老前辈那里，听说几十年前，那位神叨叨老前辈传了一本无字的秘籍《军马篇》给他。"陆钟看老头的神色，似乎知道神叨叨的下落，便把李韬老前辈的事说了出来。

"噢，什么江相派不江相派的，都是些老黄历了，现在谁还认这个，在澳门啊，就是孖七和新义安的天下。"

"您不认识神叨叨吗？"

"不认识。"

"那可就惨了，实不相瞒，我也是江相派的。虽然现在江相派的势力大不如前，但还有我师父带着我们师兄弟几个，一直在为振兴江相而努力。如果找不到这位神叨叨前辈的话，江相派很可能真的没希望了。"

"你师父，还有师兄弟？你不是一个人进来的吗？"

"不是，我是碰上了一档子冤枉事。"陆钟见老人对他有兴趣，心知老人肯定知道神叨叨的消息，为了能跟老人套上近乎，便把自己意外车祸的事，连同对方身家显赫，死者是新晋嫩模的事一口气说了出来。

"哈哈，有道是只可顺风摇顺桨，莫来危马过危桥。你啊，十有八九是撞上了人家的毒骗。"听完陆钟的话，老头又得意洋洋地晃起了脑袋。

"毒骗？"陆钟没听过这种骗法，老韩的规矩是不许用这些下九流的手段。

"没错。你也好意思自称江相派的人，连毒骗都不知道。"老头挑剔地拿手指敲敲陆钟的脑袋，接下来摇头晃脑地说起了故事。

古时候有个穷孝廉会试落榜，跟朋友们一起回乡。路遇一位漂亮姑娘，她自称父亲是做官的，母亲早死，只剩下她一个弱女子送父亲的遗体返乡。正好孝廉和姑娘顺路，就送她一程。一路上二人生出了感情，姑娘自愿嫁给穷孝廉，还愿意出资给他捐个京官。孝廉高兴坏了，高高兴兴地跟姑娘成了亲，两人一起去京城。姑娘真用父亲遗下的银子为他捐了个不大不小的官，不过姑娘说怕日后孝廉乡下的穷亲戚们来投靠他，会麻烦，就让孝廉把名字给改了。姑娘还教孝廉四处结交权贵，跟人多多交往，孝廉见姑娘如此贤惠，很高兴。有一天，姑娘拿出一些旧首饰旧衣服，让孝廉送去改成新的样式。孝廉照办，没过几天，新首饰和衣服都送来了，姑娘拿起一支珠钗来，说真珍珠被换成了假珍珠。孝廉很恼火，急着去找店家，姑娘却让他先吃了饭再去。两口子一起吃了午饭，孝廉急匆匆地去找店家。那店家却坚持说珍珠都是真的，根本不假。两个人吵得很凶，孝廉口渴得厉害，端起店里奉给他的茶水就喝了。没想到他喝完之后脸色大变，痛苦地倒在了地上。围观的人大惊，仔细一查他已经断气了。店家老板也着急，正好这时孝廉太太来了，一见孝廉死状，立刻大哭。这事闹大后，孝廉平时来往的达官贵人们都出面帮忙，最后珠宝店赔了一笔巨款，才私了了这件事。

"好狠的女人，先骗取同情，然后亲手把丈夫打造出高地位高身价，最后害了丈夫性命。那毒，其实就是孝廉在家吃饭时吃下的吧，那女人算准时间，等到珠宝店才会发作，最后讹了笔大的。"陆钟听完故事，若有所思。

"没错啊，这故事跟你遇上的车祸一样，只是狠女人变成了狠男人，他没算准会有个冒失鬼正好那时候开车出来。"老头摸了摸光头，在自己床上坐下。

"您是怎么知道的，难道您就是神叨叨，算出来的？"陆钟心头一亮，听完老头的故事立刻感觉他和自己一样，也是同道中人，赶紧从上铺爬下来，凑热闹地坐在老头的铺上。

"我啊，是听你说了那位公子的名字就知道了。两年前，他订过婚的未婚妻也是死在人家酒店里，原本是个北方妹，被他捧了去电视台跑了几部戏的龙套，摇身一变成了小明星。最后解剖尸体说是食物中毒，他呢，拿了大笔的保费，还从酒店拿到一大笔赔偿金。这事全澳门的人都知道，恐怕这次死的那个所谓嫩模，也是个北方妹吧，家里人都不在身边，那位公子专找这样的下手。"老头说书似的，神气活现地说了一大通。

"原来如此，那我还真是倒霉了。"事关自己，陆钟不得不认真分析起其中的利害。

"哎呀，讲了半天故事，困死了。"老头伸伸懒腰，大大地打了个哈欠，倒在床上就睡了。

"前辈……"陆钟本想再问问他的名号，可没几秒钟老头就发出了呼噜声，他也就不好打搅，爬上上铺，脑子里想着那个毒骗，眼睛却不住地往下铺瞄。

D

从那之后，陆钟对老头更好了。干活时总是抢着帮他，吃饭时也总是把好不容易留下的水果塞进他的口袋。老头倒好，倚老卖老地从不说谢，笑都不多笑一个，依然摇头晃脑地说些不着调的话，自言自语地评判各位犯人的面相，介绍陆钟不知道来头的某些大佬。谁谁谁脾气火爆，千万不能惹；谁谁谁喜欢男人，远远看见都要绕开走；谁谁谁阳奉阴违，回头就向典狱长打小报告，诸如此类的事陆钟也多亏有了老头的介绍，让自己少吃许多亏。

除了这些，老头说得最多的，就是孖七的事。孖七是黑社会的说法，比较正规的说法其实是十四K。老头之所以总是说十四K，是因为十四K的龙头老大就关在这座监狱里，只不过他住的牢房比较高级，大家几乎见不到他。

老头说起十四K来，就跟打了鸡血一样，愈发神气。十四K的成员多达数十万，上世纪九十年代曾是全球最大的黑帮。说起来，十四K也算出身洪门，原名洪门忠义会，总部地址在广州西关宝华路十四号。解放前，国共两党内战时期，广州的军阀葛肇煌，曾是黄埔军校六期的学员，河源客家人，带领残党逃到香港，与国民党关系相当密切。如今的十四K不复当年兴旺，派系众多，但以毅、孝、德三个字堆最大，另有大圈及拜庐，五派人马分布港九新界。多年来，帮中一直有人希望能够选出龙头大哥，但各派人马数十年各自为政，不习惯受他人约束，各派老大本身就是龙头，很难选出一位合资格人选。

"前辈，您总是说十四K有多威风，难道您还想当他们的龙头老大？"陆钟听多了老头的话，总觉得他在吹牛，就他那个窝窝囊囊的样子，根本不像混得出名堂。

"我可没那么大的胆，但我真的跟十四K正宗的太子哥，葛肇煌的儿子葛志雄混过。哼，当年跟太子哥同辈的大鼻登，带领手下黑白无常，开创了整条钵兰街啊，何等威风。就是太子本人，也门生无数，现在不少扛把子的都是徒孙级别。当年，就连华人探长吕乐，也跟我们太子哥交情匪浅呐。别看我现在这个样子，二十年前，我也曾经威风过。"老头看出陆钟的怀疑，马上搬出太子哥的名头。

"那您辈分一定超高的，前辈，以后还请您罩着我，我一定做牛做马好好伺候您。"陆钟虽然心里暗暗好笑，不过面子上还是摆出毕恭毕敬的态度。

"辈分高顶个屁用，现在的年轻人啊，谁还在乎我们这些老人家。好多古惑仔出来混都不说自己什么帮派的了，只讲跟哪条街的大佬，唉……"老头说到伤感处，惆怅得不行。

陆钟蹲在老头身边，不知道接句什么话才好，正好身边有个住其他监房的中年人路过，跟老头打了个招呼："喂，神叨叨，又在骗年轻人帮你做事啊。"

说话的人笑嘻嘻，说完就扛着锄头走了。陆钟把质疑的视线对准老头，老头却若无其事地挑挑眉毛，"我从没说过我不是神叨叨。"

"前辈，我和我师父师兄弟们找你找得好苦，你怎么能这样对我？你能拿到《军马篇》，一定也是同门，难道你也想咱们江相派跟十四K一样，将来后继无人吗？"陆钟真生气了，这些天来他诚心诚意对老头，老头却故意隐瞒身份。

"继你的大头鬼，我只不过是杨海波的外甥仔罢了，他留给我那本破书把我害得好惨。那些年在大陆，我学了几句口诀而已，就被人说是毒草，天天抓起来斗，还打断了我的腿。我是看姓李的小子老实，不会告诉别人，才把那本书给了他。我没想要他来找我，我说的地方是当年挨批斗那鬼地方的乡下朱海村啊，是想让他找错地方，一辈子找不到我。"老头懊恼地抓着头皮，像个孩子似的把脸憋得通红，"后来我好不容易逃出了那个鬼地方，一路要饭来到珠海，游泳游到了澳门，正好碰上了十四K的人，后来就跟他们做事啰。"

"原来都是误会。"陆钟听老头说完这番话，不知是失望还是轻松，如果秘籍的事到此完结，那后来的事，也许都不必再继续了吧！

"我啊，真是倒霉，根本就不该混什么黑社会，自己根本没那个本事嘛。当白纸扇不够聪明，当年没有跟我叔叔学你们的那些名堂，当打手又不够本事，两样都不沾边，一辈子也就是个穿草鞋的（黑社会职员中最低的一级，负责奔走联络工作）。四十多岁才得了个儿子，结果连儿子都保不住，老太婆也给气死，我真是太没用。"老头说着说着，竟然哭了起来。

"前辈，就算您帮不了我，我们也是一个监房的狱友嘛，有什么心事说出来听听，说不定我能帮帮你呢。"陆钟换上笑脸，拍拍老头单薄的肩。

老头长叹一口气，擦擦眼泪说了起来。他的独生子阿K，长得一表人才，在一家酒店当门童。门童不起眼，但收入颇高，赢了钱的赌客和外国游客总会给不少小费，工作几年，攒了一笔钱。澳门的赌客多嫖客也多，小姐更是这里的常住人口，老头万没想到宝贝儿子会迷上一个做小姐的，怎么骂都不回头。那女人把阿K带去地下赌场，说自己欠了一大笔赌债。女人跟赌场的人其实是一伙的，阿K是她带去宰的客。

赌场里有个古惑仔，手段很高，连同他小弟一起做局，让阿K不仅输光所有积蓄，还欠下大笔赌债，最后被那帮人逼得没办法，在老爸的帮助下准备偷渡去台湾，不知谁走漏了风声，那帮人追了过来，阿K被乱枪打死。儿子死了，债还不算完，那帮人知道老头也是出来混的，就三天两头找他逼债。阿K的妈又气又急，心脏病发也死了。神叨叨年纪大了，在帮里没什么号召力，老大们不会为了他这个老家伙浪费人力，更不值得为他跟道上的人结怨。没办法，老头子为求自保，只好躲到了监狱里来。

"我啊，带了包白粉过海关，故意被他们抓起来。都是我的错，明明自己罩不住，还逞强要做这个主。不该让阿K去台湾，让他也来这里面多好，他肯定不会死。都是我害的。"老头的眼眶红红黯然神伤，跟平时吊儿郎当的样子完全两样，"不，归根结底，就是那个女人，那家赌场，那两个古惑仔害的。"

"您以后有什么打算？"陆钟看在眼里，再次想起了失踪多年的父亲。如果父亲也在澳门混，偶尔跟人谈到自己，谈到母亲，会不会也是这模样呢？异样的温情在心头泛起，这个略显猥琐的干巴巴老头居然激起了他的同情心。

"打算什么，我一个老头子，能在这里混碗饭吃保住性命就不错了。就算出去，也要被他们追债，出去了，就再想办法进来，老死在这里政府给买棺材。"老头说到这里，再次哭了起来，"我是没脸死啊，没脸见儿子老婆，没脸见列祖列宗。"

"前辈，想不想帮你儿子报仇？"陆钟拍拍屁股站起身来。

神叨叨看着陆钟，这个年轻人的眼睛里藏着一股有威慑力的清亮，似乎蕴藏了不可估量的力量。

第十四章 高手

A

澳门赌业有一百多年历史，自1847年起，已有赌博合法化的法令。1937年出现了专营赌场。1961年2月，葡萄牙海外省颁布法令，准许澳门以博彩作为一种"特殊的娱乐"形式存在。70年代后，澳门政府的财政收入30%、税收50%都来自博彩业，这个行业直接维持了近万人的就业，并承担了港澳水上交通的大部分客运量，以及公共工程和社会慈善、文化事业的部分开支。作为一个资源贫乏，连粮食都不能自给的小海岛，能有今天的发展赌业功不可没。目前澳门的游客中，有九成来自大陆。

澳门的威尼斯人度假村是目前澳门规模最大的酒店，完全复制了拉斯维加斯的威尼斯人度假村，酒店内部有着弯弯曲曲的小桥和清澈见底的人工河，还有外籍船夫驾着的贡多拉船。在中国的风水学说中，水主财，源源不断的水从四面八方包围住这座富华宫殿，象征滚滚财运被围进了这里。酒店的天顶被画成蓝天白云，就算半夜进来，也如同白昼一样，赌性大发的客人们可以不分昼夜地豪赌。酒店内部有三千多间客房，足可容纳九十架747波音珍宝客机，秀场也有一万五千个座位，所有金色的部分全都是用真金装饰，总造价超过二十四亿美元。无法复制的华丽奢靡，诱惑着每一个进入这里的人。

酒店位于远离市区的机场附近，几乎每个下飞机的游客都会看到。这简直不是一家酒店，而是一座小镇。

和澳门所有大赌场一样，威尼斯人生意兴隆日进斗金。除了来自世界各地的观光客，其中也有少数别有用心的人。比如说，在内地要想行贿可能有些麻烦，但在赌城，赌桌上刻意输掉几百万甚至上千万，那都是理所当然。就算是趁人不备，往对方的筹码里放进两枚价值百万的，不过饼干大小，谁也不会注意。用这些办法行贿可谓巧妙至极，几百万的筹码可以直接兑换现金，上千万也可以二十四小时直接划账，如果在瑞士开个秘密账户，那就最理想不过了。不过正因为如此便捷，我国每年落马的贪官中，有相当大一部分都是澳门的常客，这个刺激的游戏，甚至会输掉无量的前程。

真正让酒店赚钱的还是赌桌上那些输红了眼的赌客，多少男人赌上鲜血和命，女人赌上身体和青春，但谁都不是最后的赢家。这把赢到的，下一把会输掉，小赌赢来的，大赌会输掉，自认为可以见好就收的人，也难逃贪婪的惩罚。赌钱得来的钱不是正财，按照赌客们的传统，这种钱要花天酒地稀里糊涂地花掉，所以酒店里的娱乐场所也人满为患。

傍晚，威尼斯人度假村来了四位游客打扮的人，一位老人，三个年轻人，其中还有一位身材窈窕的靓女。门童盯着他们看了好一会儿，这四位都衣冠楚楚相貌堂堂，手边的旅行箱也全是LV，一看就是豪客，一会儿帮他们开门时说上一句"老板精神"，没准会拿到大面额的小费。

门童没失望，那位风度翩翩的老人给了他一张五百面值的港币，他们在酒店里开了四间客房。按说住在这里，应该也会在这里的赌场玩才是，可那位风度翩翩的老人却跟门童打听附近的小赌场。

"喂，那边很黑的，小心啊。"门童善意地提醒道。那种小赌场背景复杂，通常有黑社会罩着，专黑不懂套路的大陆客。

澳门很小，一共就那么几条街，一天就能逛完，找一家地下赌场并不算难事。如果这家赌场旁边还连着一家臭名昭著的小酒店，就更好找了。

"怎么样，谁去那家酒店？"司徒颖叉着腰站在路边，指着对面那家"怡凤阁"的招牌。

"当然是凯子哥了，他这副打扮，一看就像嫖客。"梁融嘿嘿一笑，别有用心地打量着单子凯。

"拜托，有我这么帅的嫖客吗？最起码也可以当个拉皮条的吧。"单子凯今天用发蜡把头发抹得铮亮，还戴上了墨镜，嘴里叼着根牙签，迈开三七步，双手插兜看起来坏坏的。

"还是梁融去吧，他没那么显眼，上去看看形势，尽快下来。一会儿回酒店再碰头。"老韩发话了。

"哦。"师父有令，梁融不得不从。

梁融走进小楼梯，老韩带着司徒颖和单子凯则去了旁边的小赌场。

说来是小，那也是相比起葡京之类的大酒店来说，其实内里也有好几百平方米，各种赌局一应俱全，大赌场通常不设麻将，这种地下小赌场却还摆了几张麻将桌，另外还有几间贵宾包房，本地的大小古惑仔们常来光顾。

华灯初上，这间小赌场虽不像大酒店，有免费的酒水饮料供应，但有穿着性感的荷官（侍者），还有黑导游带过来的大陆客，大小赌台前已经围满了人。老韩和司徒颖、单子凯假装不认识，三个人分开行事，在各赌桌边流连一番，偶尔堵上两把小的，不为赢钱，只为寻找那个千术了得，逼死了神叨叨儿子的古惑仔。

转了一圈，司徒颖在角落里一桌玩麻将的边上站定，坐在南首的，是个染着棕色头发体形消瘦的男人，脖子上一串比筷子还粗的金链，还有胸口露出来的老虎文身表明了他的身份，他是道上的。男人嘴里正嚼着台湾槟榔，翘着的二郎腿幅度颇大地抖着，粗俗的惬意。

男人面前摆着的筹码不多了，大概输了不少，但是这一把牌不错，从一万到七万清一色一条龙，独缺一张五万就做成一副七小对。通常要靠搏才能赢的牌本身就凶险，这一把男人却不急，手里的牌摸来摸去摸了好几张，偏偏不来五万，同桌的另一个人也听牌了。男人手里抓的那张八万不住地转来转去，在桌上轻轻地磕着，许多人都有这样的习惯动作，但司徒颖分明看见，那张牌被男人手指一抹，竟然变成了五万。

"胡了！看清楚，车轮滚滚八十八番，给钱给钱。"男人得意起来，呸地一口吐出红红的槟榔渣，"哈哈，就知道今晚运气好。"

"当然啦，身边站了靓女，运气不好才怪。"

"肥强，小心赌场得意情场失意啊。"

"运气不好啊，不跟你玩了。"

同桌的人不甘心地掏出筹码，顺便奚落道。原来这个精瘦的男人正是肥强，神叨叨说过，此人染上毒瘾前体重两百多，进了好多次戒毒所，瘦成现在这样。司徒颖暗道没有找错人。

"靓女，谢谢你给我带来了好运气，请你喝一杯。"肥强回头一看，身后什么时候站了个这么漂亮的女人竟然都不知道，一头酒红色的短发衬得小脸雪白。

"下次啦。"司徒颖妖媚一笑，纤腰一扭，转身在旁边的赌桌上坐下，开始自己玩。

"说话要算数哦，下次一定请你。"肥强那双色眼盯着司徒颖的背影看了又看，心道这女人面生，一口不太标准的白话又听不出来路，多留了个心眼，吩咐身边的马仔，让他留心这女人的去处。

司徒颖虽然人在旁边坐着，眼神却冲单子凯飞去，暗示他盯住那个瘦子。这家伙还真有几分手段，轮着在各个台子上玩几把，或输或赢，输的都是小输，赢的却是大赢，他不赢庄家只赢赌客，尤其是大陆口音的赌客。

几个小时后，两路人马陆陆续续地回到了酒店。

"找到肥强了，真比凯子哥还瘦，技术还可以，应该就是对阿K下手的人。"单子凯今晚盯了他很久，为了打掩护还输了几千块给他，"他一晚上赢了二十多万，可最后却只能把大头留给赌场的老板。我看到他跟'大耳窿'（放高利贷的）发牢骚，说赌场有大半的钱是他赚回来的，要是给他当老板，绝对比现在生意更好。"

"不过我在他身边出现引起了怀疑，他叫人跟踪我，我费了不少劲才甩掉。"司徒颖摘下假发套，把长发一甩，对着梁融问道："胖子，当嫖客的感觉怎么样？"

"是啊，看我们肥融哥红光满面，一定HIGH到不行。"单子凯也拿梁融打趣。

"别提了，她们生意是挺好，小姐供不应求还要排队等的，我屁股都没坐热，就碰上一个老伯被人打得鼻青脸肿。我学雷锋，把老伯送去医院，老人家告诉我那家酒店是玩仙人跳的，他被勒索了几万块呢。"梁融一边说着，一边从口袋里掏出几张单据，"喏，我还帮老人家付了医药费，师父，可不可以报销啊。"

"报，当然报。我本来还担心她们只做正经生意，这么一来更好，咱们干脆下手狠些，连这个鸡窝也给端了，算是为民除害。"老韩满意地笑道，久别赌场，他今天也小赢了几把，看来老手艺还没丢，心情很不错。

"师父，这一单陆钟不在，谁来当话事人呢？"司徒颖早就想一试身手。

"那位神叨叨据说是新加坡大师爸杨海波的亲外甥，说起来也算前辈，咱们不能失手，这一次，还是我来吧。"老韩知道干女儿的心思，安慰地拍拍她的肩，"乖，你们都还年轻，大把的机会，我可是做一次少一次喽。"

窗外，璀璨的灯光点缀出美丽的夜景，这座城市仿佛不会沉睡，不论多晚，下到酒店里的赌场总能看到赌台边围着人。老韩站在窗边，闻着空气里潮湿的海水气味，琢磨即将使用的千局。这几年来都是陆钟主事，他身体又不好，早就有些廉颇老矣的感觉。现在，又轮到他做主了，这一次可不能比徒弟差劲，说不定是最后一次做主了，就像是一个赌徒要结束所有赌局玩最后一把，千万不能搞砸。

对了，除了肥强外，那个一起跟着陷害阿K的小弟呢，差点给忘了。老韩一拍脑袋，完全不顾现在是几点钟了，立刻去找徒弟们。

B

大头虾只有二十出头，却在澳门街上混了七八年，念中学的时候就开始逃课，整日在街上闲逛，因为手脚麻利，经常有人叫他帮忙把风跑腿跟踪之类的。这小子口花花却不能打，手脚也不太干净，真正的大佬不收他，他拜了混赌场的肥强做大哥，遇上有人欺负，就搬出肥强的名号来。肥强并不是什么大佬，只是澳门街上的古惑仔而已，但作为比大头虾更资深的古惑仔，十年前在帮会里当过红棍（打手），当他的大哥还是完全可以的。

前阵子大头虾跟肥强做了笔大买卖，坑了个本地仔阿K。

那晚也是玩麻将，阿K的手气不错，小赢了一笔钱，正好够还账，打算见好就收带着女人离开。那女人却一个劲地劝他趁着手气好最后玩一把，多赢一点。还是玩麻将，阿K的手风渐渐不顺，肥强最后那把出了千，同坐庄的人做了个地胡，一百五十八番，不仅让阿K输了个精光，还倒欠他十万。阿K输红了眼，跑出去找人借钱。赌场要赚高利贷的利息钱，当然不能让阿K在外面借钱，于是大头虾出马，偷走了阿K好不容易借来的钱。最后被逼无奈，他只能跟赌场借钱，再一赌就是把把输了，竟然欠下了儿百万。

阿K被逼死那晚，大头虾也在场，肥强拿了把枪给他，让他一起射。黑暗中看不清海水里究竟哪个是阿K，但大头虾心里总觉得自己有份杀了他。于心有愧，这阵子都没去海边，天天在各大赌场门口转悠，想找些新财路。

这天他正蹲在米高梅酒店斜对面的街边上百无聊赖地抽着烟，一个穿黑西装貌似酒店工作人员的男人吸引了他的注意。

"太太你好，请问您是来澳门度假的吗？我是米高梅酒店的工作人员，不知道您有没有租车的需要呢？我们酒店现在有一个活动，可以日租一千的超低价租到奔驰车，而且油钱全免，只要您填一下这张个人资料登记表，还可以获得免费送保险。如果您租满三天，我们还可以免费送您酒店的贵宾房一天，附送早餐和一次免费SPA，相当划算哦。"黑西装回头指指身后相隔半条街的豪华酒店，殷勤地对两位台湾太太介绍着，胸前的胸牌在阳光下亮晶晶，他的容貌和动作很有说服力。

什么时候米高梅有这个活动的？澳门这么小哪里需要租车，到处都是免费的酒店巴士嘛。还有那胸牌，看起来别别扭。大头虾正觉得奇怪，两位太太被黑西装帅气的容貌和彬彬有礼的介绍吸引住了，她们立刻表示愿意租一天试试，当即刷卡三万块作为这辆车的押金，还另外给了帅哥一百块的小费。

哇，就这么几句话就赚到了两万块。大头虾的注意力完全被黑西装吸引了，居然敢来米高梅的门口骗人，他要不是胆子太大就是本事太大。大头虾的视线完全离不开黑西装了，黑西装找到酒店门口监控的盲点——一丛绿植的旁边，假装酒店小弟代客泊车，专瞄奔驰富豪一类的高档车。客人进入酒店后，他并不把车开到停车场，而是往路边的巷口开去。手里有了钥匙，又有移动POS机和自己伪造的租车登记表，加上豪华的米高梅酒店做背景，不明真相的游客丝毫不怀疑这是在行骗。那家伙在一刻钟内又成功地做了一单，再次入手两万块。

不到半个小时，不费什么力气就到手六万块，也太好赚了吧。虽然这个生意不能长干，人家一去退车就会露馅，但有胆子这么干又能想出这个办法骗钱的人还真是不多，至少能让他大头虾崇拜。大头虾最佩服的就是白纸扇，因为他自己太瘦弱，打打杀杀的方面肯定没前途，所以只能寄希望于靠脑子吃饭这条路。当初他跟肥强就是因为肥强脑子活，千术高，本指望跟他学点本事自己赚钱。但肥强根本就不教他，也只是把他当马仔使唤，必要时很可能还会拿他当垫背的，他心里早就想过要重新找个有本事的大哥。

那个西装男成功地入手第三单，一共赚满了十万块后就收工了。他钻进路边一辆面包车，换上T恤牛仔裤，正准备开车，面前一个干瘦的少年仔却拦在了车前。

"有事吗。"帅哥嘴里叼着烟，从车窗探出头来，口音还带着点台湾腔。

"可以跟你混吗？大哥。"大头虾一听心里就明白了七八分，没准这位大哥是从台湾过来的，澳门有不少台湾佬都是道上的。

"跟我混？"帅哥眯起眼睛打量着大头虾。

"你的生意我都看到了哦，有钱大家赚，不带我玩的话，我就去告诉米高梅的人。"大头虾面带微笑，却出言要挟。

帅哥盯着大头虾足足看了半分钟，最后扔掉烟头，有些不屑地说道："带你玩容易，你有什么本事呢？我们不需要拖后腿的。"

"好，你看着。"大头虾一听对方要考验自己，知道有戏，马上钻进了路边儿家卖澳门特产的店铺里。正好有好几辆旅行大巴停在门口，游客们都在抢购澳门肉松蛋卷和肉脯。大头虾干干瘦瘦的，像只小虾在人群中挤来挤去，等他再出来时，手里多出了三个钱包，颇为得意地炫耀，"怎么样，功夫还可以吧？"

"我们是靠想点子赚钱的，用不着干这种事。我需要的人要够机灵，反应够快。"帅哥摇摇头，不置可否地说。

"那你说，要我怎么证明才可以？"大头虾不服气。

"上车吧，还是先让你见见我拍档，他是我大哥，他要是说不行，我说行也没用。"帅哥说完，已经打开了面包车的车门。

大头虾高兴坏了，马上钻进车里，这家伙肯带他见自己大哥，那就是对他还算满意。

C

一转眼三四天过去了，肥强几乎每天都能在赌场遇到那位酒红色头发的靓女。靓女人靓运气也旺，每次都小赌上几把，或输或赢，都不以为意。偶尔在肥强身边站一小会儿，那股沁人的女性体香总让他心魂荡漾，于是相熟的赌客也会说笑，肥强一定是有了新相好。

自从靓女第一天出现后，肥强就对她格外上心，凭着多年看场子的经验，这女人似乎醉翁之意不在酒，不像是真来赌的。不过如果不为赌钱，又何必来赌场呢？靓女身上从头到脚都是名牌，就连腕上的表也是价值六位数的卡地亚限量版。通常穿成这样的靓女，不会来这种低级的地下赌场，可这女人不仅来，还连着每天都来，到底想干什么呢？她不是本地人，也不是香港人，这个神秘的女人让肥强着实动了动脑筋。

赌场最清闲的就是上午和中午，昨晚酣战一宿的赌客们大部分还在休息，除了葡京之类的大赌场外，小赌场虽然开着门，但里面的人寥寥无几。赌场旁边的怡凤阁，却热闹非凡，倒不是这么早就有嫖客上门，而是怡凤阁的老板娘凤姐跟肥强吵了起来。

肥强跟凤姐并没结婚，但澳门街上混的小古惑仔们都管凤姐叫阿嫂。凤姐十七岁就从台湾来澳门下海，当过小姐也当过妈妈桑，十多年来从卖自己皮肉到卖别人皮肉，手里还有好几个未成年的小姑娘，种种恶毒后终于挣下了这家怡凤阁。虽然地方破旧，好在房子是在自己名下，不用交租，比同行们赚得更多。干这行的没有不交保护费的，为了少交些保护费，凤姐就沾上了肥强，两人在一起已经好几年了，凤姐也以阿嫂身份自居。

不过肥强这种天天在外面混的人才不把她当回事，用广东话说，最多就是同居那条女而已。有了这个女人，他不用再租房子，有人打点吃的穿的用的，偶尔给点零花，偶尔也在她手里周转些钱罢了。

时间还早，凤姐披头散发连妆都没画，掩不住的大眼袋黑眼圈，满脸憔悴，如果不是那身凹凸有致的身材，简直惨不忍睹。走近些，还能看到她松弛的皮肤已有不少细纹。样子不怎么样，骂起人来却厉害。

"我丢你老母，用老娘钱，睡老娘的姑娘，睡完了还把老娘的戒指送给那个骚货，我跟你拼了！"凤姐歇斯底里地喊着，举起手里的菜刀朝着肥强追去。

"干，你个癫女人，那戒指是我花钱买的，想送谁就送谁，你以为跟我睡过就了不起啊，就是我老婆了吗，就可以管我了吗？"肥强也不甘示弱，凤姐的菜刀还没沾边，他已经飞起一脚踢在凤姐的腰眼上，"告诉你，世界上可以管我的女人还没生出来。"

"你个死扑街敢打我！老娘跟你没完！"凤姐痛苦地揉着腰，挣扎着站起来，重回房间去拿更有杀伤力的武器，但她没料到自己刚一转身进屋，肥强也追了过去，把门关上并且反锁。任凭凤姐在里面对着门拳打脚踢，又哭又闹，就是不理，从口袋里掏出一包槟榔，塞一颗在嘴里，得意洋洋地晃着脑袋下楼去。

凤姐哪里肯受这样的气，肥强前脚下楼，头顶上两个花瓶就前后脚砸了下来。咣当咣当，正好落在肥强身后，只差一点就砸到了他的脑袋。

"我丢，我死了谁罩你。这条街上什么都多，女人更多，我肥强招招手，分分钟大把靓女送上门来。你人老珠黄还不醒目点，找死咩！"肥强被那两个花瓶吓了一跳，再也不顾彼此的脸面站在街上就破口大骂。

　　凤姐本想到了这把年纪，遇上个铁男人就从良过点安生日子，没想到肥强竟然这么说自己，被他的话堵得不知说什么才好，再也骂不出一个字，眼巴巴看着肥强走向街角，那边有一个穿着连衣裙身材超好的戴墨镜女人。这个扑街，居然跟人家搭腔了，没说上几句两人竟然笑嘻嘻地一起走了，凤姐心里难受得不得了，趴在窗台上就哭了起来。

　　"靓女，是专门来等我的吗？"肥强一见司徒颖，脸上立刻春风满面。

　　"是啊，想跟你谈谈。"司徒颖微微一笑，浓妆的红唇在白天看起来有种不真实的美。

　　"原来你真是来等我的，我也有件事早就想跟你说，其实啊，你长得好像我初恋。"肥强见靓女对自己和颜悦色，油嘴滑舌起来。

　　"我啊，长得更像你妈。"司徒颖摘下墨镜，一双美目直勾勾地盯着肥强。

　　"你，你怎么敢骂我！我老婆都不敢骂我。"肥强有点搞不懂了，靓女究竟是什么意思。

　　"想知道我怎么敢骂你的话，就跟我走吧。"司徒颖冲肥强勾勾手指，肥强就像条癞皮狗似的跟在她后面走了。

　　威尼斯人酒店的中餐厅，包厢里的消费可不便宜，一位老人面前摆满了大大小小的笼屉，他已经吃饱喝足，放下筷子，端起茶杯清了清嗓子。肥强有些不明就里，本以为和靓女去酒店会有番艳遇，没想到等他的人是位白头翁。白头翁的身后，还站着一位穿黑色西装的帅哥，高高瘦瘦，应该是保镖。

　　"契爷，你要找的人来了。"

　　肥强看靓女很恭敬地跟老人打了个招呼，马上离开自己，站到了老人背后。

　　"肥强是吧，请坐，想吃什么随便叫，我们慢慢聊。"老人笑眯眯的，倒很是和气。

　　"我又不认识你，有话先说的好。"肥强也不是刚出来混，知道天下没有白吃的午餐，收起那副好色的嘴脸，大咧咧地坐了下来。

　　"其实呢请你来是想跟你商量一个赚钱的计划，赚大钱的计划。"

　　"我跟你素不相识，为什么找我？"

　　"你不认识我，但是我认识你啊。这几天，曼琳都在观察你，你们赌场的生意不错，而你，是赌场中千术最高的人。如果没有你护庄，以那家赌场的规模和位置，我看生意绝不会做到今天这样。"

"生意好又怎么样，关你乜事。"

"哈哈，肥强哥果然快人快语。这么说吧，关钱的事，就关我的事也关你的事。找你来，就是想大家发财。不知道你有没有想过，当那家赌场的主人呢？"

肥强听完，先是愣了一愣，很快哈哈大笑起来，"老人家，谢谢你这么看重我，我先回去了。"

"我请你来是想跟你好好谈谈，没有别的意思，你随时可以走。只不过，我想请你先把我的话听完。"老人家依然是那副笑脸，只不过深不见底的眼里，闪出一丝精光。

这种光芒，肥强曾经见过太多次，几乎所有他见过的大佬眼中都有类似的光芒，那是精明，老谋深算，还有心狠手辣。没准这老头真有点来头，肥强心里活动了一下，刚抬起的屁股又落到了椅子上。

老人自报家门，姓梁，虽然并不是孖七的人，但早年在广州混时，因和孖七中地位辈分最高的孝字堆元老尤仔有同乡之谊，颇得他关照。解放前他和几位同乡去了荷兰发展，这些年来在外面也赚了些钱。人到老了，还是想回到中国人多的地方养老，于是看准了澳门，顺便在澳门搞家赌档赚点子孙钱留给后辈。这些话因为相隔年代久远，听起来半真半假，不过听老人把孖七的各个字堆名号说的那么齐全，倒也挺像回事，到最后肥强越发搞不准老人家什么来头。

"开赌场，赚钱快，我年纪也大了，不可能一直做下去。所以我想物色一个合适的人帮我管理赌场，你是本地人，人脉旺千术高，没有比你更适合这个位置的人了。我出钱，你出力，每个月你按股份抽成一半。十年后，赌场就归你，这点我们可以写进合同里，去律师楼办正式的手续。"老人家不徐不疾地说着，显得很有把握。

"其实只要你钱够多，投资一家新赌场可能更方便呢。"肥强这么说其实是在试探着对方的底子。

投资澳门，政府最最欢迎，因为可以带来税收和提供就业机会。有足够的本钱就先成立控股公司，赌场可租可建，人手可以招聘。最要紧的就是牌照，要找现在的三位持牌人谈，找一家肯将牌照出租，谈妥管理费或加盟费，或者是其他方式分配利润和风险。或者更省事些，承包大赌场内的某间贵宾房，兼营叠码和放债，好几位黑道上的大佬都在葡京开了贵宾房，不过入场价可不便宜，最低也要一亿六千万。

"我是攒了点钱，但开一家新赌场的投入还是太大了，可以小本赚大钱的话，何必要去下血本呢？"老头抿口茶，谈起生意来很有经验。

"你不会以为自己资格老，只要开口，人家就会乖乖把赚钱的旺地拱手相让吧。"肥强微微拧着眉头，质疑道："就连现在港九那边的老资格们，也早就收山养老不出来走动了。"

"你放心，我有自己的计划，不过这需要你的协助。新任的警务处督察，跟我私交不错，他也会帮我忙。只要你肯答应，我们双管齐下，肯定可以成功。一旦得手，你也知道每天有多少生意啦。"老人家的面色依然是笑，那种笑只属于真正自信，有把握的人。

"老前辈，谢谢你看得起我。我还是先回去了。"肥强心里忐忑不安，只想早些离开。

"慢走一步，这里有个见面礼，请帮我送给阿嫂。如果我们真的合作，赌场交给你打理的话，恐怕还需要阿嫂的铺子帮忙做个抵押。你也知道每天进出多少钱，这笔钱通通在你手上过，只有这样我们打交道的双方才会真正放心，长久地合作。"老人家说完，拿出一只小小的丝绒首饰盒。

肥强大咧咧地打开首饰盒，眼睛被结结实实地闪了一下，那是枚至少价值二十万的大钻戒，完美的椭圆形切割，灿烂出火。肥强清楚，要是收下这么贵重的东西，这事就算是定了一半，虽然心里痒痒的，虽然他早就想自己当老板，但这个老头毕竟才刚刚见面，这一切简直就像做梦一样。他很想把戒指退回去，可手怎么都不听指挥，最后竟然鬼使神差地把戒指揣进了口袋。

走出酒店大门，肥强还觉得两条腿轻飘飘的，像踩在棉花上。这一带很热闹，有酒店住客有刚下飞机的观光客，路边的长椅位置比较紧张。这里离市区还有一段距离，正好他也不想马上回去，坐在路边的长椅上，椅子的另一端还有另外一个路人。

肥强想着心事，手却摸进了口袋里，那里有个硬邦邦的盒子。里面还有威尼斯人开出的单据，就是今天买的，可不假。第一次见面就给了这么重的礼，看来那老人家真的有点底子。还有他那份气质，是不是道上的人一眼就能看出来，那老人家绝对是个老江湖。可是，究竟该不该跟他们合作呢？也许这是个机会，但是万一被老板发现自己当反骨仔的话，绝不是三刀六眼能摆平的，这条小命也就保不住了。

身边的人起身走了，留下一份报纸。肥强顺手拿过来看了一眼，马上就看到了新任警督上任的消息，照片上看起来新督察很年轻，只有三十出头的样子，名叫谢龙华，专门负责赌场安全监督工作。肥强心里踏实了不少，看来老人家说得没错，的确换了新警督，不过警督级的大人物从来就不是他这种小角色可以搭上话的。如果老人家真跟这位新警督有交情的话，拿下赌场，也许并不是不可能。

回赌场的路上，墙上有新贴出的广告，新警督将大力整治非法赌场地下赌场，近期警方会采取行动。肥强觉得好笑，哪里有警察向市民宣布自己要搞行动的，这种事肯定都是暗中部署才对，准是新官上任三把火，就算不搞行动，也要先把舆论造起来，给自己脸上增光。

整个下午和晚上，他心里总惦记着这件事。每天辛辛苦苦帮老板兆威哥护庄，可他只当自己是条狗而已，高兴了给块肉骨头，不高兴了连光骨头都没有，哪里会有什么定期的抽成。就算自己再努力，将来也没有再提升的余地了，很可能混到头发都白了，也还是现在这鸟样。心里有事，赌起来就走神了，玩21点的时候输了几把大的，非但没有护住庄，反而赔了钱。当晚兆威哥不仅给了他脸色看，还当着弟兄们的面说了特别难听的话：吃老子的就要帮老子看好家，否则的话，要你这条狗干吗？”

冲着那句话，肥强终于下了决心。这一天他等了太久太久，只是没想到机会居然是个素不相识的老人给的。赌徒的心态就是只要能抓住机会，哪怕成功率再小，也要放手一搏。

干你娘，有赌未必输，老子拼了命，也要跟你们玩玩看。

肥强对着赌场大门狠狠地啐了一口，抬头看一眼旁边的怡凤阁顶楼，凤姐卧室里亮着的灯光，掏出戒指盒，朝着那边走去。

第十五章　当骗子遇上老千

A

通往大三巴的小街上，两边都是一间又一间的专卖澳门特产的食品店，有牛肉干猪肉干还有杏仁饼肉松卷。澳门的老板们很大方，肉干都是剪下来一长条给客人试吃，吃完后不满意也不生气。店铺太多，如果一路吃过去，完全可以不出一分钱就把肚子填饱，时间足够的话再去大赌场，那里面的酒水饮料全部都是免费供应。大头虾来这条街混吃混喝的次数实在太多了，老板们都黑着脸，不愿意给他东西。

"别这么小气啦，老板，等我做完手上这单大生意，一定来跟你买整箱牛肉干。"大头虾索性自己动手，捻起一大块肉干就往嘴里塞。今天他的心情好得飞上了天，的确是有一大单生意要做呢，没想到结交了一位高手，竟然马上得到这个赚大钱的机会。很快，他就要发达了。

那位花名靓仔宏的前辈带大头虾去见自己的大哥，本以为可能要再次面对考验，没想到大哥正好有单生意需要人手，于是大家一拍即合。说起来，他还真觉得那位叫德哥的大佬真人不露相，就那么个普普通通的胖子，彬彬有礼，跟人说话特别客气，走在街上谁都不会怀疑他会是骗子。宏哥说得好，越是他这样的人才越有欺骗性，比他这个帅哥型的骗子还更有欺骗性。德哥作为大哥，大部分事不用亲自出面，他负责寻找下手的对象，找销赃的下家，以及出状况后的B计划。

如果说一出骗局是一部电影的话，德哥绝对算得上是总编剧兼总策划兼导演兼制片兼发行。大头虾很为自己认识了这么威风的骗子而高兴，走起路来都屁颠屁颠的，格外精神。

现在跟大头虾在一起的是靓仔宏，他们两人正要去酒店见的人是个古币收藏家，那个老人家据说曾在国内开过个人藏品展，这次带着几件宝贝来澳门，是应澳门收藏协会的邀请过来交流的。德哥收到风声，收藏家只在澳门待一个星期，便立刻决定了整个计划。

这个计划其实并不复杂，就是以杂志社的名义去采访这位收藏家，并给他的宝贝拍照，趁收藏家不备，用准备好的模具给他的宝贝压模，然后自己复制出赝品。趁着收藏家还在澳门，找一位香港的买家，以代理人的名义把赝品卖掉。就算对方日后发现东西有假，届时收藏家也已经离开澳门了，对方最多把责任放在收藏家身上，不会找代理人的麻烦。

砰砰砰，门被敲响了。很快门就打开，一位头发花白的老人家，鼻梁上架着副老花镜，盯着门外的两位来客看了又看。

"您好，请问是许老师吗？我们是《都市大玩家》杂志社的，昨天已经跟您预约过了。"靓仔宏掏出一张刚刚拿到手的假名片奉上。他今天特意戴上了金丝边眼镜，一件条纹衬衣搭配针织开衫，显得十分斯文。

"哦，是你们啊，快请进。"许老师笑呵呵地接过名片，跟两位握手，请他们进门。

采访进行得煞有其事，靓仔宏还摆出了数码录音笔，问题都是靓仔宏准备的，为了这些他还顾作正经地翻阅了几本杂志名人访谈的专栏，把要问的问题全都记在了笔记本上。这么做显得很专业，很像记者，收藏家许老师完全没起疑心，非常热情地回答着他的每一个问题。

大头虾第一次参加骗局，只能担任靓仔宏的助手，手里捧着个租来的单反照相机，对着许老师拍了好几张个人照。许老师到底是大陆出来的，显得有点拘谨，镜头一对准他的时候，他就有些紧张，一紧张就喝水，短短的半个钟头采访中，他竟然把一壶茶喝了大半。

"许老师，可否让我们拍摄一下您的珍藏，可能会在杂志上用。"靓仔宏终于问出了最关键的问题。

"当然，当然可以。"许老师连忙答应，不设防地当着二位的面，打开了箱子，从里面捧出一个精致的紫檀盒子，盒子里的绒布上平放着三枚古币，他一一介绍着："这枚是大夏真兴，赫连勃勃时期的铜币；这一枚是贞佑通宝，是武则天时期的铜币；这一枚也不错，是大泉五千，孙吴时期。这几枚全都是国家特一级的珍品，每枚价值都在十万以上，甚至可以说是有价无市，很少会有人愿意出卖这么珍贵的藏品。"

"真是太谢谢许老师了，我们今天大开眼界。"靓仔宏很自然地拍着马屁。

"不客气,你们一定要拍清楚一点,这么小的图案,我怕印在杂志上看不太清。"许老师对他的宝贝态度极为认真。

"一定、一定,我们会慢慢拍,认真拍,您放心。"靓仔宏赶紧连连点头,甚至帮大头虾搬出了三脚架,摆出专业摄影的架势。

"那个……不好意思,我想去方便一下马上回来。"许老师尿急,急着去厕所,却又不放心宝贝们。

"您放心去吧,我们还要一会儿才能拍完。"靓仔宏对许老师挥挥手,示意他放心。

许老师到底还是不放心,连卫生间的门都没有关,生怕这两个记者搞出什么名堂。在淅淅沥沥的小便声中,靓仔宏飞快地掏出一个眼镜盒,里面盒盖和盒里都放上了早就准备好的胶泥。把三枚硬币取出来,往胶泥上一放,再用力合上。一秒钟后,三枚硬币的正反两面图案都已经复制完成。许老师忙不迭地从卫生间里冲出来时,靓仔宏他们已经把三枚硬币完好无损地放回了紫檀木盒。

"许老师再见,欢迎你下次还来澳门做客,杂志出来我们一定会按照地址给您寄去。"

临走的时候,靓仔宏和大头虾相当热情地挥了挥手。大头虾觉得这位许老师也太好骗了,根本就是书呆子一个,讲起那些古币来就头头是道,问他有没有去澳门赌场玩玩吓得赶紧摆手。不过靓仔宏说,别看那个老学究一副古板模样,其实每天晚上叫特殊服务,来采访他之前,德哥已经做过了调查。

"哇,真看不出,这么老了还……"大头虾吐了吐舌头。

B

这晚肥强特意比平时晚些才去赌场,对兄弟们炫耀:凤姐收了他的钻戒,这两天心情好得不得了,做了一桌好菜,全都是他爱吃的,还不惜血本买来老山参给他煲了乌鸡汤,还约定他晚上加班。

肥强往嘴里塞了颗槟榔,正打算说个黄色笑话,可屁股刚坐稳,就被老大叫去了,有个新面孔玩骰子连赢了许多把,不少客人都跟他,庄家赔了不少。

"知道了，马上就去。"肥强不咸不淡地应道，拿人钱财替人消灾，这是他的本分。不过今天的他和平时的态度有些微妙的不同，并没马上去围满了人的那张赌台，而是去后台看监控录像。

赢得正欢的是个胖子，二十多岁模样，普通游客打扮，皮肤黝黑，操很正宗的广州白话，应该是刚下来玩的大陆仔。

那张桌上赌的是骰子。骰子一般有两种玩法，第一种是押数字，也就是押三个骰子的点数之和，赔率根据和值的大小来计算。赔率最大的是17和4，都是1赔50，其次和为7的赔率是1赔14。第二种玩法就是赌大小，三个骰子的点数之和小于10就是小，大于10就是大，赔率是买1赔1，押中一百赢一百。总而言之，赌骰子比较直观不太要动脑子，赢得快也输得快，通常是赌场里赚钱最快的台子。

兆威哥站在肥强身后，脸色很臭，颇不耐烦地朝他脸上喷了口烟，催他快些动手，就在刚才，那个胖子已经带领一大班赌客赢走了赌场十来万。这可不是第一把了，那帮人手里几乎人人都抓了十来万的筹码，全都是跟那个生面孔赢来的。这里可不是葡京和金沙那样的大赌场，再让他们赢下去，今晚可能要亏。

"那人选的台子是人气最旺的，人气旺就聚财，他很内行。让我再看看，没把握的话，我宁可不出手。"肥强知道老板担心，轻声解释道。

肥强说得不错，那个人果然内行，一开始的几把，都是先押小钱，只押大小。按照博彩概率学来说，只押大小的话就有百分之五十的概率赢。这种情况下，就要讲方法了，比方说已经连着出了三把大，这时候押个小的话，那第四次出小的概率相对比较大。如果第四次依然出了个大，那第五次出小的可能性就更大，如果第五把押中，就赢了一把，顺便把之前第四把赔掉的钱给赢回来。如果第五次依然开出来是大，那第六次就押上第五次的一倍，这把开出小的机率就更大，如果赢了，之前输掉的也全都能赢回。那个胖子并不贪，下手十来把全都是小赌，唯一失手的就是庄家开出个豹子（三个骰子点数一样），三个六，庄家大小通吃，他小输一把。

这个办法大部分稳重的行家都会用来试水，看看自己的一连串小赢会不会引起赌场的注意和警惕，如果平安无事，接下来就可以慢慢加大下注筹码。那个胖子面前积攒了一小堆小额筹码后，开始押点数和。肥强仔细算过，这小子十把有七八把是押的7—8—9，不过是这三个数字赔率适中。连着几把没中也不怕，一下手就连押三把，居然中了两把，其中有一把和的7，庄家赔了14倍。

哇！围观的赌友羡慕得叫着好，胖子面前的小筹码全都换成了大筹码，依然是小山一座。不少赌友在旁跟风，个个赢得盆满钵满，就连平时只玩老虎机的滥赌鬼也都跟着沾光。破财的当然是庄家。开赌场，如果不出千的话，赚的钱其实是个概率学问题，玩的人越多，赚得越多。但现在大家都跟风，没人下其他的注，赌场的优势就没了。

就在肥强在监控室里研究胖子水平的时候，外面又连赢了好几把大的，胖子面前已经积累了百多万筹码，赌鬼们叫啊笑啊乐翻天，兴奋得跟过节一样。兆威哥的脸色已经阴沉得能滴出水来了，"肥强，马上出去，我不管你出千也好真本事也好，总之我要那个胖子全部的钱。"

肥强见老板动了真气，马上打起十二分精神，乖乖地出去了。

"这位兄弟手气不错啊，看得我肥强心痒痒的。"肥强吊儿郎当地走过来，众赌鬼一见是他，自动让出一条路来，"我肥强手气也不错，不知道兄弟敢不敢跟我赌一把呢？"

"我要是说不敢，是不是不能带走这些钱？"胖子果然是来踢馆的，一听这话，刚才没心没肺的笑立刻收了起来，没回头，不让肥强看见他的表情，这句话却暗中带刺。

"哪里哪里，我就是想跟你比比运气，没别的意思。要是现在想走，马上可以兑换这些筹码。"肥强当然不能拆老板的台，如果让大家知道这里只能输不能赢，那以后谁敢来赌。

"有钱不赌对不起父母，赌博输光为国争光。哈哈，那我就还是跟你赌上一把，反正今天我只带了一千块进来，怎么玩都不亏。"胖子嘻嘻哈哈地说完，终于转过头来，脸上写满了信心十足，"不知肥强哥有多少本钱来赌这一把呢？"

"我肥强在这家赌场也算VIP了，你那边筹码多少，我就跟你赌多少，输了记我的账。"肥强拍拍胸脯，豪气十足。

"好，有你这句话我就放心了，诸位朋友，今天我第一次来玩，跟这位资深玩家VIP肥强哥比一比运气，还请大家当个证人，食粥还是食饭就看这一把了。"一听胖子说话，就知道他也是道上混的，在场的各位巴不得看个热闹，齐声叫好。

"咱们一把定输赢，还是比骰子，就来比大小。我来掷骰子，兄弟你远来是客，你先押。"肥强笑嘻嘻说走到荷官身边，荷官立刻明白他要替自己护庄，乖乖退到身后，趁人不备，肥强已经把做过手脚的骰子换到了骰钟里。

"那我就随便押了，兄弟们，你们说押什么好啊。"胖子居然回过头去问围观的赌客们。

有人说大，有人说小，总的来说，支持押大的人比小的多。胖子竟然听了大家的意见，把所有筹码都推到了大的那边。

"既然你是大，那我就押小了。"肥强依然笑眯眯的，好像一点也不在意。事实上他也的确不在意，这把他也没打算赢，只要开出三粒点数一样的骰子，就是豹子，庄家赢。那几颗骰子是灌过水银和铁粉的，在他手里要几点就几点。

"好，买定离手，有没有人跟胖子下注啊，要下就赶快。"肥强说这话时还瞟了一眼挂在天花板上的摄像头，他是想跟兆威哥说，自己不仅要把胖子赢去的钱赢过来，还要把这些小喽啰的钱都给赢过来。

肥强的吆喝没什么结果，无人下注，大部分人持观望态度，不少老赌客心知肥强是来护庄的，胖子绝对赢不了。

"没有人跟，我就开了啊。"肥强手持骰钟使劲地摇晃，眼光偶尔扫过监控镜头，暗示兆威哥他已经在骰子里做足了功夫。骰钟放回桌面，骰子的滚动声停了下来，马上就到揭晓谜底的时刻了。

"慢着！"一直都没出声的胖子忽然开腔，那双有点眯缝的小眼睛撑开后竟然露出一丝精光，"我有个要求，如果我输了，要验一验骰子！"

"为什么？"肥强正准备掀开骰钟的手定住了。

"我怎么知道你是不是帮老板做事的，万一开出来豹子，那就是你动了手脚，要是开出来是小，那也是你动了手脚。除非是我赢，否则的话你就有动机。"

"你这个要求有点过分。"肥强的额头上竟然渗出细密的汗珠，他的手很夸张地在面前一摊，露出腕上晃眼的金表。

"过分吗？我赌上一百多万，只求一个真正公平的结果，我觉得一点也不过分。朋友们，你们觉得呢？"胖子显然看穿了肥强的小动作，这是在挑衅。

众人纷纷附和，大家都想看热闹，赌场被赌客闹得越大越好，反正他们今晚已经赢够了钱，都不吃亏。

"好，我可以拿人头担保，这把赌局绝对公平！"肥强眉头一压，本想狠狠地拍一下桌子，却被胖子捉住了手。

"开就开，少搞小动作，我还怕你这么一拍里面的骰子就动了呢。"胖子不客气地说。

黑色的骰钟终于掀开，众人看得分明，4—5—6，十五点大。肥强脸色惨白，胖子却冷冷一笑，仿佛早就知道会是这个结果。

"胖哥赢了！"众人掌声雷动，全都为胖子叫好，肥强出马，这还是第一次输这么多。

胖子带着两百多万走了，临走时对着监控摄像头微微一笑，兆威哥在后台已经暴跳如雷，这家伙分明是在说，他还会再来的。

肥强输得这么惨，马上赶到监控室向老板检讨："那个人根本就是算准了的，他让别人做主，不论是大是小，只要他最后要检查骰子，那就是我们的问题，为了这个，我们一定会让他赢。本来我扔出来的是豹子，听那家伙说要查，我只好再换点数。好在我表里藏了磁铁，在骰钟上一过就能让里面的骰子换个方向，这才救回赌场的声誉。"

肥强倒是能言善道，三言两语就把责任全都推在了胖子身上，反而显得自己立了一功。

兆威哥有气没处发，只好飞起脚来，踢着马仔们的屁股，"我操，还愣着干吗？你们都给我出去盯着那个家伙，他混哪里，老大是谁，不搞清楚就别回来！"

与此同时，澳门监狱的病房里，同样的赌局刚刚结束，所有监狱病友都围在陆钟身边，好奇地问他究竟是怎么做到的，居然可以赢过医务室那个老赌鬼。陆钟笑而不答，第二天一早，他被老赌鬼医生以身体检查的名义叫到了医务室。

老赌鬼一见陆钟就赶紧把门关好，利诱道："你究竟是怎么做到把把都赢的，告诉我，我帮你开病假条，让你少出工。"

陆钟心知对方上钩，神秘一笑，"告诉你没问题，不过我不要病假条。"

"那你要什么？"老赌鬼不明白了。

"我要请你帮个忙。"陆钟冲老赌鬼勾勾手指，让他靠近一些。

C

德哥拿到模版后，马上去了趟香港，一来找专业人士按照模子把古币做个赝品出来，二来联系买家，先给对方看样品照片。这时候给的样品照片，就是许老师手里真货的照片。

不知道是不是大头虾加入的原因，德哥说其实算过大头虾的八字，跟他不太配，但是大头虾加入之后做起事情来却又格外顺。正好那位香港的老师傅接到任务后手边有材料，可以马上就动手，又正好那位买家很有诚意，只看了照片就开出了三枚一起八十万的高价。

德哥打听到那位买家是一位富商的二奶，这三枚古币是她替老公买下打算送给一位议员行贿的。只要能及时交货，这单生意就能百分之百地赚钱，那三枚赝品最多三万块的成本，一转手就能净赚七十多万。大头虾一听高兴坏了，原来赚钱真的这么容易，他几乎没帮什么忙也能分到十万块。

三天后，那三枚赝品顺利交货。经过一遍遍地打磨和化学药品的处理，看起来那三枚乌溜溜的古币很像那么回事。不过德哥说，这东西经不起高科技的检测，如果对方提出做放射性同位素测定，要送去权威机构的话就千万不要答应。这玩意只是看起来像真的，并不是真的。交货的时候，靓仔宏和大头虾要想办法分散对方的注意力，说服买主相信自己。交代完这些，德哥最后才告诉他们去香港交易，一路上要小心不要被警察发现这三枚假货，否则的话，也会很麻烦。

"可是，到底说什么好呢？宏哥，我好紧张，万一被人家发现这是假货，那就死定了。"大头虾头大胆子却不大。

"放心，我们报出许老师的名号，再拿出许老师跟我们的合影就行了，只要告诉她，东西有问题的话随时可以回大陆找许老师的麻烦，跟我们一毛钱关系都没有。"

"可是……"大头虾还是有些紧张。

"别可是了，你现在要放松，不要这么紧张，不然被警察抓起来问话，你一不小心说漏嘴更麻烦。"靓仔宏不耐烦地打断他，"东西呢，藏好了吗？"

"藏好了，放心吧。我今天特意带了钥匙包，把那几枚赝品跟钥匙一起穿在钥匙扣上，满满当当一大把。如果有警察问起来，就说是辟邪的，警察应该不会都那么识货吧。"大头虾一边说着，一边拍拍屁股，他把钥匙包放在屁股口袋里，还穿了根金属链子系在裤腰上。

"嗯，一路上多加小心，我们要尽量少说话，坐在角落里，避免不必要的麻烦。"靓仔宏最后吩咐完，大头虾乖乖地点点头。

从澳门去香港要乘船，因为交易是定在白天，所以船上众多游客不可避免，好在在船上的时间并不长，只要忍耐一个钟头就可以上岸，上岸后乘的士，就安全多了。大头虾和靓仔宏按照之前的约定，随着人流登上船后，两人分别坐在两个角落里。

一个小时很快过去，终于登上了岸，两个人对望一眼，大头虾长长地舒了口气。在的士站等车的时候，靓仔宏从口袋里掏出一张照片，照片上有个美艳的女人，一头秀发烫成大波浪，显得格外妩媚。这女人就是买主，照片背后还有她的联系方式。

"我要打电话问见面地点了，东西呢，拿出来看看。"靓仔宏一边说着，已经掏出了手机。

大头虾把手朝屁股上的后兜摸去，可口袋瘪瘪的，那个鼓鼓囊囊的钥匙包不见了！

完了。大头虾的心一下子提到了嗓子眼，赶紧伸手摸另外一边口袋，同样是瘪瘪的，连他的钱包都不见了。

"宏哥，等下打电话。"大头虾的声音都在颤抖，他乞求着，摸遍了全身上下的每一个地方。可那个钥匙包真的不见了，不知什么时候弄丢的，他一点感觉都没有，只剩下那根长长的金属链，像个可笑的尾巴拖在身后。

"东西呢？"靓仔宏见他脸色不对，立刻挂断了刚刚拨出去的电话。

"好像丢了。"大头虾胆怯地回答，急得直想哭。

"我靠！你怎么不把这条贱命给丢了。"靓仔宏脸色一沉，伸手就朝大头虾身上摸索过来，他上上下下仔细地摸了一遍，真的没有了。

"什么时候弄丢的，看清楚人没？"靓仔宏不淡定了，口气更加不好。

"我……我不知道，刚才在船上一班师奶在我旁边，我也就没有注意了。"大头虾哭丧着脸，无奈地解释着。

"我靠，现在好了，东西都没了还交易个鬼啊，什么都玩完了。"靓仔宏双手用力揪着头发，像只发狂的狮子走来走去，手里那张买家的照片也被他捏成一团扔在了地上。

"宏哥对不起，是我的错，我来赔偿这次的损失吧，做这三枚赝品的钱我付，好吗？我们去找那位做赝品的师傅，再定做三枚好不好，工钱我也付。六万块，我有的。给我个机会吧。"大头虾吓坏了，恨不能跪在地上讨饶。

"六万块了不起吗？你以为是订蛋糕想订就订啊？原料是要碰运气的，那三枚已经用光了，订你的大头鬼。"靓仔宏恨得直咬牙。

"我……真是对不起，请你原谅我吧。"大头虾眼泪都流出来了。

"当初德哥跟我说你八字不合，我不信，还帮你说好话，让你加入。现在好了，你害死我了。丢了的不是六万块，是七十多万啊。滚，别再让老子看到你。"靓仔宏气得脸都红了，冲着大头虾的屁股上狠狠地踢了一脚，把他踢得摔了个狗吃屎，脸都破了。

"宏哥，再给我一次机会吧。"大头虾抱着宏哥的腿苦苦哀求。

靓仔宏看也不看他，气冲冲地上了一辆的士扬长而去。大头虾擦了擦眼中的泪水，看着的士消失在他的视线中。唉，真是太不争气了，这么好的机会，这么好的大哥，居然给自己白白断送。大头虾也恨自己，再小心一点多好，现在已经站在那个有钱女人面前接手八十万的现金了。

对了，八十万哦，大头虾脑海里飞快地浮出两组数字，那位收藏家许老师说过，每枚古币十万块的样子，如果是出价四十万，他一定肯卖。再一转手卖给那个有钱女人，自己还能净赚四十万！没错，是四十万，而且那是真货，经得起任何检验。

这可真是坏事变好事，德哥说的没错，我八字跟他不合，是我克他吧，到手的财运，偏偏跟他无缘，只要我去买下那三枚真古币，马上就可以把这单生意做成！大头虾脸颊上的泪水还没干透，嘴角就浮出了笑容，他赶紧爬过去捡起被靓仔宏扔掉的那张照片，照片中美艳的女人，似乎在冲他微笑。

D

"今天我肥强肯定会运气好，因为我不但去了得胜街，还去了连胜马路，昨晚上我还特意去喝了旺财汤。"距离那个胖子赢走两百多万不过两天，肥强完全恢复了平时的劲头。得胜街和连胜马路都是澳门街上的两条路，通常迷信的和背时的赌徒都会去那里走走以求转运。

"肥强哥，得胜街连胜马路我们都知道，什么是旺财汤呢？"围在肥强身边看热闹的小弟们好奇地问道。

"丢，这个都不懂，你说什么动物叫旺财啊。"肥强颇为得意地摆出大哥姿态。

"切，原来就是狗肉汤啊。"小弟们不以为然地嘘肥强，这两天气温高，喝狗肉汤也不怕补得出鼻血。

"肥强哥，你怎么还在这里聊天，又来了个高手，你快去看看吧。"一个小弟从赌场里面跑出来，急急忙忙地说。

"急什么，有我在嘛。"肥强不紧不慢地起身，正打算去监控室那边，却被小弟拦住，老板有话，这次不用去监控室了，让他直接上。

这回来的高手是位高个子的帅哥，烫着时下流行的卷发，后脑扎个马尾，穿一件工字T恤，有意无意地炫耀着两条手臂上的祥云青龙文身。打扮成这样，又一口台湾腔，玩的是台湾麻将，十有八九是竹联帮过来的高手。竹联帮是台湾第一大黑帮，即便是赌场老板兆威哥，对于这样摸不清来路的人物，也是不能随便动的，但也不能让他踩在头上随便赢。

如果说上次胖子赢得靠运气，这个帅哥就太邪气了，连个屁胡都没有，一上手就全是胡大的：一万四万两条五条三饼九饼外加东南西北中发白，七星不靠 24 番；三个一万三个九万三个九饼外加三个东风两个白板，混幺九 32 番；三个二三四五条外加两个二饼， 一色四节高 48 番。几乎每把都是胡这么大的牌，这也就算了，居然还搞出一手国士无双（十三幺）88 番。据说文身帅哥进来只带了五十块，玩了一个多小时手里已经有几十万了。

玩麻将可是肥强的强项，别的不说，这里的麻将是特制的，肥强戴上特制的隐形眼镜后，就可以从牌底看穿所有人的牌。万一碰上高手，他还能搓牌，更换牌面。总之玩麻将的话，肥强几乎能百分之百地控制输赢。

"你叫兆威哥看好了，我会帮他赢回面子。"肥强胸有成竹地对小弟说。

帅哥身边空出了两个位置，赌客们都输得太多，也觉得此人邪门，便不敢跟他赌了。这种时候，肥强本该叫大头虾过来帮忙的，可大头虾的手机要么不在服务区，要么关机，已经好几天联系不上了。肥强只好让一位兆威哥的亲信马仔过来凑台子。原本大家都怕帅哥真是竹联帮的高手，不敢围在旁边看，可现在肥强出马，大家立刻找到了围观的理由，不少人连手上的赌局也都结束了，跑来看肥强大战台湾客。

"手气不错，请问帅哥玩多大一把。"肥强带着一堆筹码，不请自到地在帅哥对面坐下，很有点打对台的意味。

"随便，你玩多大我玩多大。"帅哥看也不看他一眼，歪着头点烟。

"小了没意思，不如我们玩一万块一把吧。"肥强笑嘻嘻地说道，一万块一把的话，如果碰上个大番子，不论输赢全都够呛。

"好啊。"帅哥抬抬眼皮，翘着的二郎腿抖得让人心烦。

洗牌，码牌，丢骰子，再抓牌。每一步肥强都在留意对面的帅哥，可他完全没有小动作。这把是帅哥丢的骰子，肥强做庄，所有人都觉得帅哥丢骰子也没有小动作，可没想到，庄家打出第一张牌后，帅哥居然自摸了一把地胡。

周围的人群中传来阵阵倒抽冷气的声音，不能不惊讶，按照台湾麻将的规矩，地胡是一百五十八番，这么说来，他只是自摸了一下，就赢了一百五十八万。

"不好意思，运气太旺，真是挡都挡不住，不知道几位的钱够不够哦。"帅哥掩不住地得意，终于正眼看了一下肥强。

就这一眼，肥强看出了端倪，"等等，你的眼睛是深蓝色，你是混血吗？"

"是不是混血怎样？"帅哥咧嘴一笑。

"如果你不是混血，怎么会有蓝色的眼球，一定是戴了隐形眼镜。你该不会出千了吧？"肥强有点心急，却丢给对方一个大大的漏洞。

"笑话，如果你们的牌没问题，干吗要怕隐形眼镜。"

"你承认出千了？"肥强急得眼都红了，却又不得不压低声音。

"如果我说我真是混血，你敢不敢把你眼睛里那层透明的东西取出来。"帅哥若无其事地凑近肥强，小声地说，"我说的不是隐形眼镜，是角膜。"

"我……"肥强接不下话了，对方早就知道他玩的把戏，如果承认这里麻将是有问题的，赌场的声誉就完蛋了。

关键时刻还是老板兆威哥站了出来，远远地对着大家喊道："对不起诸位，刚刚收到消息今晚有警察临检，我们要早点关门了，请大家尽快离开，明天带筹码来兑换现金。"

"喂，要是明天你们不承认怎么办，我们的钱岂不是被你们骗了。"众人不肯走。

"我们的筹码全都安装了电子芯片，请放心，只要是我们这里发出的筹码，一定保证给大家兑换。"兆威哥不得不压着满腔怒火，耐心地解释着。

听到这么说，赌客们才肯走，兆威哥让肥强去门口帮忙维持秩序，不要让人趁机偷拿或者多拿筹码，他自己则来到那位台湾帅哥面前，恭恭敬敬地递上两只装满了钱的箱子，"这里是三百万，你今晚赢的。"

"谢了。"帅哥随手接过两个箱子，就好像接过的不过是两袋超市里买来的东西。

"能不能告诉我，你帮谁做事。"兆威哥很客气地问道。

帅哥没有回答，不过却盯着兆威哥认认真真地看了一眼，从口袋里掏出个手机，塞进兆威哥的手里，迈开长腿潇洒地走了。

E

"喂，肥强哥，我有笔大买卖要做，可不可以跟你借点钱。"

"借钱？"

"是啊，最近手头有点紧，这笔买卖急需周转，我会很快还给你的。"

"我手里是没钱，不过你可以跟大耳窿借。老规矩，要多少有多少。"

"啊，我不想借高利贷，能不能帮我跟阿嫂借一点，那个，二十万就OK了。"

"二十万这么多，我哪有啊，大头虾你又不是不知道，我每个月都只有几万而已，还要养老婆。"

"求求你了，肥强哥，帮个忙嘛。"

"哎，我现在有电话进来，要挂断了，这样吧，一会儿我让大耳窿联系你，都是自己人你自己谈条件吧。"

话没说完，电话就挂断了。大头虾看着电话里肥强那个得意的头像，恨不能对着那张脸吐口浓痰。被靓仔宏踢了一脚后，他坐船回到澳门，路上忽然想起那位大陆的收藏家许老师明晚就要搭飞机离开澳门了，要买古币必须赶快。当了这么多年的古惑仔，他也攒了点钱，上次帮肥强千阿K时，肥强给了他五万，加上自己的十多万，凑起来有二十万，但那三枚古币，最少也得四十万才能拿下，唉，难不成真的要去借高利贷？按老规矩九出十三归，借一万只能到手九千，还钱的时候却要还一万三，这笔账算起来可太不划算。

正在大头虾犹豫之际，手机响了起来，是跟肥强相熟的大耳窿，谈来谈去，大耳窿说自己人优惠价，借一万就给一万，但收数要按一万三。大头虾掂量着只有一天时间就可以赚到四十万，咬咬牙，答应了。

钱很快到手，大头虾又去了趟银行把账户里所有钱都提了出来。穿上西裤和衬衣，带上公事包，很像那么回事地去酒店找许老师。

"怎么，上次的采访不行吗？"许老师觉得大头虾的突然来访有些奇怪。

"其实是有采访之外的事想跟您谈谈。"大头虾学着靓仔宏的模样，让自己看起来大方一些，"是这样的，那天我们把您那三枚古币的照片带回去后，主编很感兴趣。我们杂志社创刊不久，也没有什么拿得出手的珍品，所以……"

"你该不会想要买吧，我的宝贝都是不卖的。"

"您误会了，不是买，是主编决定跟您租下来，只租用一年。希望这三枚古币能给我们杂志社带来好运，坦白跟您说吧，我们港澳这边是很讲风水的，前不久主编请过一位高人看风水，说我们杂志社需要一点宝贝放在财位上。高人说那个宝贝最好是跟钱有关，而且要相当有价值，但不能是金银，也不能是港币和美金。算起来，您这个宝贝就是非金非银，又有相当高的价值，如果您肯赏脸租给我们，主编愿意支付四十万一年的租金。"

"四十万租金？"

"没错，是租，不是买哦。这笔钱的数目也是风水大师算过的，确切地说应该不算租，算是请吧，就像请菩萨一样，我们是想请这三枚古币。"

"让我考虑考虑。"

"其实我们也是为了杂志社好，您也知道，现在的人都急功近利，真正关心这些古董的人越来越少。我们杂志社的宗旨，就是把真正有价值有文化底蕴的好东西介绍给大家。尤其我们杂志社地处澳门这个特殊的地方，现在我们主编正在争取海外发行杂志，说不定您这三枚古币将会给我们带来前所未有的顺利，到时候我们也就更方便地把祖国的传统文化向全世界发扬光大。"大头虾说着说着就渐入佳境，连自己都没想到可以把这个谎扯得那么圆，"为了表达我们的诚意，现在我把合同和四十万都带来了，您可以过目。"

公事包打开，里面一叠叠整齐的港币，看得许老师推了推眼镜。

"小伙子，难得你们这么有心。好吧，我租给你。"许老师伸出手，跟大头虾用力地握了一握，最后爽快地掏出了笔，在那份根本就是大头虾在路边打印店搞出来的合同给签了。

"谢谢，谢谢您。"大头虾激动地收起那个紫檀木盒，心花怒放。

"小伙子，是我要谢谢你啊。请好好办杂志，把我们中国的传统文化发扬光大。"许老师任重道远地握握大头虾的手。

大头虾拿到宝贝，脚底抹油赶快溜，连衣服也没换，出了酒店就直奔码头，一边走一边打电话给那个有钱的女人。

"老板娘，对不起，我们本来是昨天要给你送那三枚古币过去，但是我两个同事临时出了车祸，刚送去医院。现在我给你把东西送过来可以吗？"大头虾为了找借口，毫不顾忌地把肥强和靓仔宏全都诅咒了一遍，得到对方的肯定答复后，他没忘记提醒那八十万的现金。

"你要现金还是要卡？"女人倒是很爽快。

"我……我要卡，要当面查账后交易。"大头虾心道那八十万带回澳门的话路上可能不太方便，如果自己小心些，把卡捏在手心总不至于被人抢走。

F

如果仅仅是凭着一个怎样赢骰子的秘密，肯定还不足以诱惑一位驻守监狱多年的老医生，但如果这位老医生被人家轻轻拍了拍肩膀，就浑身酸痛连绵不绝，吃什么药都不管用的话，那肯定会考虑帮陆钟那个忙。这个忙就是把他带出去，只需要半天时间，晚上再把他带回监狱，神不知鬼不觉。

为了帮助陆钟出逃，老医生按照吩咐在自己的汽车底盘上钻了几个小洞，用螺丝固定四根钢丝，让陆钟可以整个人平趴在汽车底盘下面，只等车开出监狱的监控范围，就可以停车了，陆钟再大大方方地坐在后座上，脱下囚服，换上老医生为他准备好的衣服。

今天的戏份里，有陆钟的角色——新到任的警督谢龙华。他还在监狱里的时候，就被梁融PS上了报纸，制作两三份报纸，连续几天投放在肥强和兆威哥看得到的地方，再在赌场附近贴几张劝人戒毒的小广告，上面同样印上陆钟的头像。如此一来，就能先入为主地增加肥强和兆威哥的印象，而最后，谁都不会想到一个冒充警督的家伙居然是在押的犯人。换言之，就算日后被人发现，也绝对查不到这个冒充的人究竟是谁。

"你确定这么搞不会出事？"老赌鬼医生还是有些担心。

"放心，我真的是去跟女朋友开房，晚点我打电话给你，准时来接我，保证帮你解除所有痛苦。"陆钟一边说，一边忙着扣西服的扣子，"不信的话你可以跟我去。"

"算了，我信你。"老赌鬼医生叹了口气，他知道陆钟这样的人，自己是搞不定的。

半个小时后，衣冠楚楚的新任警督谢龙华，在一位红色短发美女的陪伴下，来到了怡凤阁旁的小赌场。赌场门口，肥强正眉飞色舞地跟人吹牛："我昨天去泰国拜过四面佛了，这回一定能转运。"

"请问，现在做生意吗？"红发女郎妖娆地往那里一站，半条街都因为成为她的背景而变美了。

"你是……"小马仔盯着来人看了一眼，觉得好生眼熟，很快就想到了最近在报纸上频频出现的警督，马上换上笑脸，"做，我们做生意，请进，请进。"

红发女郎扭着腰肢挽着警督的手臂，摇曳生姿地走进了赌场。经过两次打击，赌场生意已经一落千丈，赌徒们都能猜到这里有名堂，大家都不来了。老板兆威哥正在发愁，一接到马仔的报告，马上提起精神换上笑脸出去迎接，"贵客光临，有失远迎，有失远迎，赶快倒最好的茶来。不知道您想玩点什么？"

"今天我生日，就玩我最喜欢的吧，21点。"警督倒很不避嫌，大大方方地往桌前一座，环顾四周有些失望，"怎么，你们这里都没客人的吗？"

"不碍事，不碍事，我陪您玩。"兆威哥殷勤地陪着坐下。

"那人也太少了，没意思。"警督撇撇嘴，不太乐意。

"肥强，快过来。"兆威哥赶紧打招呼，暗中使眼色，让他放水让长官多赢。

几把牌玩下来，因为肥强暗中帮忙，警督几乎把把牌都赢了。不过越赢警督越不开心，他把面前的筹码一推，对兆威哥说，"每次都是你的伙计洗牌，是你们故意让我赢的，没什么意思。今天，你们也看看我的伙计洗牌吧。"

警督对红发女郎点点头，她就主动换到了荷官的位置上。开了一副新牌，把牌面给大家看了一眼，然后把牌收齐，先是切牌，足足切了十多下。然后把牌分成两半，一左一右对半洗。这样也洗完，最后还要再切几次。

"请问，你们觉得牌洗得够干净了吗？"红发女郎问大家。

"当然，你手法很好。"兆威哥不明就里地点点头。

"请看。"那些牌在红发女郎的手里再次被均匀地抹开，变成一长排，牌面朝上，大家全都傻了眼，这些牌的顺序还跟刚才的那副新牌一模一样。

"姑娘好功夫！"连肥强也忍不住鼓掌，有了这功夫，只要记好所有牌的顺序，不论怎么发牌，谁手里有什么牌都能猜到。

"兆威哥，我虽然是新来的，不过今天却想厚着脸皮跟你讨个面子。"警督很和善地笑，跟报纸上的笑容一模一样。

"您尽管吩咐。"兆威哥心里知道来者不善。

"我有个大伯，在荷兰住了很多年，现在老了，想回澳门养老。他看中了你这个地方，想跟你买。那个胖子和台湾佬，都是他的人，就连这位小姐也是他的干女儿，有他们几位帮忙，我想这家赌场会比现在发展得更好，不知你意下如何呢？"警督说得慢条斯理，似乎是商量的口吻。

"您的意思是，要买下我这里？"

"没错，你开个价吧。"

"老板，不能卖啊，你卖了兄弟们怎么办？"关键时刻肥强出来扮好人。

"就算我不卖，生意也会被你们搞得做不下去，好吧，我卖。"兆威哥咬咬牙，报出一个数字，"一亿。我这里虽然小，但生意一直不错，如果有你警督大人关照的话，将来生意会更好。"

"一千万。"警督报出的价格只有十分之一。

"什么？"兆威哥简直不敢相信自己的耳朵。

"一千万，我让大伯接手这个破烂摊子，嫌钱少的话，等着高手们轮流过来赢钱，赢够一亿再给你，也可以。"警督抬起头，用俯视的角度轻蔑地扫一眼赌场内部。

"这也太少了，我当初接手的时候可是……"兆威哥想再还还价。

"就一千万，答应的话我让大伯马上过来给你支票，你放心，这班兄弟我大伯会继续照应，我也会照应。"警督柔中带刚的态度让兆威哥难以应付。

"这不是选择题。"红发女郎见兆威哥迟迟没有答复，提醒道。

的确，这不是选择题，摆在兆威哥面前的只有一条路：妥协。他最终接受了这个价格，警督走后，一位风度翩翩的白头翁送来一张一千万的支票，曾经被他经营了数年的赌场，就在一天之内易主了。

"唉，其实我早该想到，他们并不只是来赢钱那么简单。"兆威哥依依不舍地看着赌场，舍不得走。

"人家后台硬啊，没办法大哥。你还是拿着钱去度个假吧，这些天都没睡好，人都瘦了。"肥强心里早就乐开了花，面子上还得装出苦相来安慰老板。

兆威哥离开后，肥强就叫来凤姐开了瓶香槟，当晚白头翁就跟肥强签下了一份协议，由凤姐提供她的怡凤阁物业作为担保，肥强担任总经理，负责赌场大小事宜，包括钱款。

G

一个半钟头后，大头虾到了香港，码头上，那个女人已经在等他了。大头虾仰望着那位美艳买主，走上前去怯怯地报上了自己的名号。

"先验货，跟我走。"女人一身贵妇派头，看也不看大头虾一眼，扭头就把他领上了一辆半新不旧的奔驰车。

一路上女人什么话也没说，司机一看就是职业保镖，万一对方把自己给咔嚓了，再把东西抢走，或者不咔嚓就迷晕了把东西拿走，那他根本连反击能力都没有。大头虾很有些紧张，这才明白为什么靓仔宏一定要找个人做搭档，两个人来做这单买卖。但是既然上了车，也就由不得自己了，他只好提心吊胆地把东西死死抱在怀里，一只手悄悄抓住手机，万一不对就马上打电话给肥强。

好在女人并不是那种人，虽然她透过后视镜不住地打量着大头虾，目光还颇有些挑剔，但最终什么也没发生。车最后在一条老街旁停下，大头虾仔细一看，是钵兰街，肥强曾带他来这里找过女人，地方不算生。

女人先下了车，大头虾也跟在他后面，心道这女人八成是来找专家验货的，乖乖地跟在女人身后上了一栋老楼。说来也怪，大头虾留意到楼下有那种很夸张的成人广告，这栋楼上应该全是做皮肉生意的，难道专家住在这里？

女人在三楼停下了脚步，让大头虾在门口等一下，她进去找个人。不一会儿，一个穿着紧身背心的壮实男人出来了，男人梳着辫子，目露凶光，一看就是道上混的。大头虾更讶异了，难道他就是专家？这跟许老师比可是一个天上一个地下。

壮男摸了摸大头虾的脸，又在他胳膊和大腿上捏了几把，满意地点点头，"瘦是瘦，皮肤还不错。"

"毕竟年纪轻嘛。"那女人也跟着笑道，一只手竟然很不老实地环着壮男的腰，嗲嗲地说着："一会儿带他去做个检查，只要没病今晚就可以开工。"

"喂，你们说什么。不是来验货的吗？"大头虾完全糊涂了，他们根本不是要验古币。

"是验货啊，你不就是货吗？"女人脸色一黑，厉声道。

"有没有搞错，你们不是要……"古币两个字还没说出口，大头虾就意识到不能说，万一被这几个家伙知道自己手上有价值几十万的真宝贝，情况会更糟。

"小子，你耍我啊，是你自己打电话找上门来的，你应该知道我们的规矩。"壮男爆眼一瞪，凶得死人。

"可是，不是说好你们要的是古币吗？八十万的古币啊。"

"丢，那不是约好的暗号吗？"

"对不起，我想我找错人了，对不起。"话都没说完，大头虾就摸索着楼梯想往楼下跑。可是他跑不出去了，那个女人的司机正好守在下面。女人大喊一声"抓住他"，司机就像抓小鸡仔一样把大头虾给拎了起来。

"对不起，大哥大姐，这是误会，是有人在搞我，求求你让我走吧，我在澳门跟肥强混的，都是道上的，还请大哥大姐给我大哥一点面子。"

"丢，耍我啊，明明就是肥强打电话来说你要出来卖，自己又不好意思出面谈价钱，我都把五万块的中介费打给他了。今晚的客人都帮你约好了，现在你才说不做，不可能的。"

"五万块是吗？大姐，我还给你，我现在就去借五万块来还给你。"

"丢你老母，就凭你也想玩我们？呸！"壮男对着大头虾的脸上狠狠地吐了口痰，然后飞起一脚把他踢翻。这男人下手可比靓仔宏狠多了，他脚上还穿着短靴，大头虾觉得自己的肋骨恐怕都要断了，赶紧拼命求饶。可那人哪里肯依，到最后，把他打得牙都掉了三颗，连话都说不出来，不得不在一张欠债十万的借据上签下了自己的名字，并按上了拇指印。

回澳门的时候，大头虾浑身上下没有一个地方不疼的，同船的人见他满身血污，都躲得远远的。那个女人叉着腰说话的样子让大头虾想起了凤姐，他完全明白，她们全都是做皮肉生意的老鸨。但他完全不明白，明明自己捡起靓仔宏扔掉的照片，根据那张照片打电话找到的女人，为什么会变成了肥强打电话说自己要下海？而且连五万块的中介费都打了。难道肥强和靓仔宏之间有什么关系？难道是他们一起联手把自己给卖了？大头虾的脑子里就像缠了团理不清头绪的乱麻，他唯一清楚的是，自己还欠肥强介绍的大耳窿二十万高利贷，三天之内必须还二十六万。除此之外，还欠钵兰街大姐十万块，否则的话利滚利利加利，他这辈子就算完了。

还好，还好有怀里这三枚古币，虽然不算价值连城，但现在，简直可以买下他大头虾的小命。只要找到许老师，找个借口说杂志社出了急事要钱周转，把东西退给他就能换回那四十万，足够还清所有的欠债，然后再去找肥强问个明白。

大头虾紧紧抱住怀里的紫檀木盒，像是抱着最后一根救命的稻草，急匆匆地赶到了酒店。可他没想到的是，明明订了明天机票的许老师，竟然今晚提前走了，房都退了，拨他的手机怎么也接不通。

大头虾急得像热锅上的蚂蚁，心里想着澳门街上还有两家专门经营古董生意的老店，说不定能把手里的宝贝先当给他们应应急。他来不及沮丧，连忙找到古董行。没想到对方看了看他手里的三枚古币，竟然说那是假货，最多值两三百块而已，倒是那个紫檀的木盒，可以卖个两三千。

"您再看清楚，这可是大陆来的资深收藏家许老师的藏品，我从他手里亲自拿来的。

他前几天还在澳门参加活动的，收藏协会还为他开了个专门的见面会。"大头虾简直不敢相信自己的耳朵，这可是他拼上全部身家，还借了高利贷才换来的宝贝。

"什么许老师，我怎么没听过？我也是收藏协会的老会员，这几天没有大陆的藏家过来啊。"老前辈质疑地推了推老花镜，盯着大头虾仔细看起来，"后生仔，我虽然老，但也不会那么容易就被你骗，赶快去把这身化妆品洗掉吧。"

"没有骗你，我说的全都是真的。我也是被逼无奈才来卖这个的，我身上的都是真血。"大头虾无奈地解释着，急得眼泪都快流出来。

"喂，没本事就别学人劈友。别以为我年纪大好欺负啊，四十年前我可是孖七义字堆的白纸扇，论辈分，澳门街上的大小古惑仔统统要叫我一声前辈。"老前辈发飙了，见大头虾还赖着不肯走，转身从柜台下抽出一把闪着寒光的匕首，就要朝着大头虾劈去。

大头虾不走也不行了，他抱起那个价值两三千的木盒，一边走一边哭，往肥强混饭的赌场方向走去。站在赌场门口，正准备进去，两名熟客走了出来，正兴高采烈地聊着："肯定是拜四面佛灵验，肥强哥刚当上了二老板，还有人搞错账号打了五万块给他，这就是横财运啊。"

听到这句话，大头虾的脚步站定了，五万块！原来钵兰街那个大姐没说错，是真打了五万块给他。那可不是搞错账号，是他把自己卖了，不好意思跟弟兄们说。大头虾站在原地气得浑身发抖，整张脸被憋得通红，看起来更像一只煮熟的虾。他捏紧了拳头冲进赌场，无论如何也要跟肥强讨一个说法，为什么他要把自己给卖了。

第十六章　千雄说

A

大头虾冲进赌场时，肥强刚好离开半个小时，他再也不可能找到肥强了。

不仅是大头虾，就连凤姐都找不到肥强，他失踪了，带走了赌场所有账户上的钱，足足两千万。凤姐的怡凤阁被白头翁以合法名义收走，很快就出现在房产中介的名单上，没多久以两千万优价售出。赌场又成了兆威哥的，小弟们并不明白其中有怎样的变故，但是老板真的回来了，那个没怎么露面的白头翁，连同手下几位高手全都消失了。

兆威哥自己当然清楚，那位台湾帅哥给他一个手机，当晚，他接到了一个陌生人打来的电话，说自己赌场有内奸，吃里爬外，他们愿意帮忙铲除。作为交换，他们要请兆威哥演一场戏，借他的赌场半个月。

听完那电话，兆威哥并不太相信，对方并没表明身份。直到警督出现时，兆威哥才明白事情大条了，但他已经没有拒绝的可能。拿着那可怜巴巴的一千万，真的要退休吗？兆威哥不甘心，那些天他虽然没露面却一直让人暗中汇报赌场的情况。赌场在那帮人的打理下果然有声有色，不知用了什么办法，竟然客源大增。另一方面，他也不甘被警督威胁，亲自找去警局报告，别说警督涉嫌经营赌场，就连澳门所有的公务员都只有在大年初一到初三这三天可以赌博。可他万没想到，那个威风八面的谢龙华警督竟然查无此人。

怎么会这样，没有这个人呢？难道自己看到的新闻全都是假的？

兆威哥毕竟是道上混的，不敢在警局久待，带着疑问不安地过了几天，等来了惊喜。那帮来路不明的人真讲义气，把赌场又还给了他。当初他可是真的在文件上签下了自己的大名，一切都是合乎法律程序的。现在他明白了，内奸就是肥强这个死扑街。不用说，他几次三番帮外人骗自己，以至于把整间赌场都拱手让人，现在又卷走了赌场所有的钱，兆威哥已经下了五十万的暗花，悬赏肥强的命。

现在，整个澳门和香港到处都有人在找肥强，除了那些想要赚到五十万的道上兄弟，还有大头虾和凤姐。肥强帮凤姐做仙人跳（注1），帮她威胁控制要逃跑的小姐，凤姐帮肥强带嫖客赌，一起做套子，这对野鸳鸯曾经合作得亲密无间，现在肥强坑了凤姐就跑路，实在是不够意思。没了怡凤阁，凤姐不能再玩仙人跳，小姐们全散了，为了讨生活，她一把年纪不得不再次下海，成了站街女，每天都要把肥强骂上一千遍。

如果人的诅咒真能化作念力影响到被诅咒的人，那肥强现在早就死过一百次了。

那天晚上和平常一样，在办公室里自斟自饮了一杯酒后，肥强就觉得眼皮像灌了铅一样，睁都睁不开了。不知道睡了多久，那一觉仿佛陷入深度昏迷，连自己被人送上船，又在海上漂泊了将近一天都不知道。眼睛再睁开时，已经身处东南亚的某个地方。周围的人全都是黑黝黝的皮肤，叽里呱啦说着他听不懂的话，递给他一碗跟猪食差不多的汤，来不及喝完就被人催着去干活了。他像牛马一样在原始森林里伐木，被人监督，一停下来就要挨鞭子。每天天不亮就要起床，天黑透了才能收工。没人能听懂他的话，也没地方逃，周围全是放眼看不到边的树，和各种颜色的毒蛇，或许他这一辈子，就只能待在那个地方。他再也不能回澳门，事实上他连自己在哪里都搞不清，也不知道是谁把他弄到这里来的，更不知道自己身上还背负了两千万的债和五十万的暗花。

没错，他并没动赌场的钱，他倒是想动来着，但刚刚接手不太方便，他想等到钱攒得更多一些，再找个靠谱的做假账的人。就连兆威哥也没想到，那两千万其实是老韩他们自己提走的，作为赌场的主人，银行账号的持有者，他们取走钱不费吹灰之力。

赌场的两千万加上怡凤阁卖掉的两千万一共是四千万，去掉买赌场付给兆威哥的一千万，净赚三千万。其实最开始陆钟没指望这一单能赚到钱，因为打交道的全都是资深黑道人物，最后的结果是既得了好处，还帮人报了大仇。澳门街上从此少了一个没有赌品的老古惑仔，一个满肚子坏水的小古惑仔，一个逼良为娼的妈妈桑，皆大欢喜。

这天是肥强失踪满五天的日子，也是陆钟出庭的日子。老韩请了最好的律师，正式上庭那天，司徒颖还早早去妈祖庙帮陆钟求了支好签，最后果然一切顺利。

出事的嫩模，当日和未婚夫正在酒店里吃东西，点了不少海鲜，还有鲜榨的果汁。嫩模吃着吃着就觉得不对劲，腹痛如绞，一口鲜血喷在了餐桌上，自己都给吓坏了，跌跌撞撞地跑出来想去附近的医院看病。未婚夫提出可能是食物中毒，海鲜中的某些成分跟含有大量维生素C的果汁一同吃下去的话，用科学的角度分析可能会发生反应产生砒霜。而这位未婚夫本人因为对海鲜过敏并没有食用，如果要追究责任，这应该算是意外，酒店应该负起一定的责任。

可经过尸检发现，嫩模腹内的确有砒霜，不过被车撞到时，毒素已经在她体内有一个多钟头了。后来再一细查才发现，原来嫩模有服用减肥胶囊的习惯，那些砒霜就是被藏在胶囊里被她自己服下的，特制的加厚胶囊壁有延缓融化推迟砒霜发作时间的作用。

出于嫉妒的同行，还是别有用心的未婚夫，究竟是谁下的毒还在调查中，鉴于嫩模冲出来的地段并不是人行横道，陆钟本人也没有超速或饮酒，法官判定完全无责，当庭释放。当天下午，神叨叨也由大律师出面，交足了保释金出狱。

神叨叨万万没有想到，自己一个孤老，居然有一大队人马在监狱门口等他。司徒颖已经脱下了假发，一反常态地织了两个麻花辫，脂粉不施的面容格外清纯。梁融也洗去了脸上的美黑霜，回复大白胖子的本来面目。单子凯也取掉了接驳的卷发。就连老韩，也把那头夸张的白发重新染黑，卸下白西装穿上花衬衫，显得更年轻了。在他们身后，还有一辆租来的加长林肯。

"这就是你的师父？看起来比我还老嘛。"神叨叨心里纵然千般感激，但老一辈人的傲气却让他摆出一副不以为然的模样，盯着老韩打量一番，说道，"少年时镜花水月，到晚景福禄五全。你也算得上是好命了。"

"前辈好眼光，一算就准啊。帮您接风，咱们去吃点好的，先上车再说。"老韩亲自帮神叨叨打开车门，好像在他面前的这个干巴老头是个了不起的大人物。

陆钟也笑眯眯地做了个邀请的动作，神叨叨这才绷着脸上了车。虽然一句话不说，但离开监狱时他的眼睛一直盯着那高墙，本打算在里面养老的，命运啊，真让人想不到。视线有些模糊，他不愿在晚辈们面前丢面子，始终不肯动手去擦，任由泪水横流。

B

澳门监狱在路环岛，开车回到澳门半岛时已近傍晚，霓虹闪烁让人血脉贲张，路边的各色站街女们烟视媚行香风阵阵，初次到来的游客兴奋地笑着，奋不顾身地冲进赌场，好一派热闹祥和。就在这时，天上一团黑影飞快地坠下，闷闷地一声落在地上。女人们尖叫着四散，大胆的男人围了过去，很快就有赌场的保安叫人来把现场围了起来。

林肯车驶过热闹的街区，正好目睹了那一幕。大家正猜测着究竟发生了什么，神叨叨冷冷地说道："准是有人输光了，跳楼自杀。"

车里一下子安静了下来，在这些光鲜亮丽的掩盖下，隐藏着的却是贪婪的罪恶之花。究竟能输到什么程度，才能让一个人连生命都可以放弃，每个人都有一个价，唯一不去亲近这个价格的办法就是不赌。道理几乎人人都懂，可一旦坐在赌桌前，便只能被贪婪蛊惑。

"十五年前，在浙江的一个小地方，我曾遇到过一个和尚。那和尚只有一只手，另一只手因为还不了人家的赌债被债主齐肘斩断。和尚告诉我，能放下多少钱财，才能赢得多少钱财，只有真正能控制自己的人才是最后的赢家。可惜这个道理他懂得太晚了。"

老韩说完，轻轻地叹了口气。神叨叨回过头来，盯着他看了又看，两位老人的目光终于有所接触，虽然什么也没说，却好像彼此都说了许多。那是只有经历过几十年人世历练，饱尝人情冷暖的老江湖，才能读懂的眼神。

因为买卖赌场和冒充警督的事，大家不便抛头露面，为陆钟和神叨叨的接风宴便设在了澳门半岛的一条游客较少的老街，福隆新街。车停在路口，一行人下车来慢慢走，街道两边都是两层高的老式楼房，红门红窗，都是木质雕栏，相当耐看。

"老话说广州城，香港地，澳门街。澳门地方虽小，但街上的这些店铺却各有特色，别看地方小，很多家都是经营好几代人的老字号。解放前我在广州时听人说，这条街以前是烟花之地，全街有六十多家青楼，'玉兰'、'咏春'、'雅仙'，家家都有当红的头牌，红遍省港澳啊。"老韩走在这条路上，颇为感慨地朝两边望去。

"是啊，就在回归之前，这条街上每晚都挤满俄国站街女。"神叨叨瞟一眼老韩，没想到他居然也了解这条老街。

"师父，您该不会带我们去青楼喝茶吧。"单子凯的口气不知是不是期待。

"那你想不想去青楼喝茶呢？"梁融笑着点穿。

"放心吧，跟着师父有好东西吃。"老韩也不说究竟去哪儿，挥挥手让大家跟着他走。

这条街的18号添发碗仔翅，再走几步36号西南饭店，都是做鱼翅的，但是添发的鱼翅只要几十块一碗，便宜又大众，食客众多还要排队。西南饭店客人虽然少得多，但他家的天九翅不仅港澳闻名，在整个东南亚都数得上名号，来此光顾的客人非富即贵，还有在赌场赢了大钱的走运赌徒。

跟着最会享受的师父，当然一切都要最好的。多年前西南饭店曾有歹徒闯进来打劫客人，生意受到不少冲击，后来老板加装了防盗系统，还雇佣了身材高大的佩枪外籍保安，现在在这里吃饭，就不用担心碰到大头虾或者兆威哥之类的熟人。不过走入店内，大家还是觉得这家盛名在外的老店实在太低调了，没有富丽堂皇的装修，甚至没有精致典雅的餐具，简直就是大排档。

老韩事先早有预定，大家坐定不久，煲好的火瞳炖翅就端上了桌，大大的一盆砂锅，微黄清澈的汤里，潜着丝丝鱼翅。乍一看，绝对想不出它有那么高的身价，年轻人似有些失望。不过一品之下汤鲜味美，再品回味无穷，醇厚质朴的味道，让人觉得肠胃踏实。老韩还点了澳门特产的金边龙脷、东星斑，配上咕噜肉和上汤青菜，一桌极品让大家吃得顾不上说话了。人世间最好的食物大概就是这样，看起来普普通通，不需要任何装饰，只是让人放不下筷子，也顾不上说话，只想一直吃一直吃，吃到再也吃不下为止。

老韩喝下半碗鱼翅，又夹块咕噜肉放嘴里，看徒弟们吃得欢，他比什么都高兴。心情大好的老韩冲厨房里忙碌的那位满头白发的老人指指，"老板汤伯汤福荣，了不起啊。从大陆出来，当过乞丐拉过黄包车，十三岁去饭馆当小工，吃得苦，学了这一手老厨艺。不过最厉害的不是他的鱼翅比人家都卖得贵，而是他自己住几十平米的小屋子，连车都没有，却把所有积蓄都做了好事，大陆有一百多家学校和卫生所都是他捐的。我愿意来这里吃，就算价钱再高也愿意，帮衬汤伯也算自己做了善事。"

老韩的话让大家对那位饱经沧桑却荣辱不惊的老人肃然起敬，倾其所有不求回报地帮助他人，万中无一，就连老韩自己都做不到。

神叨叨听他们师徒几人絮了几句，一直没有插嘴，吃完碗里最后一粒米饭他放下筷子，颇有些难为情，"我在澳门大半辈子，从来没进来过，今天是第一次。"

"前辈，有了第一次就肯定会有第二次。这次我们在澳门做下的趟子全是因为您的缘故，这里有些钱，是晚辈们孝敬您的。"老韩吃饱喝足，从怀里掏出一张支票，里面有五百万。

"不行，我怎么能要你们的钱，这是你们赚的，你们自己留着。"神叨叨爱面子，客气地摆摆手。

"前辈，您就收下吧。说句不中听的，您现在是孤老，老婆儿子都不在了，过日子需要钱，有了这笔钱，您也不必再为生计担心，也不用想着回监狱养老了。"陆钟在监狱里跟神叨叨混熟了，说话也随便些。

"那好，我就收下。不过我不会让你们白白帮我，告诉你们一个秘密，我也就不欠你们的情了。"神叨叨这才把支票揣进口袋，看了看周围小声地说，"十多岁的时候，我叔叔希望我继承他的衣钵，跟他去新加坡，学你们现在搞的这一套。当时我对这些兴趣不大，更希望找个功夫厉害的师父，好威风。为了说服我，我叔叔告诉了我一个秘密，关于这个秘籍，其实有四本，但这四本不仅仅是看起来那么简单。另外还有一套什么模版还是密文阅读说明书之类的东西，如果收齐四本秘籍，再配合那个说明书的话，就能学到治国平天下的本事。"

"这也太玄了吧，我们不过是老千，学的就是怎么设局骗人的本事，再高尚些也不过惩恶扬善顺天之罚，怎么连治国平天下都出来了。"司徒颖不以为然地质疑。

"你们年轻人怎么会懂，就连许许多多知道秘籍存在，甚至看过秘籍的人都不懂。"神叨叨白了司徒颖一眼，神气活现地说，"我叔叔说，真正千门的老祖是鬼谷子。鬼谷子知道吗？那可是个了不起的人物，弟子五百，苏秦、张仪、孙膑、庞涓、商鞅、李斯、徐福，哪一个不是青史留名，但是历史上对鬼谷子的记载有多少？谁又真的了解他？没有，全都没有，就连他什么时候死的都没有记录。他是中国历史上最最深藏不露的人物。"

"可是，鬼谷子又怎么能跟千门扯上关系呢？他好像从来没有做过局吧。"梁融也第一次被有关秘籍的事吸引。

"你们只当做局就是骗人赚钱而已，却不知真正的千门高手应该有运筹帷幄决胜千里的手段。只知骗人赚钱的老千不过是入门级的人物，就像你们，连真正的千门高手是旷世千雄都不知道，却一心想着寻找秘籍匡扶帮派，如果让我叔叔听到，一定要笑掉大牙了。"神叨叨越说越亢奋，到最后居然把自己笑得咳嗽了起来。

听完他的一席话，众人皆惊，这些话可是闻所未闻，就连老韩的脸色都变了，嘴里喃喃道："难道我们走的路，全都错了？"

"如果千就是骗，那三岁的小娃娃都知道，哄妈妈开心能多得到一枚糖果。人人都是骗子，每个人都骗过别人也骗过自己，但真正能青史留名的却不仅仅要有天分，还要有能够左右天下的能力。中国经历那么多个朝代，那些乱世成名的风云人物，不少是千门中人。韩信当了三十多年古惑仔，为什么能百战百胜？诸葛亮不过乡下秀才，凭什么能帮刘备得天下？别以为他们是学了《四书》《五经》，孔孟之道。听好了，这都是因为得到了鬼谷子失传的那两卷书。《鬼谷子》又名《捭阖策》，共计十四卷，最后两卷失传数百年。据说，日星象纬占卜八卦预算世故，甚至六韬三略行兵布阵之术全都包含其中。"说到这里，神叨叨刻意顿了一下，把大家的胃口调得更高，"其实你们江相派第一位扛把子张雪庵，之前大半辈子都是庸庸碌碌，忽然到了四十岁才在江湖上扬名。这是为什么，你们有没有想过？"

"可是，几百上千年前的事，谁知道真相啊。"司徒颖忍不住小声插了一句。

"前辈，你的意思是，通天教主他老人家是得到了这两部书？"老韩纠正着神叨叨"扛把子"的说法，那是打打杀杀的黑社会才用的称谓。

"要不然你以为呢？"神叨叨神秘一笑，稍微平复了一下刚才的激动，"你们那个扛把子本来就是个二流的相士，没什么出众，不过是走南闯北混碗饭吃。但是得到那两部书后，就不一样了，短短几年间居然创出了你们这个门派，当年也算盛极一时，我叔叔那时候也风头正劲。可能你们都没注意过，鬼谷子号玄微子，张雪庵呢？号玄机子。现在你还觉得他们之间一点关系也没有吗？后来玄机子想把这两卷书传下去，又怕门中弟子互相争夺于己不利，于是把两卷书变成了四本秘籍，两部是讲'法'，两部是讲'术'。另外为了隐藏书中最大的秘密，不被外人看去，又想方设法把最精髓的部分以秘本的形式写进秘籍。不过他聪明反被聪明误，当时恰逢乱世，正是扬名立万的好时机，你们江相派没有出来一位像样的人物，实在是可惜。到如今天下太平了，你们反而要来找什么秘籍，就算是学了那一身本事，也可能一辈子派不上用场喽。"

"原来如此，多谢前辈指点。"老韩听完这些话，已经神色憔悴，他为之奔波了这些年的目标，难道就是水中花镜中月吗？归根结底，他只想振兴门派，为世人多做些好事而已，可现在看来，这个自认为了不起的理想就像个笑话。

"你也不用灰心，告诉你吧，其实这些年我叔叔一直没有放弃寻找秘籍的说明书，几十年的海外生涯，说不定他早就先你一步得到了。我把他的地址给你，你们去问问看吧，说不定你那个振兴门派的愿望，可以实现。"神叨叨见恩人如此失望，这才回过神来，自己不该把话说得太绝，他问店家要来纸笔，一笔一画地写下了叔叔杨海波的新加坡地址。

C

老韩完全不记得怎么跟神叨叨道别的，从餐馆走出来，只觉心灰意冷万念俱灰。好在陆钟和司徒颖一左一右搀扶着他，为他打气。

"干爹，我们去新加坡吧。说不定真能找到些什么。"

"师父，说不定我们不但能成为最好的老千，还能成为一代千雄呢，我可是你亲自挑中的人，肯定不会差。"

"我老了，又有病，怕死啊。好怕看不到那一天，遥遥无期了。"老韩无奈地笑笑，恢复了些许精神。

"谁说您老，您一点都不老，这几天每次您路过葡京、金沙和永利门口时，那些女人不都来缠着您吗？"单子凯也来拍拍师父马屁。

"是啊，您现在的样子，就算说五十出头也有人信。"梁融指指老韩的时髦打扮。

老韩长长地舒了口气，茫然的目光终于落定，"好在有你们陪在身边，就算是死，我也没什么遗憾了，谢谢你们。"

"干爹，别老是说什么死啊死的，不吉利。"司徒颖见干爹的精神好些，马上撒起娇来并及时转移话题，假装为难地说："咱们去新加坡也好回大陆也好，可现在手头还有一千五百万呢，怎么带出去呢？"

"这好办，存进地下钱庄。今天存，明天就能凭收据在内地拿到相应的现金。他们服务很周全的，不论是机场还是宾馆，你一个电话打过去他们钱庄的人马上会拿着支票或者现金专门送来。"梁融应声答道。

"怎么可能这么方便，那可是违法的。"司徒颖假装惊奇，再次吊起干爹的兴趣。

"也没什么难的，只要在港澳成立一家融资公司，再找家内地的外资公司合作，或者干脆自己在内地成立一家不挂牌的融资公司，然后两头截款就行。只要付给他们一定的交易费，他们的账上也有数量庞大而稳定的固定资金，不论是开钱庄的，还是要洗钱的，或是要把钱带回大陆的，大家各取所需。"老韩的思维果然被司徒颖成功带动，暂时忘记了刚才的事。

"我就知道干爹你懂得最多了。"司徒颖拉着干爹的手摇了又摇，其实哄老人家就跟哄小孩一样，老韩的心情又变好了一些。

"师父，那我们明天去哪里？新加坡还是回去。"陆钟心里却惦着刚才的事。

"去新加坡吧，跟我这么久，你们也没好好休息休息，这次就当休假，什么任务都不做，轻轻松松地玩一回，顺便拜访前辈。"老韩本就性情豁达，他知道得不到答案的时候就把问题放下。

听师父这么一说，大家都高兴坏了。单子凯说他现在就去订酒店，梁融说要去为新加坡之行买些新衣服，老韩也说自己要去永利小玩几把。司徒颖却有几分扭捏地要求借车，让陆钟带她去好好看看夜景。

"小心点。"老韩低声吩咐陆钟，不要再去赌场附近，免得多生事端。

司徒颖拉着陆钟当车夫，去路环的黑沙海滩踏浪。这个时间游客稀少，那些黑黝黝的沙子竟然细腻无比，夜里看不清海水的颜色，白色的浪花翻卷着，有种别样的美感。司徒颖像个孩子似的跳着叫着，不时飞起一脚撩起海水溅到陆钟身上，最后古灵精怪的她居然把陆钟带到了坟场区。

尽管在夜里，这座坟场也没有那种萧瑟肃杀，高高低低的十字架，周围绿荫苍苍，许多墓前都有鲜花。这里安静得能听到虫子的叫声，一抬头就能看到天上的繁星，在月光的映照下，这坟场竟然有种别样的浪漫。司徒颖故意在其中一个墓碑前驻足，那是一处夫妻合葬的墓穴，两位老人的合影显得十分安详，那淡淡的微笑，仿佛告诉大家他们此刻已身在天堂。

坟场旁边还有个小小的教堂，典型的欧式风格，拱形的门框和大大的十字架彰显出纯粹的异国情调。十字架前供奉着长明蜡烛，四下里无人，只有陆钟和司徒颖的影子被拉长。

"你觉得，澳门怎么样？"最最大方的司徒颖居然小女人地低下了头。

"我觉得这城市就像一个双重人格的精神病患者。"陆钟却丝毫不理会她的柔情。

"什么嘛,这么煞风景。"司徒颖一跺脚,这家伙太不解风情。

"你听我说,这里有这么安宁祥和美好的坟场,有和善勤劳的澳门人,有那些美好的风景,还有那些独特的建筑,如果仅仅是这样,这个城市就是个完美的好人。"说到这里,陆钟转过身遥望着远处闪烁的霓虹灯光,"可是,你别忘了这里还有那些纸醉金迷的赌场,那些让人神魂颠倒的赌局,还有那些倾家荡产跳楼自杀的人。这个城市,看起来又像个残酷冷血的家伙。

"可我喜欢这里,刺激奢靡风情万种,可以很安静,也可以很亢奋,就像我。我甚至想过,将来要是结婚就来这里度蜜月。"

月光下的司徒颖很美,和她平时扮演的种种角色都不一样,不美艳不妖娆不强势,就是个满心憧憬的邻家女孩,对未来有无数幻想。

"小颖,很抱歉我现在思路很乱,今晚听到的那些话让我不能冷静。我知道有些话说出来伤感情,但是我还是想告诉你,肩负着振兴门派的重任,我不能动感情,更不能结婚。请原谅……"陆钟狠狠心,终于把这番话说出了口。

"什么?我不信,你骗人。你根本就是不喜欢我,用不着找这么冠冕堂皇的借口。"司徒颖简直不敢相信自己的耳朵,美丽的大眼睛里一下子涨满了泪,可好强的她不愿意在陆钟面前落泪,一扭头朝身后跑去。

"不是这样的,你别跑,其实我……"陆钟话还没说完就追了出去。

他后悔极了,今晚听了神叨叨的一番话,脑子乱,是自己不该说出实话,这个冲动的大小姐不知道会干出什么事来。远远看着司徒颖像一辆失控的列车在狂奔,却又忽然止住了脚步,在她面前忽然出现了两个穿着黑西装的男人。陆钟一看情况不对,赶紧加快了脚步冲上前去,把自己的身体拦在司徒颖前面。

"你们要干什么?"司徒颖和陆钟异口同声。

"请二位走一趟。"那两个黑西装一边说着,一边拨开西装露出了插在腰间的枪。

注1:

仙人跳:《二刻拍案惊奇卷十四》有诗云:"睹色相悦人之情,个中原有真缘分。只因无假不成真，就里藏机不可问。"大意就是说世间的男欢女爱，原是人之常情，但有些奸诈之徒、宵小之辈，就故意借用这种箭在弦上不得不发的贪爱求欢，设计成圈套，引诱良家子弟，诈骗大笔金额，谓之"扎火囤"。到了清代，才正式有"仙人跳"这个名词诞生。就是专指一种利用女色骗财的圈套。例如男女二人串通，女方以色情勾引男性，当二者到饭店中欲作鱼水之欢，再由男方出面捉奸并强行勒索。因为此方法诡幻机诈让人给骗了还丈二金刚摸不着头颅，连仙人都难逃被拐的命运，掉到陷阱也跳脱不出来，所以后来才称之为"仙人跳"。

现代社会，仙人跳千变万化层出不穷，有人在网上跟陌生人玩性爱视频后，被对方录下自己的隐私，事后高价勒索。

有人以为自己约会的小姑娘真的年满十八岁，真的父母都出差，色心大起去对方家里成其好事，结果对方父母中途出现。小姑娘只有十五，还是未成年人。是去警局承担强奸幼女的罪名还是付出巨款赎罪，绝大部分当事人都会选择付钱了事。

还有的人跟刚认识不久的人回家或者开房玩SM，结果被人家绑住后，洗劫一空。

更有人故意设套，在灯光暧昧音乐柔和的环境中利用针孔摄像头拍摄，利用镜头借位的办法，让画面看起来极为不轨，事后趁机敲诈。

第十七章　大佬

A

对方有枪，就算陆钟有暗劲打穴也难以施展，陆钟和司徒颖不得不上了他们的车。

一路上，几个西装男都没有说话，也没用手铐和绳子捆住陆钟他们的手脚，更没给他们戴头套。这些人相当自信，有着显而易见的优越感，丝毫不担心陆钟他们会逃。陆钟在后座上默默观察着，顺便思考他们的老板可能是谁。

兆威哥，不会，他虽然拥有一间小赌场，但他手下的马仔素质没这么高。凤姐就更没可能了，那个人老色衰的老鸨，就算知道陆钟他们做局千了她的怡凤阁，也没钱请这样的保镖。大头虾也没可能，他现在应该忙着躲避大耳窿的追债，高利贷可不是那么好还的。最后唯一有动机的就是肥强了，但单子凯和梁融亲手把他送上船，更加不可能。如果不是这些人，在澳门陆钟他们应该没和谁结怨，究竟是谁呢？

车开出路环，陆钟的脑子里已经千回百转，但司徒颖还在气头上，连看都不愿意看陆钟一眼。她是真动了气，把脸对着车外，陆钟有些犹豫要不要安慰她，或者跟她说点什么。幽暗中，他的手朝着她的方向伸去，也许一个温暖善意的肢体语言能化解眼下的尴尬，两个人齐心协力面对未知的威胁，好过他独立承担。可陆钟的指尖在距离司徒颖一寸距离的地方停住了，还是不要继续让她误会才好，他闭上眼睛，最终放弃。

车驶回澳门半岛，停在新葡京门前。两名黑西装都跳下车，打开车门。陆钟和司徒颖也下了车，有些别扭，明明是搭档，却完全没交流，这时候陆钟连司徒颖想些什么也不知道。陆钟抬起头看了看这栋屹立于夜色中金碧辉煌的大厦，来澳门后还从未涉足葡京，没想到会在这种情况下光顾。

葡京有两扇大门，不少老赌徒都说这里的大门一边像狮口一边像虎口，进了这两扇门，就像牛羊落入了虎口狮口，任由他们宰割。不少输钱的外地赌客都埋怨导游，说不该带他们从正门入，坏了财运。另外整栋大厦的造型也被赌客们议论过多次，有人说那圆鼓鼓的球形远看就像鸟笼，赌徒们在笼中赌，如笼中鸟，再怎么有本事也飞不高。就连大厦顶楼上那些放射状的装饰物，也被人议论像是万箭穿心，不输得吐血才怪。讲迷信的老赌鬼们还说，整个葡京全年三百六十五天天天装修，不是修电梯就是搞厕所，总之每天都有小地方开工。在广东话里，"装修"音同"庄收"，暗喻做庄家的大收特收。

走在葡京的大堂，陆钟看着周围鼎盛的人气，老虎机前围满了众多师奶，旁边的百家乐、21点等众多赌台前也围满了人。进入赌场大门，立刻能感觉到一股异样的亢奋，有输红了眼的，也有赢得太兴奋要晕倒的，很少有人注意到陆钟和司徒颖是被人押着经过这里，大家都在全神贯注地看着赌桌上的每一个动静。

其实真的有没有风水学中的煞局呢？陆钟也不知道，但他知道开赌场的人全都是算过赔率的，参赌的客人数目越多赚得越多，不论赌客是输是赢，他们都可以从中抽水，永远获利。赌场并不销售任何产品，却获得如此巨大的效益，所依靠的除了那豪华的赌场和高水准的荷官，最重要的就是名誉。任何一家可以经营几十年并誉满全球的大赌场，绝对都是最重视信誉的，除非荷官跟赌客私通出千，否则的话，老板们是绝不容许这么做的。

据说葡京每天的现金收入过亿，就连数钱的专职人员都有十六个，做到这种程度，大概也算得上"千雄"了吧，并不是指出千，但就靠赌博发家并成就大业的，全亚洲也只有赌王何鸿燊一人。虽然没见过赌王，但陆钟心里对这位枭雄充满了敬意。这位传奇大佬出身富庶，但后来父亲生意破产，一夜之间一贫如洗，公子哥遍尝世态炎凉，凭着自己的努力，终于在澳门创下这份基业，控制资产超过五千亿港币，整个澳门有三分之一的人都直接或间接为他工作。

就在陆钟走神的片刻，黑西装已经把他和司徒颖带到了一扇金色的大门前。这层楼赌客稀少，大门前还有两位高大的保安守护，陆钟心道，这里一定是接待那种千万身价亿万富豪的贵宾厅了。少年时代在香港电影中没少见这样的地方，没想到今天自己也能来，而且是被人这样"请"来。想起周星驰和周润发出演的经典老电影，其中不乏夸张搞笑的片段，陆钟忍不住笑了出来。司徒颖没料到这种时候陆钟还能笑得出来，白了他一眼。

"小子，你笑什么，难道不怕我吗？"门里一个声音传了出来。那人背对着大门坐在大班椅上，并没回头，不过在他面前的笔记本电脑上，可以通过大门上的摄像头看到陆钟和司徒颖的表情。

"如果你要我们的命早就动手了，我怕你做什么。"陆钟虽不知对方身份，却并不胆怯。

"说得好，那你说说，我请你们来做什么？"那个声音很平和，却略微低沉，听起来他并不年轻了。

"你把我们找来不是打听事情，就是让我们做事，总之，现在应该算你有事相求。"陆钟早在车上就想清楚了可能的缘由。

"好小子，进来吧。"那个人抬起手臂打了个手势。两名保安靠近陆钟和司徒颖，不用他们动手，二人已经自己走入了包房。陆钟惊讶地发现，师父梁融和单子凯全都在里面，好在没人受伤，看来大家的遭遇都差不多。那扇金色的大门关闭，外面喧嚣的嘈杂完全隔绝，包房内静得连根针掉在地上都能听见。

"你们师徒都在，我就不废话了，你们踏进澳门的第一天，我就知道了。你们冒充警督把兆威的赌场骗去，把肥强卖到泰国，又把那个小喽啰骗得团团转，这些事我全都知道。你们很厉害，所以，我想请你们帮我做件事情。"椅子转了过来，说话的人露出了真面目。他四十多岁，皮肤偏黑，典型的广东人面相，五官突出，一丝不苟的头发和一丝不苟的西装，眼里投射出阴冷的寒光，灵巧的手指正在玩弄一枚价值百万的筹码。

"相信那不会是件容易的事，如果我们拒绝，怎样？"陆钟本能地感觉到，这是个阴险狡诈心狠手辣的黑社会。

"不怎么样，你可以试试。"那人鄙夷地笑了一下，并没正面回答，反而这个答案充满了各种各样的可能性。最让人害怕的并不是死，让人生不如死的办法也有很多，他是那种什么事都干得出的家伙。

"说吧，你要我们干什么？在你的地盘上，我们选择的余地并不大，但既然你要我们做事，就要按照我们的方式。"一直在沙发上缄口不语的老韩终于说话了，他作为这个小团队里辈分最高，最有资历的老江湖，也有义务保护自己的徒弟们。陆钟年轻气盛，这些年又极少失手，对于真正的黑社会，他还不知道究竟有多凶险。此人既然能不露半点动静地知道他们做过的一切，手段和势力自不用说，好汉不吃眼前亏，现在不是逞能的时候。

"恐怕这次，你们要改变一下方式了。"那个人歪着半边嘴笑笑，冲老韩和司徒颖远远地指了一指。两名黑西装马上走过去，用铁钳般的大手把老韩和司徒颖抓了起来。

"滚！"司徒颖从没被人这样对待过，她拼命地扭着身子，用高跟鞋的后跟去踢那个黑西装的膝盖。黑西装尽管吃痛得紧，却也只是加重了手中的力度，把她的手腕捏得更痛。

"你不能这样做，我们是一个团队，必须五个人合作！"陆钟大声制止着，却无济于事，两名黑西装在他面前把司徒颖和老韩给带了出去。

"嘘，别冲动，你胆子大我很欣赏，别破坏了我对你的好印象。我说过，这一次你们要改变方式了。"那个人站起身来冲陆钟做了个噤声的动作，中等身高中等体形，一举一动中却似乎隐藏着某种不可估量的力量，"放心，在你们完成任务之前，我会好好照顾他们的，尤其是那个靓女。"

那个人说最后几个字的时候，挑衅地冲陆钟挤了挤眼睛。

"你究竟要我们干什么？！"陆钟再也忍不住吼了起来，恨不能把这个家伙撕成碎片。可他靠近不了那个人，在他身后有三名保镖。

"你很快就会知道的。"那个人扔下这句话，头也不回地出门去了。

B

船尾的马达声在夜里听起来格外刺耳，无边的黑色海水，不知疲倦地一浪接着一浪。天空漆黑一片，海风大了起来，远处岸上的灯红酒绿也只剩下一串遥不可及的微小光影。

陆钟、单子凯、梁融，被几个保镖押送着上了这条船。他们的港澳通行证、身份证，还有银行卡之类所有个人物品，全都被那个人收走了。人在海中，也不担心他们逃，加上有人质，这几个保镖甚至没用绳子捆住陆钟他们，只安排他们坐在船舱正中，船舱两头都有人看守，这些人身上都有枪。

如果可以说话，陆钟很想跟梁融和单子凯说：原来现实中用来偷渡的船，跟电影里一模一样。

他的心情并不轻松，正因如此，他才迫切地需要让自己更冷静一些，哪怕是人为的不自然的轻松也好，否则的话他不可能应付好接下来的一切。

那个人究竟要做什么？这是最迫切的问题，不过陆钟现在倒不着急了，既然那个人知道自己是老千，要自己做的事，八成也跟这个有关，如果仅仅是杀人放火，他手里的这些高素质保镖就可以做到。

马达声有规律地响着，这艘小船渐渐地驶入大海中央，四周都是黑色的海水，无边无际的宽广，仿佛没有彼岸。没有灯光炫耀的地方，星星很闪，船舱里没人说话，那几个看守在抽烟，梁融和单子凯相互依靠着闭目养神。他们一定都没睡着，不过只有充沛的精力才能应付接下来的一切，做了好几年搭档，陆钟对兄弟们已经很了解。那一胖一瘦的两张脸，以一种默契的姿态靠在一起，陆钟没来由地想笑，只要他们在，其实什么都不用太担心。他的笑引起了看守的注意，其中一个盯着陆钟不再转移视线。这种感觉很不爽，陆钟只好也闭上眼睛，假装休息了，虽然看不见什么，可脑子里却蹦出个荒谬的想法来：找机会纵身跳入海中，然后屏住一口气拼命地潜泳，说不定就能离开这些人的控制，明早，他会到达一片陌生的大陆，开始全新的生活。

如果可以开始新生活，未必不是一件好事。可这个想法之所以荒谬，是因为他根本不可能抛弃兄弟们，还有被当作人质的师父和司徒颖。老韩对他的情义，已经远远超出他亲生父亲，而司徒颖……一想起这晚在澳门那个小坟场里说过的那些话就有些后悔，如果知道会有后来的意外发生，他一定不会那么说。他欠她的情，那是他也渴望，却不能接受的情。

如果，这一切全都是梦该有多好，如果一觉醒来阳光灿烂，大家还像从前一样，在一辆奔驰在国内某条高速公路上的豪华车里……他不能再想下去，不知为什么，今晚的他比任何时刻都要脆弱，感性。是累了吗？他问自己，踏上这条路就不能回头吗？这一次，那个人的背景和实力全都是他无法估算的，在前面等着他的是什么，这事完结后，真的能救回师父和大小姐吗？

澳门到香港只有那么远，即便是晚上，即便是为了躲避检查而饶了远路，也只用了两个小时就上岸了。三辆黑色的汽车已经等在岸上，一个穿着黑色皮夹克的高个子男人在抽烟，逆着光看，那人长手长腿，三四十岁的样子。

陆钟他们下了船，那个男人扔掉烟头走过来，微笑着打了个招呼："我叫大胆荣，多多关照。"

笑面虎。这是陆钟的第一印象，这么想是有道理的，就算是他自己，每每扮演那些又坏又聪明的角色时，也常把这样的笑容挂在嘴边，尽管一转过背去很可能马上翻脸，但这种人表面上还是很好合作的，只是必须要对此人多些提防。

"我们这种身份，还是请荣哥多多关照了。"陆钟不仅摆出他的招牌笑容，还主动地伸出两只手跟大胆荣握了握，那股子亲切劲，就好像他根本不是被胁迫来的，而是跑路途中遇到了最可靠最乐于助人的兄弟。单子凯和梁融显然有些惊讶，不过他们对望一眼，彼此都清楚陆钟是最知道自己要怎么做的，也就跟他一样放松了情绪，做出好合作的态度。

大胆荣完全没料到陆钟会是这种反应，还愣了一两秒钟不知道说什么好，盯着陆钟的眼睛看了又看。四目相对，眼神的交锋，大胆荣感觉眼前这个看似普通的年轻人的眼睛里似乎什么都有，又似乎什么都没有，他完全看不透。他很清楚，这小子深不可测。

三辆车，大胆荣安排陆钟、单子凯、梁融一人上一辆，同车的还有两名看守和一名司机，大胆荣亲自看守陆钟。香港可比澳门大得多，已经是半夜了，路上车辆稀少，但还是用了半个多小时才开到目的地。

铜锣湾闹市区，虽然街上几乎没有行人，但大幅的广告海报无处不在地提醒着人们，这里的繁华。车最后在一个拐角停下，大胆荣让陆钟他们下了车，指着斜对面大约五十米外的一处店铺说："那家金行，就是你们的目标。"

"不是吧，抢金行？"单子凯惊道。

"如果要抢，就不用请你们来了。老板的意思是，这次要做得神不知鬼不觉，最好在晚上动手。当然，不能惊动警察，也不能被人发现，万一任务失败，也不能把我们供出来。"大胆荣认真地说。

"要求好高啊，难道开赌场的不比开金行更有钱吗？"梁融问道。

"这些就不劳诸位费心了，只要帮忙把任务搞定，你们的老大和那位小姐就自由了，老板还会有另外的酬谢。"大胆荣的目光扫过这三个人，"这家金行每月十号会进一批货，据可靠消息，有集团大客户订了一批金条，加上年底结婚的人多，他们最近的进货量相当大，你要动手的那一次，有三百公斤的金子。每公斤金子大概三十五万，市价随时在涨，这笔金子大概价值九千多万。"

"九千多万！我们可以拿多少？"这个数字显然吸引了梁融。

"你们每人十斤，包括在澳门的那两位。"怕这三个大陆人把十听成四，大胆荣伸出手比划了一下。

"早说嘛，这么好的生意其实不用扣人，谁会放着到手的钱不赚呢。"陆钟和单子凯、梁融交换了一下眼色，眉开眼笑地说。

"你的意思是，有把握成功？"大胆荣面露喜色。

"命都在你们手里，没把握也要变成有把握啊。"陆钟亲切地拍拍大胆荣的手臂，笑眯眯地说。

大胆荣很满意这个答案，好的开始就是成功的一半，他乐呵呵地挥着手，"走，我们去吃宵夜，天亮后去金行看看。"

"真是太好了，其实我一直想干一票抢金行或者抢银行这类的大买卖，谢谢你们给我们这个好机会！"陆钟开心地握住大胆荣的手，使劲地摇。他说的是心里话，抢金行和抢银行，需要绝妙的策划、超凡的心理素质，以及完美的随机应变能力。和以往的任务不同的是，这不仅需要智慧，更需要体力，是身心合一的终极挑战，这也是为什么好莱坞几十年来一直热衷拍摄此类型电影的缘故。

大胆荣被谢得很不理解，可不便挣脱对方的手，只好僵着脸敷衍地笑着。

单子凯和梁融对望一眼，也笑了。

 第十八章 大阵仗

A

　　说起来大胆荣的招待还算不错，大冷的夜里，陆钟他们在海上吹了冷风，他带大家去打边炉。打边炉就是香港人的吃火锅，砂锅放在炭火上加热，里面滚着骨头和母鸡熬出来的汤底，不论是下鱼丸贡丸还是各式肉类，就算只加青菜也很美味。最重要的是，吃个热乎，胃肠暖了，全身都舒服。

　　陆钟他们晚饭是在西南饭店吃的鱼翅大餐，经过大半夜的折腾，肚里的存货早就消耗光了，热乎乎的菜让大家停不下筷子。大胆荣说这是接风酒，嘻嘻哈哈地跟陆钟他们开着玩笑，饭桌上的气氛好得有些不像话。陆钟偶尔一回头，看到身边另吃一桌的马仔们，一个个黑口黑面地盯着自己，刚刚放松的心情立刻紧张起来。

　　"荣哥，以后能不能……"陆钟用眼神瞟瞟身后那帮马仔，跟大胆荣商量，"你知道，我们有两个人在你们手里，另外这笔买卖我们也有赚头，请放心我们绝对不会跑。"

　　"对不住，这是老板特别关照，我没法做主。今后他们会二十四小时跟着你们，不是我不放心，就算是你们的安全出了问题，我们也要负责。"大胆荣表面上说得客气，但还是没有半点可商量的余地，"不过你们需要什么，我一定尽量满足。"

　　事已至此，看来日后的交流也会有问题，陆钟今后跟梁融和单子凯三人不动声色地互望一眼，没再多说。

　　吃完东西，天已经快亮了，不过距离金行开门还有几个小时，大胆荣带陆钟他们去了附近的住处。那是一栋香港很常见的老式建筑，三楼，套房，房间不大，生活用品一应俱全。不过这些全都是从超市买来的大路货。单子凯和梁融平时用惯了好东西，对着这些挑剔得直摇头。另外屋里还有台不能上网的电脑和打印机，用来给陆钟他们做计划用。附近还有家二十四小时营业的7-11，要买什么可以随时去，很方便。不方便的在于，大胆荣安排他的手下把隔壁和对面的房间都住满了，还在屋里安装了摄像头，二十四小时监控。

　　既来之则安之，大家一宿没睡，脑袋沾上枕头就打起了呼噜，全然不在乎身边还有人监视。这一睡，就睡到了第二天中午，起来吃点东西，大胆荣带着陆钟他们去了金店。

　　铜锣湾是香港繁华的商业区，香港最好的东西云集于此。不过正式进入金店前，陆钟让大胆荣带他们去附近的百货公司买了几套衣服。买得起首饰的人应该是有钱人，不会像现在这样从头到脚不够一千块。这是陆钟的理由，也是梁融和单子凯的要求，大胆荣给他们预备的衣服都不够好，只能带他们去买百货公司。挑来挑去，陆钟他们的行头没有一样便宜的，买单时大胆荣很有点不爽。

　　不论打家劫舍小打小闹，还是抢银行金行干票大的，踩点不仅是首要任务，也是最重要的一道步骤。不能暴露身份，不能引起店家的怀疑，还要在一定的时间内把该看的地方全都看到，一旦漏过什么细节，将来很可能导致任务失败。细节是魔鬼，这条准则放至天下皆可用，成王败寇生死攸关，都可能是小小的细节不够到位。

　　型男单子凯，商务男陆钟，宅男梁融，还有大胆荣的本色出演，一行人各自分开，装作陌生人先后进入金行，争取全方位观察。

　　那是老字号金行，全港有十多家分店，这家是总店，生意也最好。专业保安公司配置的全方位的防盗设施，天花板上每个角落都有摄像头，绝无盲点。另外柜台用的是双层防弹玻璃，大门入口和通往内部贵宾接待室的门，以及通往内部金库的门都有红外线防盗装置。最后大家先后离去，回到住地才开始讨论。

　　"不知道有没有内部监控室；不知道有多少保安，是否二十四小时轮值；不知道金库门型号；连金库门方向朝哪边开都不知道，就这样你们也想动手，干脆直接把我们杀了得了。"走出金行，陆钟一个劲地摇头。

　　"那你说，怎么办？"大胆荣怕的就是这个。

　　"你不是说那些金子是有人送来的嘛，干脆路上把车搞了，省得麻烦。"单子凯斜了大胆荣一眼。

　　"不行，金子从银行出来有人押运，还有保险公司请的人一路看护，很难下手。"这次轮到大胆荣摇头了。

　　"只能从金行动手？"梁融为难地抱起双臂皱眉头。

　　"没错。"大胆荣使劲点头，"好在时间上还比较充裕，下个月的十号他们才进货，你们可以多准备准备。"

陆钟盯着大胆荣看了好一会儿，叹了口气，"好吧，去附近看看。"

对于专业人士来说，踩点绝非看一眼要下手的轻松活，而是把整个区域眼睛看得到看不到的地方全都扫一遍。想要更高的保险系数和收获更大，就必须要投入比同行更多的精力和时间，并不是像好莱坞电影里那样，只是进某个地方转转，拍几张照片就能搞定的，可能需要观察数天甚至数月。

花了整整一个下午和大半个晚上，陆钟他们走遍了那家金行附近方圆百米内所有建筑，但这仅仅是个开始，最后陆钟在一家快餐店门口站定，"把这家店租下来，租到下个月的二十五号。"

"租？你知道这一带的铺子租金多贵吗？铜锣湾的租金在全世界排第二，这家店生意好得很，怎么可能会租给别人？"大胆荣一听就觉得离谱，老板给他的钱当然越省越好，多出来的部分都是他赚的，白天买衣服早就心疼了，现在还要租下这家旺铺，那他可就没多少赚头了。

"干你们这行的，搞定一家铺子小意思吧，大胆哥。"单子凯着重强调了最后三个字。

"抢金行可不是抢路人，要做很多准备的。"梁融的口吻中也略带讥讽，暗示大胆荣只能抢劫路人。

"你问问老板吧。"梁融和单子凯把陆钟要说的话都说完了，陆钟只好让大胆荣找能做的主人问问。

大胆荣果然打了电话，不过不知道老板是心情不好还是觉得他办事不力，电话里骂得很厉害。老板声音很大，陆钟他们全都听到了，挂断电话，大胆荣的脸色很难看，他懒得再对这三个人笑了，无精打采地说："还需要什么随时开清单。"

B

大胆荣让马仔们找上那家快餐店的老板，威胁老板如果报警就杀他全家，最后让他们把店铺以超低价租给了自己，租期为一个半月。

陆钟选择这里是有理由的，这家店和金行正好隔着半条街，不是正面相对，却方便看到金行门口。金行的工作人员，几点上班几点下班，晚上怎么安排，坐在店里就知道了。另外通过外卖，也是个很好的介入口。

梁融用卫生纸写了张纸条给陆钟，问他是不是有把握。陆钟拿着那张纸条，看了很久最终扔进了厕所，其实他一点把握都没有。不是自己选择的目标，不是自己的人手，完全陌生的环境，还被人监视，半点不自由。这不是他的风格，也不是他的方式，更不是他的选择，不过这些都不重要，为了老韩和司徒颖，他必须成功。

三天后，快餐店换上了新招牌，西式快餐店变成了中式茶餐厅，大胆荣当起了店里的老板，大老板从澳门派了个手艺好的大厨过来，陆钟、单子凯和梁融，连同几个马仔，都成了店里的伙计，小生意就这么做了起来。单子凯跑堂，有了他，店里多了不少女客人。梁融在收银台，负责收钱也负责监视店门口一个正对着金行门口的摄像头。陆钟负责送外卖，当然不是所有的外卖都送，他只送金行。事实上，生意好不好都无所谓，他们只要做好金行里工作人员的生意就好了。

新店开张，当然要做推广。这天傍晚，快到晚饭时间了，化名阿J的陆钟和化名麦克的单子凯，带着大大小小十多份便当，不请自入地进了金行，说是新店开张，老板为了做宣传，这顿免费请，还请大家多多光顾，给出意见。

"不知道你们多少人呢，所以就带了这些，也不知道够不够。"单子凯显得格外殷勤，店内大部分售货员都是女的，一见到他眼睛都像上了光。

"不够的话就麻烦你们再跑一趟啰，靓仔你叫什么？"副经理是个三十多岁的女人，接过盒饭的时候还顺手摸了把单子凯的手。

单子凯一见她的胸牌，马上笑着跟她搭话，两人很快热络起来。陆钟只顾着帮忙清点人数，很快就知道了他们一共有十四位售货员，正副两位经理，一位财务，八名保安。

"现在只有五个保安啊，其他的三个要不要吃饭呢？"陆钟接着这个机会赶紧打听保安的情况。

马上有人回答，有一个轮休，另外两个是晚上才上班，省了两个盒饭。

"那怎么行呢，晚上我再来跑一趟，送两份宵夜好了。"陆钟一边忙着给大家分发食物，还殷勤地问大家要不要饮料。

虽然食物没什么特别，也不算好吃，但有帅哥亲自送上门，又是免费，金行的工作人员积极性都高了不少。正好这个时间店里客人少，可以多聊几句，两名外卖小子只第一次见面就跟大家打得火热，约定今后的下午茶和午餐都在他们快餐店里叫。单子凯和陆钟也打趣说，将来有了老婆就来金行买龙凤镯，互相照顾生意。

做生意，有了第一次就有第二次，第二天金行的人又叫了东西吃，"阿J"和"麦克"很得大家欢心，没多久就跟店里的人打成一片。阿J打听到金行经理老陈喜欢打麻将，顺水推舟地跟大家约定，晚上收工后去茶餐厅打麻将。

白天看起来特别严肃的老陈，一上麻将桌上就像变了个人，不但跟女同事嘻嘻哈哈，手气还不错，当晚赢得最多。倒是吹牛说自己牌运超旺的阿J，一晚上输掉四千多，几乎是他半个月的工资。

"不行不行，明晚接着来，谁也不准躲。"阿J输得掏空了钱包，不依不饶地说。

"来就来，只怕老弟你还要多准备点钱呦。"老陈喜滋滋地把钱揣进口袋，亲热地拍拍阿J的肩膀。谁都喜欢给自己送钱的人，老陈已经看穿阿J水平臭嘴巴多，喜欢问东问西，人品却不错，应该不会赖账，将来可以常来往。

就这样一来二去，几天后，阿J在老陈嘴里听到一个很重要的消息，金行去年曾经请过人来装修，并做了保险系统升级。那家公司就在相隔三条街的一栋写字楼里，按照行业惯例，这种为大客户设计的图纸一定会做存档保留，图纸现在一定还在设计公司。

"这张图纸可了不得，拿到手再做计划，可就不是盲人摸象了。那张图纸就像一张试卷，只要拿到题目我们就可以把各种安全问题一个个地解决。"陆钟丝毫没有夸张地对大胆荣说。

"这么重要的事，你赶快去办吧。"大胆荣一听，眼里放出了亮光。茶餐厅开了一星期，生意没少做进展却少之又少，每天还得打电话给大老板汇报，现在终于有突破能报喜了。

"不行，我有更重要的事。金行那边每天我得去送外卖，到时候要动手的人是我们，必须给人家看到我们天天在这里。"陆钟却摇摇头，这种小事其实是他懒得出手。

"你们不去，难道我去？"大胆荣脸色一沉。

"没错，你去，拿到这份图纸就像拿到了游乐场的入场券，你可要立头功了，老板那边肯定会很满意。"陆钟乖巧地解释。

"你小子不会耍我吧。"大胆荣生性多疑，绝不轻信。

"我怎么敢呢，大胆哥，你带上人马放心地去吧。不过要记住，金行的设计图你拍照就行了，反而要带走几份其他单位的设计图。"

"你的意思是，就算他们报案，警察调查起来，也查不到我们头上！"

"大胆哥最聪明了，你领导我们简直就是心服口服。"

大胆荣冷着脸看陆钟谄媚得有些夸张的笑，当然明白他心里并不是这样想的，不过这个安排听起来不错，他马上打电话叫人来帮忙。

大胆荣的目光一离开，陆钟脸上的笑容迅速消失。这笑对他来说也有些失常，越是夸张的表情下面，越是失控的情绪。已经一个星期了，没有半点师父他们的消息，最多就是在电话里听到他们说的两句话："我们还好。放心。"

"我们还好"是司徒颖说的，虽然只有短短的四个字，但是陆钟完全能感受到其中的无奈和勉强。大小姐的世界里只有好和不好，还好，这个词还是陆钟第一次听到。她一定是不好，可究竟有多不好，他都看不到。

每晚，他闭上眼睛总能回想起那晚和司徒颖在澳门小坟场里的画面。那么美的月光，那么美的姑娘，那个以真心待他的姑娘，是他，毫不犹豫地拒绝了。是他伤了她的心，这是命运的报复吗？现在她虽然什么都没做，却足以伤透他的心了。那种感觉就像无色无味的毒药，已经深入五脏六腑。

还有师父，师父说"放心"。陆钟能听出师父的声音里有着故作的成分，让陆钟放心，其实是他不放心陆钟。打劫金行，这可是老韩一辈子没有做过的事情，作为一个讲究风骨讲究门派规矩的正派老千，他当然不愿意徒弟们干出这种事。违背原则，比他被人胁迫更加痛苦。

除了陆钟，单子凯和梁融也很担心师父他们，嘴里虽然没说，但那忧心忡忡的眼神全都是一样的。可现在，完全不能联系上师父他们，这可怎么好？原本要抢一家金行就是难题了，现在他们脑子里又多了个更难的题目。

C

一夜没睡好，陆钟的眼圈发黑。大胆荣不在身边，他带着一班兄弟去那家设计公司了，不过虽然大胆荣不在，身边还是有其他人看守着他们。出门送外卖时，单子凯嘟囔了一句，声音很低，看守的人没听清，不过陆钟和梁融都听清楚了，他说不如去澳门。

陆钟也想去澳门，平时大胆荣总在身边，难得他今天不在，正好去把师父和司徒颖给救回来。可陆钟用目光暗示兄弟们别冲动，还是先稳住。不是他不想去，而是他完全没把握，到目前为止，他们不能使用手机，店里的座机也只能接，要打出去必须在大胆荣的监视下，除了知道大胆荣混铜锣湾，连那位大老板的真实身份都不清楚，更不知道他住哪儿，又把师父他们关在哪里。贸贸然行动，除了浪费这个机会，还会把自己逼入绝境。

"再等等。"陆钟说得很轻，同时摇了摇头。他知道让大家失望了，但他比大家更担心更着急，所以他必须比所有人更冷静。

上午才开店不久，店里就来了不少吃早餐的客人，虽然东西并不怎么好吃，这条街的人气却是挡都挡不住，大家简直忙不过来。看守的马仔懒得帮忙，便去门外抽烟。他前脚刚出去，一个女人就进了店里，叫了碗餐蛋面和丝袜奶茶。

"你是……"女人盯着端盘子的帅哥，仿佛不敢相信自己的眼睛。

"是你！"单子凯一眼就认出眼前的女人，是当年在玫瑰夫人身边当保镖的曾洁，后来在北京搞定汪锦保的那笔大生意，她还客串过一次日本杀手。

"我来这边玩的，你们在做大生意？"曾洁惊喜地赶紧看看店内外，很快就发现了收银台上的梁融和跑堂的陆钟。

"甭提了，正倒霉呢。"单子凯无奈地看一眼门外守着的马仔，见他正忙着给哪个女人打电话，眉开眼笑，估计一时半会儿不会进来，于是赶紧让陆钟过来。

这可真是老天开眼，曾洁趁着年底打折季来香港扫货，而铜锣湾是血拼圣地，偏偏这么巧，大家碰上了。陆钟简单介绍了一下目前的情况，拜托曾洁去一趟澳门，想办法找到老韩和司徒颖，跟这边取得联系，最好还能帮他们一把，早日脱身。

"我们眼下的任务，不能保证一定会成功，不过我保证，你不会白干这笔，开个价吧。"

"都是朋友，咱不说钱，你就说说那边的线索，还有这里的联系方式。"曾洁的回答让陆钟放心，虽然只打过两次交道，但陆钟有种直觉，她身上隐约有种难得的正气，值得信任。

"在你去澳门前，我还想请你多帮个小忙。"陆钟的脑子里忽然冒出一个灵感。

"我办事你放心。"曾洁很MAN地笑笑。

看守的马仔进来前，曾洁已经端着奶茶离开，和每个吃完东西离开的人一样，没有引起马仔的注意。陆钟脸上恢复了容光，冲单子凯和梁融笑笑，"没说错吧，等等，机会就来了。"

上午十点半，大胆荣已经带着人马回来了，照相机里拍摄了金行的设计图。陆钟让梁融提前下班回宿舍，先做全图分析，晚上大家再讨论结果。

即时新闻里，外景记者报道：一帮蒙面古惑仔闯进设计公司持刀行凶，在他们的要挟下，公司人员不得不打开了资料库的大门，让他们进去。事后经过清点发现，资料库中少了两家位于将军澳和弥敦道的豪宅设计蓝图，还有一家在建的高尔夫俱乐部装修设计图。

"丢，明明跟他们说了不准报警，结果还搞上电视。"大胆荣看着电视不满地说。

"人家是没报警，只是报了电视台嘛。"单子凯在一边偷笑，"现在好了，那些豪宅的主人该睡不着了。"

"喂，我讲话轮得到你插嘴吗？还是多担心担心自己吧。"大胆荣是典型的小人，他看出三个人中陆钟是做主的，就把单子凯和梁融当成普通马仔，别说连句好话都没有，平时也是呼来喝去。

单子凯不理他，冲陆钟做了个鬼脸，拎着外卖去了金行，那位女副经理对他格外青睐，每天下午茶不仅打电话来叫外卖，还特别叮嘱要麦克送。

这晚陆钟没找人打麻将，早早收工回宿舍，研究那张金行的图纸。看来看去，不能不赞叹金行的保安设施非常完善，那间金库更是整体密封，从天花板到地板，连同四面的墙壁，全部都是加厚的金属板。换句话来说，那简直就是个超大号保险柜，很难下手。根据金库大门的型号分析，梁融发现那锁是采用动态密码，每两天更改一次，密码只有总经理老陈能得到。不过整间金行也不是完全无从入手，因为金库位于地下室里，金库和一楼之间的连接走廊，只有短短的几米，却是最最薄弱的部分。

"如果我们挖一条地道，从茶餐厅通往金库走廊，说不定可以。"梁融在图纸上的走廊部分画了个大圈，把目光投向大胆荣，"一条可以容纳一个人爬行的地道，直径大概一米，不过从我们店里到金行，总长度有三十米，需要日夜不停地挖才行。"

"我们是黑社会，不是建筑工人。"大胆荣第一个反对。

"那就请人来啰。反正老板打电话来不会骂我们，计划我们做了，是你不配合。"单子凯冷笑着添油加醋。

"你考虑吧，这是唯一的办法。"陆钟并不需要大胆荣的同意，他知道老板会同意。

果然，当晚老板打电话来问起情况，大胆荣把挖地道的事一说，老板不但马上同意，还让大胆荣亲自督工，并加派人手。

茶餐厅厨房后面堆放食物的小仓库，变成了施工现场，小心地启开木地板，在水泥地面下挖出一个大洞。为了掩盖噪音，店里很大声地放着歌，除此之外，店里还坐满了汗流浃背的古惑仔，一旦有人累了就马上换人。这么一来，客人们根本不敢进来，基本上店里的生意只做金行的外卖了。要的就是这种效果，大胆荣满意地守在门口，指挥手下那帮小的们把挖出来的土用送外卖的箱子装好，运出去。

尽管如此，但进展还是缓慢，地下收不到GPS的定位信号，加上陆钟错误的直觉，这条地道终于还是挖偏了不少。第十二天，这条地下通道居然离谱地歪至少三米，挖到了金行旁边的一个下水道口。

大胆荣亲自爬到下面去看了一眼，气得直咬牙，回到店里揪着陆钟的领子，就要动手打人。也难怪他会生气，距离行动的日子越来越近，还有几天，那批金子就要运到，现在地道挖歪了，再往回挖的话，很可能赶不及。

"现在就是不挖歪，地道也没用了。"陆钟并不挣脱，也不解释。

"你说什么？"大胆荣两只金鱼眼一鼓，眼中满是血丝，为了这条地道，他费了不少心。

陆钟指指大胆荣背后，挂在墙上的电视，新闻里正在播报，铜锣湾一带的地下水系统即将更新，近期开工，争取春节前夕完工。大胆荣看得傻了眼，张大了嘴，半天说不出话来。

"计划没有变化快，除非你家老板有办法可以让他们不挖这条街，否则的话，我们也没办法。"陆钟挣脱大胆荣的手，坐到一边去。

大胆荣知道跟他多说也没法，只能马上打电话去跟老板商量，看看能不能解决。陆钟万万没有想到，一直都在背后默许这一切的大老板，认为陆钟在耍他，动怒了。当晚就派人送了张照片过来，照片上老韩披头散发，整个人都瘦了一大圈，被打得鼻青脸肿，跟平时倜傥的形象判若两人。

"老板叫我告诉你，别想耍花样。否则的话，那个老不死的随时见阎王，那个女人，我们能让她爽得上天堂，也能让她痛得下地狱。"大胆荣扔下那张照片，冷冷地哼了一声。

"师父！"单子凯拾起照片的手在微微颤抖，梁融的拳头重重地砸在墙上，那帮家伙太没人性，连老人家也不放过。

单子凯和梁融把目光投向陆钟，他的脸因为愤怒而通红，整个人就像僵住了，丝毫不动。虽然兄弟们期望他说些什么，但最终他的嘴唇只是动了动，一个字也没吐出来。

这晚，陆钟做了个噩梦，梦中的老韩浑身是血，一帮面目模糊的人高举着刀子，在他身上切开一道又一道口子，把他的内脏捧出来。那帮人在狰狞地笑，笑声嚣张，他们捧起老韩的血肉往嘴里塞，跟野兽没什么两样。陆钟被那些人绑在椅子上，亲眼目睹这暴行，却丝毫不能阻止。

梦里司徒颖也出现了，她始终站在陆钟无法看清的方向，在她身后有一束强大刺眼的白光，她被那光束束缚，撕心裂肺地呼喊求救，朝陆钟伸出手，可还是不能抵抗光束的力量，整个人像是陷进光束组成的流沙，越来越小，最后光束消失，整个世界漆黑一片。他身上的绳索也消失了，他跪在地上，摸索着师父的身体，却只能摸到支离破碎的一堆血肉。他摸索着捧起师父的头颅，想看清楚，却闻到一股熟悉得不能再熟悉的雪茄味道。那味道如此真切，他再也忍不住嚎啕大哭。

陆钟猛然坐起才发现，自己还在大胆荣安排的住处，梦中的那场大哭，是他从未有过的，浑身是汗，连床单都湿透了，枕头也被泪水打湿一片。鼻息中隐约还有血腥味和雪茄味，真切得恍如现实。他没有起身下床，连动都没动，就那么坐在床上，在黑暗中睁着眼睛，直到天亮。

第十九章　港澳天地线

A

"阿姐，今晚一起宵夜吧。"单子凯的声音慵懒带着暧昧，尽管被大胆荣盯着，也完全不影响他的实力发挥。

"麦克？"

"我有好多话想跟你说。"

"好好好，我们找个地方慢慢说，要不要我现在就请假出来？"

"不用那么急，我老板不许随便请假，还是晚上好了。"

"不行，我马上就要见到你，你送外卖来吧，我过来点单。"

挂断电话，可以看到那个老姑婆兴奋地冲出金行，已经朝着茶餐厅走来了。大胆荣嫉妒地把单子凯从头看到脚，又从脚看到头，酸酸地说："你小子不去拉皮条真是浪费。"

这晚，单子凯成功地把老姑婆约了出去，当然并不是要在她身上入手，而是因为她手里有保险柜的钥匙。钥匙必须配合密码才能打开金库大门，密码被老陈拿着，不过单子凯已经趁着下午送外卖的机会，在金库门边的画框缝隙里留下了一粒比黄豆大不了多少的针孔摄像头，只要拿到钥匙，打开金库大门就不是难事了。

当晚，单子凯陪老姑婆吃宵夜时，趁机摸走了她公寓的钥匙，递给乔装改扮后擦身而过的陆钟。老姑婆感觉到帅哥的手在自己身上流连，欣喜若狂，恨不能立刻献身，完全没发现对方是醉翁之意不在酒。在老姑婆发现之前，陆钟已经把钥匙交给路边上的面包车，梁融操作一台配钥匙机，现场复制。完事后，单子凯把钥匙放回了她的口袋。不过光这样还不行，单子凯还得继续牺牲，因为陆钟要带上新配的钥匙去一趟老姑婆的家，老姑婆把金库钥匙藏在家里。

大胆荣负责开面包车，一路上看着钥匙从无到有，再跟着他们闯进了老姑婆的家，用金属探测器把藏钥匙的地方找到，对陆钟他们终于有些佩服。相处了大半个月，之前不是扮演外卖小子就是指挥挖地道，第一次看到他们正经行动，让他既兴奋又担心。兴奋的是搞定那家金行，搞定三百公斤的金子并非痴人说梦，他看到了胜利的曙光。担心的是，这几个小子原来那么能装，在一起二十多天，一直没觉得他们真有什么本事，还担心老板所托非人，搞不好连自己都要被拖累。没想到他们正经做起事来如此高效，他们本来就是骗子，万一最后关头被他们摆上一道，那可就玩完了。他心里多设了一道防，今后要更严密地监控三人，绝不容许他们私底下有任何交流。

陆钟从大胆荣看待自己的眼神中，读出了怀疑和防备，奈何深藏心底的计划还未最终完善，他不得不继续忍耐。金子得手后怎样逃过警方的监视和路人的注意，这是最大的问题。第二天，陆钟去金行送外卖时看到店里在为客人清洗金手链，一个大胆的想法出现了。

正规金行都是用超声波清洗机为客人清洗首饰，但在不少路边摊的小作坊里，还是使用手工操作的办法，这个办法最关键的程序就是使用某种药水浸泡。那种药水，就是王水。王字，三横一竖，盐酸与硝酸的体积比为3：1，威力超强，连铂金和黄金都能溶解。不久前陆钟他们还用过，用来溶解某扇密室的小门。这种强酸同样也可以溶解金子，在大大小小的金店里，几乎所有重新焊接或者清洗的首饰全都会被这种特制的药水浸泡一遍。视时间长短，三四十多克的金链这么一泡，可能缩水七八克，链子上的金子就这么不知不觉地到了药水里。

不少小金铺打出免费清洗的招牌，其实首饰被免费地一洗，很可能就被偷走价值上千的金子。同理，用这种办法也能神不知鬼不觉地把金子从金行里偷走，不过是药水用得多些。通过化工用品店，购买到大剂量的盐酸和硝酸也不难，最后再通过置换反应把药水里的金子取出来，一切神不知鬼不觉。

大胆荣听完这个办法，忍不住叫了声好，马上打电话给老板汇报。计划到了这一步，终于有了突破性进展，大胆荣找来一位在金铺做过几十年的老师傅，教梁融配置药水和最后置换金子的方法，自己也跟在一边学。除了用王水溶金之外，陆钟还让大胆荣去准备体积跟三百公斤金条差不多的假金条，内里是铁块，外面镀上一层薄薄的金水，看起来金光闪亮，和真的差不了许多。

按照陆钟的计划，金行那边的人也不能放松，他一如既往地跟老陈打麻将，而且越输越多越玩越大，半个多月，竟然输给他十多万。陆钟牌品极好，不论怎么输都决无怨言，绝不亏欠，每次都在桌上把钱付清，最多去金行送外卖的时候，借老陈的手机打打电话，因为他都没钱交电话费了。当然，每次这种时候陆钟打电话都是离开大胆荣的监视范围，所以他打电话的目标也可以更广泛，比如说，远在澳门的某个朋友。

距离行动的日子一天比一天近，关于怎样让王水接近金店的问题又有了新进展——潲水桶。陆钟让大胆荣去买了几十个大号带盖的塑料桶，另外再准备两辆中型货车，因为有茶餐厅在，就算晚上运输潲水被警察发现也很容易找到借口，其中一车是真潲水，走在前面，后面一车也有少量潲水，大部分却是王水，预算好，足够溶解三百公斤的金子。

大概是天意弄人，就在一切细节都计划好了以后，金行那边却又有新变化。预定一百公斤金条的集团客户决定提前一天取货，并且约好了下午三点，他们会派专人和专车过来取这批货。

这消息是陆钟在麻将桌上听老陈说起的，此时距离计划行动的日子不到三天了，预定的假金条还没有到，为了不引起注意，超大剂量的强酸订货也分成了好几家，目前只送了一半过来。大胆荣一听这话，脸色都变了，原定是晚上的行动，看来只能提前到十号当天，白天了。

怎么办，难道真要光天化日之下拿着枪冲进去？这要是被抓到，老板肯定不会管的。大胆荣急得双手抓着头走来走去，像只没有目标的苍蝇，他也不知道究竟怎么跟老板汇报才好。万一搞砸这么大的买卖，别说是陆钟他们三个人，就连他自己也吃不了兜着走。

"大胆哥，放松些，没什么大不了。"陆钟轻轻地拍了一下大胆荣的肩。

"怎么，你有办法？"大胆荣猛地回过头，恨不能看穿陆钟的五脏六腑。

"如果我手里有支哈瓦那的雪茄，可能会想得出办法。"关键时刻，陆钟倒是比平时轻松了不少，笑得耐人寻味。

大胆荣盯着陆钟狠狠地看了一会儿，虽然不知道他搞的什么名堂，但那胸有成竹的样子不是假的，于是说："好，你等着。"

铜锣湾，几乎汇集了全世界最好的东西，雪茄也不难找到。半小时后，一盒价值四位数的哈瓦那雪茄到了陆钟的手里，他马上拆开包装分两支给单子凯和梁融。醇厚的烟叶在燃烧，浓郁的烟雾飘散在茶餐厅里，那熟悉的气味回来了，仿佛师父就在身边，陆钟闭上眼，美美地吸一口，让那馥郁的烟雾在口腔中和每一个细胞亲密接触。师父曾经说，尼古丁带给他的不仅仅是身体上的享受，还有精神上的满足，每每遇上困难或者灵感缺乏，只需抽上一支，天大的难题也能解决。脑海中这些白色的烟雾仿佛凝聚在一起组成老韩的面容，师父在半空中菩萨般微笑，对他说："别急，问题只有一个，办法永远比问题多。"

是啊，办法永远比问题多。这句话师父告诉过陆钟，陆钟也告诉过小禾。就在这句话在脑海中回荡的瞬间，陆钟脑子里那一连串的小灵感被一条看不见的线条联系起来，一个轮廓分明的计划成型了，一切的不确定都变成了确定，睁开眼，他满足地笑了。单子凯和梁融看着他，不用说一个字也能看出，那个熟悉的六哥，回来了。

"小子，别光顾着享受，快说你的计划。"大胆荣可没那么好耐心，黑着脸喝道。

"别急，耐心是种美德。"陆钟这些日子以来那种完全不在状态的状态忽然消失，元神归位，"计划当然有，不过我希望你先打个电话给老板，请他好好照顾那两位贵客。"

B

"我不知道你是谁，我也不在乎你是谁，不过我要你搞清楚，你跟街上那些便宜卖的女人一样，不过是一堆骨头一层皮肉。别在我面前装清高，老子要玩你是分分钟的事，老子要是不乐意玩你了，你就可以去哭了，我不会把你卖到钵兰街那种地方，钱太少。我会把你卖到欧洲的私人俱乐部，你死都想不出自己会被人怎么玩。他们会斩断你的手脚，把你变成海豚人，你连站都站不起来，脖子上拴着铁链，只能趴在地上当一辈子人形玩具。给我清醒点，下次再见到你还是这个贱样我就真的把你卖掉！"

鎏金的大门被用力关上，那个人的脚步落在厚厚的地毯上悄无声息，他悄无声息地走了，就像他悄无声息地来。司徒颖被关在这间不见天日的房间里，已经失去了时间的概念，那个人想来就来想走就走。

她强忍住的泪水决堤般奔涌而下，这一辈子的泪水加起来也没有这两天的泪水多，她没办法不哭，这是她唯一可以发泄的方式了。她试过砸门，砸窗，砸任何砸得到的东西，但这么做无济于事，只能换来的是那个人的毒打。她已经饿了三天，拼了命也打不过他。

除了自己，她还担心干爹，那个人把她和干爹隔离了，听起来干爹就在隔壁，他们打他，打得厉害。可就算她在这边把头都撞破了，也撞不开墙。镜子里的她是那么陌生，头发凌乱衣衫不整面容憔悴，那看起来根本就不是她。在她的世界里没有什么她得不到的东西，没有她不能驾驭的男人，也没有能命令她的人，除非她心甘情愿去做一件事，否则谁也不能强迫她，就连她的父母也不能。每个人都娇纵她，由她的性子，从她出生以来就是这样，可是现在……她最在乎的那个男人已经拒绝了她，追根溯源，那一晚就是她失败的起点。世界从白的变成了黑的，一切规则都变了，比起肉体上的痛苦她更难忍受精神上的挫败。如果从一开始那个人就要了她的命就好了，那也比不上现在的痛苦。

那个人简直是穿着礼服的畜生。接受那个人的存在，对于从未受过挫折的大小姐来说已经足够沉重了，更难忍受的是那个人说的话，在现在的情况下似乎并无道理。她的傲气，她的自尊，在力量更强大的人眼里简直不足一提。自杀吗？并不是没有勇气，如果没有干爹，她真的宁可就这样死去。虽然被打败了，但她还是个有担当的女人，力量再微薄也要坚持下去，不到最后一分钟决不放弃。

司徒颖哭着睡着，睡着了又接着哭，房间的窗户被封了，看不见外面一丝一毫，也不知道过了多久，那个人又来了。这一次，她没有再像从前一样任性地发脾气，她只是问，能不能让她见见干爹。

"想明白了就好。只要你能让我高兴，我可以考虑让你见见那个老不死的，说不定你还能赶上听到遗言。"

"你不能伤害他，你答应过的，会好好照顾我们。"

"这个游戏是我设计的，游戏规则当然也是我来定的，我想怎样就怎样。"

"你不是男人。"

"我是不是男人会让你知道，不过你要是继续不听话，就连遗言都听不到了。想见你干爹，让我看看有多少诚意。"

司徒颖咬着牙闭上了眼睛，滚烫的泪趟过脸颊流入冰冷的心。她告诉自己必须忍耐，耻辱也好，痛苦也罢，人不能只为了自己而活着，只有活下去，才有机会玩到底。

那个人很满意这匹烈马终于被他驯服，他也让司徒颖如愿以偿地看到了遍体鳞伤昏迷不醒的老韩。他是个真正的虐待狂，他人的痛苦能给他带来莫大的快乐，在后来的日子里，他不断地制造这种快乐让自己满足。

司徒颖要求自己照顾干爹，那个昏迷不醒的老头子没有半点杀伤力，那个人不屑地同意了这个要求。为了能够活下去，司徒颖开始吃饭了，正是这个进展让她获得了希望。那时候她已经变得很驯服了，那个人对她的看管也放松了些，曾洁才有假扮服务员的机会走进这个房间，整理房间。

"好在你一直待在酒店，否则我还真不知道上哪去找你。"曾洁看着憔悴的司徒颖，这个眼中无神的女人，跟她印象中那个泼辣无敌的大小姐判若两人。

当司徒颖终于弄清曾洁是陆钟派来救他们时，脸上僵硬的表情才放松了一点点。自从被关进这个房间，她哭过闹过就是没有笑过。听完曾洁几句简单的介绍，她这才知道陆钟他们究竟干什么去了，人又在哪里。

"你要跟陆钟说句话吗？"曾洁掏出了手机，她要尽快跟那边取得联系，陆钟会再给出她进一步的计划。电话很快接通了，曾洁换上不带感情色彩的口气："我要叫外卖。"

C

"刚才你抽雪茄的样子，像死了师父。"单子凯伸出大拇指，冲着陆钟小声说。

"是啊，刚才我还以为你被师父附身了呢，害得我好担心。"梁融也又惊又喜。

"喂，别浪费时间了，我要听计划！计划！"大胆荣才不在乎这些，他用力地拍着桌子试图把这些废话终止。

"OK，计划是这样的，只能白天行动，我们就只好扮成真正的劫匪进金行打劫了。"陆钟轻轻地吐出一串白雾，轻描淡写地说道。

"你玩我啊，这么没技术含量的话还要你们来做什么，我们自己就可以搞定。"大胆荣本以为会听到什么惊天大阴谋，一听这话失望了，马上出手夺过陆钟手里的雪茄。

"有部好莱坞的电影《局内人》，你看过吗？"陆钟不骄不躁，笑眯眯地从大胆荣手里拿回雪茄。

"老子只看功夫片、A片，少废话，直接说主题。"大胆荣一听好像有戏，再次被吊起了胃口。

陆钟和单子凯梁融交换了一下眼神，大家立刻心知肚明，脸上露出那种原来如此的表情。

在那部电影里，一帮劫匪光天化日之下，穿着遮挡住全身的防化服进了银行，把银行大门锁好后，他们命令全体人质交出手机，并换上他们带来的同一款式连身衣。抢劫完成后，劫匪换上跟人质同色的连身衣，混在人质中一起走出银行。但是随后警方发现劫匪们的枪都是假的，被打死的人质也是假的，不过是衣服上安装了类似道具的血袋，甚至连银行里的钱都一分未少，这起劫案除了一帮貌似劫匪的人闹出了大动静外，本质上根本就不存在。

"电影中，这帮劫匪并不是真的没有带走东西，他们其实是奉命去保险柜里拿走一件很重要的东西，最终他们成功了，而且躲过了警察的视线。这个计划最成功的部分在于，从始至终劫匪们都没有露过面，人质和警察根本不知道谁是劫匪，连嫌疑人都没有，不能定罪。"陆钟说完这一大通话，大胆荣的表情早已由强烈质疑变成了听得入迷最后变成了心悦诚服。

"你的意思是，我们也学他们一样，穿得严严实实混进去当人质？"大胆荣试探着问。

陆钟顿了顿，歪过头东瞧西看，顾左右而言他，"说这么多话好口干啊。"

大胆荣这个贱人，马上乖巧地跑去为陆钟倒了杯茶，可陆钟还是不满意，他只好又给单子凯和梁融一人倒了一杯，脸上堆满了笑，心里却骂翻了天，除了大老板，他还从没这样伺候过谁。

"现在可以说了吗？"

"大胆哥对我们这么好，我当然知无不言言无不尽。"陆钟脸上多云转晴，正色道："原本我让你准备的假金条，是为了扔在和我们离开方向相反的路上，把警察的注意力移开。但计划改在白天，这样行不通了。你叫人去买五十万的假币，到时候站在附近两个路口的大厦天台上往下扔，白天这里本来就人多，看到有钱捡则人肯定更多，到时候路一堵，警车也没那么快过来，可以给我们争取多些时间离开。至于那些假金条，我们把真金条弄出去后，把假金条放在金行门口，也可以再争取一些时间。等到他们发现金条有问题时，我们已经开着装满金水的洒水车走得很远了。"

陆钟说完，又在纸上画了个详细的步骤图给大家看，把每一个细节又重述了一遍。

"劫匪你们当，我带几个兄弟先进去，潜伏着作为人质，做内应。"大胆荣沉默良久，最后说出这么一句。

提前当人质的人相对更安全些，金行的人知道大胆荣是茶餐厅老板，到时候即便有警方录口供他也会因为有人证而相对安全，被排除嫌疑的几率最大。

"没问题，这里你是策划人，你说了算。不过我要求的东西都得尽快搞到，时间已经来不及了。另外那两台潲水车要搞两块车牌，一台尾号是单数，一台尾号是双数，双数那台车上放的全是王水，单数那台车上放的都是真潲水，到时候不会把金子扔错桶。今晚我还要跟老陈打一次麻将，最后探探他们的底。"陆钟最后交代道。

"放心，我会全部搞定。"大胆荣很用心地听完了所有话，转身去安排各种事宜。

接下来的二十四小时，所有人都很忙，太多东西要准备，大胆荣几乎带走了所有人马，以至于监视陆钟他们的人变成了一个，而且是最不负责任的那一个。那个家伙喝下单子凯准备的加料奶茶后打起了瞌睡，完全没发现梁融离开茶餐厅，去外面买了些什么回来，更没看到梁融在大胆荣用过的杯子上提取了指纹。

这晚老陈应邀来打麻将，刚开始陆钟还和从前一样屡战屡败又屡败屡战，他嘴里虽然不说，心里却挺得意，看来今晚又是丰收之夜。没想到第十圈开始，陆钟嚷着要博把大的，把手里的钱全都押了，逼得大家都加注，他忽然手风大转赢了把自摸清一色。接下来，他几乎每一把都和牌，和得老陈两眼发直脑子发木，等到他反应过来，已经倒欠陆钟三十万了。

三十万，比起这阵子自己赢的所有的钱还要多了。老陈满头冷汗，头发都湿了，他心里也道阿J这小子的牌好得邪门，八成是出了千，可揭发的话又说不出口，之前那么多次他自己把把都赢，同样赢得邪门，人家什么话都没说过。这小子没准早就算好了，挖了个坑等着自己跳，之前的小赢都是他扔的诱饵，现在是自己吐血本的时候了。

算起来，他要赔掉几乎半年的薪水，老陈觉得心力交瘁血压升高，只想赶快回家找点药吃。算了，认了，下次再也不跟阿J玩麻将就是了，偏偏临走时阿J又叫住他，还神神秘秘的。

"陈叔，帮我个小忙，这笔账就一笔勾销。"阿J小声地凑在老陈耳边说道。

"你想做什么？"老陈立刻提高了警惕。身为金行经理，每天跟大把的金子打交道，想要算计他的人阿J并不是第一个。

第二十章　夺金行动

A

二十四小时飞快地过去，大胆荣觉得这一天过得太快了，快到他上厕所都要跑着去。好在没有白忙，他终于赶在十号金行开门之前，把一切准备工作做好。茶餐厅的玻璃门上挂出今日盘点的牌子，讲明不做生意。大胆荣拿着手机，紧张地关注金行那边的动静。

就像准备了太久的一桌菜，主料配料备在灶台上一字摆开，火烧旺了，锅里的水已经咕嘟咕嘟开始冒热气，就等菜下锅。

等待的时间分外漫长，陆钟他们三个把店内店外打扫了一遍又一遍，押送金子的车才从银行那边过来。戴着口罩和胶手套围裙的梁融，赶在押运车到金行门前的半分钟从涌水车上爬下来，王水需要现配现用，他必须很小心。

大胆荣全部的注意力都被吸引，全神贯注在金行那边，看着老陈和老姑婆走出来，在单据上签字，看着保安们把六个重重的箱子抬进去。没多久，电脑上显示出单子凯留下的无线针孔摄像头传来的图像，老陈的手在按数字，那是金库密码，大胆荣小心翼翼地抄了下来。

就在大胆荣屏气凝神全神贯注时，陆钟冲梁融和单子凯挥了挥手，三个人迅速走进后面的小仓库。大胆荣不知道他们离开过，更不知道他们说过什么做过什么，等金条交接完毕，保安们带着签收的单子上了车离开，大胆荣才松了口气回头看去，发现陆钟他们还坐在原来的位置。

十二点半，金行的人轮班去休息室吃午餐，两名在外面看守的保安也进了店里，用望远镜看去，刚刚办妥大交接，工作人员都放松了情绪，跟几位师奶熟客有说有笑。

大胆荣回头看一眼陆钟，陆钟点点头，是时候动手了。

大胆荣带着两个心腹马仔，大摇大摆地走出茶餐厅向金行进发，按照事先的计划，这两个马仔身份是大胆荣的亲戚，家里有人办喜事，需要选几样首饰。

靠近金行门口，大胆荣放慢了速度，有意无意地朝金行左边停着的一辆商务车瞄了一眼。这辆车咋晚就停在这里，车内无人，座椅上的几个旅行箱里有满满三百公斤的假金条。为了给这些铁块镀金，整整融掉三两金子，每一块都金光闪闪，乍一看上去，就算是天天跟金子打交道的内行人，不仔细掂量也分辨不出。

大胆荣又朝着金行右边的路口瞄了一眼，距离金行正门大概十米距离，靠近茶餐厅的方向，停了两辆洒水车。洒水车停的位置好巧不巧，正好挡住一个下水井盖，新闻里虽说要更新下水管道，但暂时还没修到这边来，下水井里那个通往茶餐厅小仓库的地道也派上了用场。

尾号单数的车上放着真洒水，尾号双数的车上放着溶金水。大胆荣收回视线，在心里默默地重复了一遍，希望自己不会太紧张而搞错。大胆荣踏入金行前，最后看了一眼自己的双手，每只手指上都涂抹了透明指甲油。这是陆钟告诉他的办法，这么做可以不用戴手套也不留下指纹，一会儿进入金库后，也不会留下痕迹，他已经命令手下所有马仔都这么做了。尽管一切准备妥当，他在心里把整个过程演练了一遍又一遍，可临到出场，还是忍不住地紧张。

"老子砍人都不紧张，怕个毛。"大胆荣给自己打打气，掏出手机按下预设好的快捷拨号键，推开金行的大门走了进去。

陆钟他们在店里远远地看着，大胆荣踏入金行那一秒开始，他们就要准备穿衣服了。按照大胆荣的要求，劫匪只有三个，没有一个是他的人，他的危险和损失也最小，万一事情搞砸，被警方抓了现场，一切的一切都跟他无关。

与此同时，远在两边街口大厦埋伏好的马仔接到了大胆荣的电话，那是命令他们开始行动的。金行附近的三条大街上，每条大街上都有几个打扮夸张的古惑仔在游荡，他们叼着烟四处张望，肆无忌惮的样子引人注目。

陆钟，单子凯，梁融，在茶餐厅制服外面穿上了一套从头到脚包裹住身体的黑色防化服，以及遮住大半个脸的防毒面具，除了高矮比较明显，胖瘦都不醒目。他们还在脖子上放上了电子变声器，用防化服遮住，一会儿说话也不用担心会被熟人听出。穿好这身行头三个人进入地道，一直爬到下水井里后才打电话给大胆荣的手下，让他们开始行动。

接到电话的古惑仔们，此时距离金行门口不到两百米距离，他们几乎同时动手。有人抢了老太太的皮包，有人抢了刚下的士的师奶的手袋，还有人一把扯下年轻女生脖子上的金链，尖叫声求救声从三个方向发出。古惑仔们得手后拔腿就跑，金行附近的三条路上，几乎大部分路人的注意力都被吸引，同时被吸引的还有附近的巡警。

就在这时，三个身穿黑色防化服挎着AK47的男人从下水井里爬了出来，他们拉开潲水车的车门，背上几个大包，朝着金行走去。

B

大胆荣身上带着大功率电子屏蔽器，这三个人一旦靠近金行他就把手伸进口袋按下开关，金行的监控显示屏立刻变成了黑屏。

这三个人穿得太打眼了，金行里的保安发现有情况立刻准备报警，老陈也忙把手伸到柜台下面去按报警器。

"全都不许动！我们有炸弹！"电子变声器的处理下，这冰冷的声音就像机器发出来的。一个穿防化服的男人打开手提箱，里面有大小十来根玻璃管，里面盛着不知名的黄色液体，还有各种颜色的电线联接，跟电影里的液体炸弹看起来一样。与此同时，另一个男人把大门从里面锁上。

"要是我们听到警报声响就马上引爆，不想死的人把手举起来，远离柜台，来我这里集合。"男人一边命令，已经按下了炸弹启动装置，这是个定时装置，有十分钟的倒计时读秒。

与此同时，那个关上了大门的男人迅速拉下全部窗帘，让街上的人看不到金行内部，又找到电话线，用刀隔断。

"我不想死，不想死。"大胆荣在人质中要起到带头作用。见他这个高高大大的男人都乖乖地举起手来，连同他身边的两名马仔也同样表现出害怕，店里的十来名顾客，连同所有女售货员也都跟他一样举起手来。

"我们只求财，不求命，只要你们配合，我们保证准时解除炸弹。"拿炸弹的男人把炸弹用胶带固定在金行最中间的圆柱上，那上面不停跳动的红色数字正对着人质们，有种分秒必争的紧迫感。

"现在把手机统统拿出来，去掉电板，把卡折断。请珍惜时间，不要妄想报警，只要我听到警车响，就马上引爆炸弹。"刚才安装好炸弹的男人又给出了新的命令，他拿着枪在每个人身边经过，又是大胆荣第一个带头把备用手机掏出来，掰断手机卡，把手机扔在地上。

"把这些衣服穿上，在炸弹周围站成一圈！"第三个男人打开手里的两个大袋子，里面有十多套黑色防化服，跟劫匪们身上穿的一模一样。

没人敢拒绝，那三个人手里全都有枪，虽然到目前为止还没开过枪，但这并不表示有人想要拿自己的命去挑战。在场的人大部分是女人，其中还有五六位客人都是中年师奶，她们哆哆嗦嗦地把防化服穿上，再把防化服的帽子套上，每个人都只露出两只眼睛。现在看起来劫匪和人质的区别就在于有没有枪和有没有防毒面具了。

接下来劫匪又命令所有人质进员工休息室和财务室，金行并不大，所有人都乖乖地排着队去了休息室和财务室，这两个房间的门被从外面锁上，没人注意到，另外还有三名人质被留在了外面。

这三个人就是大胆荣和他的马仔，一旦隔离开人质，就不会有人知道究竟少了人没有，这也是陆钟预先计划好的。从他们进入这扇大门到现在，没有超过三分钟，时间很充足，足够他们使用预先配好的金库钥匙和偷录下来的金库密码打开金库大门。

耀眼的金光就在眼前，整整齐齐的三百公斤金条，每条一公斤，足足三百块。所有人的动作不由自主地慢了一拍，这是大家第一次看到这么多金子，大胆荣的嘴角在轻微抽搐。人为财死鸟为食亡，就算现在让他死在这里也甘心了。

"快动手，来不及了。"陆钟在他身上重重地拍了一下。

大胆荣定一定神，赶紧打电话通知附近大厦顶楼的手下们开始往下面撒假钞，还有人在路上大喊着引起路人的注意。没有什么比天上掉钱更吸引人的了，三条街口同时飘下大把大把的钞票，五十块的，一百块的，雪花般漫天飞舞，飘飘洒洒地从天而降。

路上的人们疯了似的往掉钱的地方跑，正在行驶的车辆刹车不及差点撞上，司机下车来指责不看路的路人，结果看到天上飘下来的钱，立刻忘了骂人，扔下还没熄火的车也加入了捡钱大军。就在十几秒内，整整三条街的街口都被疯抢钞票的路人堵死，没人来得及看钱的真假，每个人只害怕捡少了一张会吃亏。而巡警们追古惑仔追得跑出了几条街，没人维持秩序。

趁着路人的注意力再次被转移，穿着防化服的单子凯和梁融把两台洒水车开到金行门口，车尾正对大门，并打开所有洒水桶的盖，做好准备。

溶金时发生化学反应会生成有毒气体，靠近那么强的酸液本身也相当危险，大胆荣很有心机地把最危险的部分交给陆钟他们，他自己则和两名心腹马仔守在金库，把洒水车上备好的小拖车拿下来，把金条分做几批从金库运到门口。

陆钟在洒水车上，梁融在车下，单子凯在大门口，三个人三双手组成一条临时流水线，一块块金条被扔进洒水桶，很快沉入桶底，就算没有马上溶尽也可以盖上盖子慢慢溶。三个人三双手，很快把所有的金子投放完毕。

C

并非所有路人都跑去捡钱，金行隔壁店铺的老板发现金行里边不太对劲，整条街都不太对劲，马上打电话报警。可是距离金行最近的巡警都跑出去追小劫匪了，附近执勤的警车也因为路中心挤满了捡钱的人而开不过来。警察只好拉响警笛，自己徒步穿过人满为患的路口，朝着金行这边跑来。

警笛声远远传来，是时候撤了，按照预先的计划，大胆荣应该带上那两名马仔回到金行，混在人质中。不久后警察就会赶到，他只需在警察面前露个脸，留下姓名地址，以协助警方调查为由，把那辆停在门口满载金水的洒水车开到附近的路口，在另一边不那么热闹的街上，有另一辆处理过的油罐车，可以用管道直接把洒水桶里的金水抽到油罐车上，油罐车的司机是老板指定的人，会把车安全弄走。陆钟他们则在洒水车的掩护下钻进下水道，在下水井里脱下防化服，并赶在警车到来之前回到茶餐厅，最好的话，还要在警察面前出现一下，充当良好市民，再帮忙把那辆有真洒水的洒水车运走。从始至终，他们在街头的监控镜头中都没有露过真面目，算起来这是个完美的计划。

计划是人定的，但人心不可测，大胆荣在关键时刻变卦了，"谁知道你们会不会趁我进去当人质，把金水车开走！"

"来不及了，你不进去的话，就没有在场证明。"陆钟看一眼大胆荣身后茶餐厅的方向，距离这里大概两百多米的样子，两名警察好不容易挤过人群正朝这边跑来。

"老子今晚就回澳门，怕个毛，现在我要把金水车开走。"大胆荣说着，低头看了一眼车牌尾数，陆钟正守在尾数8的车门前。

"等等，那我们呢，我们怎么办？"陆钟万分不舍地拦在车前。

"我不管，别挡路。"大胆荣粗暴地把陆钟推开，招呼马仔们上车。

大胆荣的潲水车朝着远离警笛声鸣叫的方向开动了，陆钟他们不得不让开路，时间紧迫，虽然合作者已经变卦，他们还得把戏演下去。单子凯和梁融在另一辆潲水车的掩护下躲过街角的监控摄像头，跳下下水井，两分钟后，他们会准时出现在茶餐厅。

陆钟赶紧把商务车车门打开，钻进车里把那套防化服和防毒面具脱掉，又把车厢内的几个箱子打开，露出假金条。下车前，他没忘记从口袋里掏出一片薄薄的肉色东西，粘在手指上哈一口气，在金条上用力按了几下，还有大胆荣的用来联络的手机屏幕上，也同样认真地按了一下，几枚清晰的指纹就留在了上面。

扔掉那只手机，陆钟上了车牌尾数单号的潲水车，身上是茶餐厅的工作服。潲水车大大方方地朝着警察的方向开去，与大胆荣背道而驰。距离警察大概二十来米就主动停车，陆钟慌慌张张地下车，魂都吓飞的样子，结结巴巴地向警察汇报："阿SIR，那边有炸弹，快叫拆弹专家。"

"炸弹！"一老一少两名巡警知道事情大条了，老巡警一边跑着过去看，一边用无线电报告总台，小巡警留下来问陆钟身份。

陆钟指指路边的茶餐厅，又指指制服上的印字，说自己是打工仔，因为太害怕，他紧张得拖住警察的手，毫无头绪地解释，老板交代要他送潲水去猪场，潲水车就放在金行附近，他睡过头了忘了给咪表充钱，还被开了罚单……

事关重大，小巡警哪里顾得上听他啰唆这些小事，只不过扫了一眼车上若干个大桶，打算让他开盖检查一下。陆钟马上听话地爬上车，急急忙忙地把潲水桶搬给小巡警看，结果一不小心，把桶给弄翻了，放了一夜的隔夜剩菜剩饭发出熏人的馊味，还有不少馊汤汁溅到了小巡警的裤子上。

"我不是故意的，对不起，真是对不起啊。"陆钟赶紧下车道歉，从车上找出一块脏兮兮的抹布就往警察身上抹。

"喂，阿J，老板打电话来了，你再不送货这个月的工钱扣光了哦。"不远处的茶餐厅里走出一个高高瘦瘦帅气的伙计，身上穿着跟陆钟一样的制服。

"怎么这么不小心，把阿SIR的衣服都弄脏了。阿SIR对不起啊，这小子毛手毛脚的，要不要进来坐坐我帮你搞干净。"一个胖胖的伙计闻声也跑了出来。

那边还有炸弹，小巡警哪还顾得上跟这帮小伙计废话，拨开这三个碍事的家伙，追着前面的同事跑去。陆钟，单子凯，梁融，相视一笑，三个人上了潲水车，朝着远离金行的方向开去。远处，更紧迫的警笛声接连响起，还有闻讯赶来的电视台新闻车也与潲水车擦肩而过，还有不知哪家报社的记者正好在附近采访，已经站在刚才围满了路人捡钱的地方进行现场采访。

第二十一章　瞒天过海

A

　　刚被潲水弄脏裤子的小巡警嘴里骂骂咧咧，却极度亢奋地朝同事跑去。金行大劫案，炸弹，解救人质，有些警察一辈子也碰不上，这可是难得的立功机会。

　　等他靠近金行门口，同事却一脸震惊地围着金行门口停着的一辆商务车傻愣。小巡警也凑过去看，刚一靠近就觉得眼花，可车厢里裸露着的大批金条让人有种莫名的心慌意乱。奇怪，劫匪人呢，为什么不带走这些金子呢，看起来这里就像进行到一半的抢劫现场，难道劫匪开小差半路跑了？

　　小巡警看傻了眼，忍不住伸出手，很想摸摸这么多金子是什么手感。啪的一声，他的手被老同事重重地拍了一下，"小心指纹。"

　　小巡警吐吐舌头，缩回手转而去看金行。金行大门敞开着，柜台完好无损，地上除了一堆被拆开的手机外什么也没有。金库大门也敞开着，里面被扫荡一空，地上还有两辆劫匪留下的小拖车，老巡警正用无线电联系总台让他们加派人手过来，小巡警已经听到金行深处的两扇门里传出拳头砸门和求救的呼喊。小巡警正准备过去帮忙开门，没想到刚走出两步，就发现身边一根大圆柱上，一个赫然跳动着红字的定时炸弹把他吓得魂飞魄散。

　　"不好，还有十秒钟，快跑。"小巡警顾不上救人，赶紧拉上老同事就往外跑。两个人急急忙忙跑出金行大门，飞身扑倒。小巡警绷紧了所有神经，第一次担心自己可能立功前就以身殉职，心里默念着倒数读秒，五，四，三，二，——爆炸声并未出现，整个世界风平浪静。

　　老巡警先抬起头来，跟小巡警对望一眼，是质疑也是喘了口气，不过他们不敢再进去了。好在没过多久，增援的大批同事已经赶到，同时赶来的还有拆弹组的专家，以及附近采访完天降现金神奇事件后闻讯赶来的媒体记者。

　　"铜锣湾一家金行金库被洗劫，据可靠消息，劫匪一共三人，身着黑色防化服，脸部用防毒面具遮盖，他们凭着三把仿真枪和几组果汁做成的冒牌定时炸弹，令全体金行工作人员和顾客成为人质。奇怪的是，劫匪们并未真的掳走金条，而是把他们放在金行门口的一辆车里，目前没有人员伤亡的消息。"

广播里正在播报即时新闻，大胆荣的潲水车摇摇晃晃地行驶在路上，他也不知道怎么回事，自从运完那些金子就浑身不对劲，现在浑身上下的骨头都像玻璃一样脆，稍微有点碰撞颠簸就痛得厉害，而且手脚完全用不上力气。眼看着前方冒出一个路人，他差点连刹车都踩不下去，如果不是身边的马仔看出他不对劲，及时出手帮忙，恐怕已经撞上那个路人。

"不行了，你帮我开车。"大胆荣不得不让出驾驶位，还差两条街就到了约定的地点，他要亲自把金水送到向老板请功。

坐上副驾驶的位置，大胆荣感觉越来越难受，真他妈中邪了，浑身上下莫名其妙地痛。看着后面车斗里放着的几十个潲水桶，一想到这些看起来脏兮兮的桶里容纳着能够提炼出一小座金山的金水，他就觉得欣慰。刚才那个叫陆钟的家伙还拦在这辆车前不想让他上车，哼，幸亏他早有预备，料到那三个老千靠不住，会在最后关头来一手。幸好他反应快，那三个家伙根本没想到早就定好的计划会被推翻。

摆在潲水车面前的是一条下坡路，只要穿过这条路，前面路口就有老板安排好的油罐车，胜利在望了。大胆荣虽然脸痛得煞白，却还忍不住得意。就在这时，车出问题了，失控地往前冲去。

"不好，刹车失灵！"马仔惊惶地叫着，方向盘也开始乱打。正前方绿灯，有位老人走在人行横道上，眼看着这辆潲水车非但不减速，反而朝着自己冲过来吓得尿了裤子，动也不会动了。就在这时路边一个中年男子冲出来把老人推开，潲水车彻底失控，马仔为了躲避路人只好猛打方向盘，结果失去平衡来了个侧翻。车斗里的潲水桶发出沉闷的声音，一个接一个地滚到了地上。

完了。大胆荣心里只有这两个字。万一那些潲水桶倾倒甚至破裂，强酸流出来，一切就全完了，要是那些连金子都能融掉的强酸沾一点在身上自己也会完蛋。危急时刻，大胆荣不知道哪来的力量，咬着牙齿忍住一身的剧痛从车窗里爬了出来。等到他回过头去，彻底傻眼了，潲水桶破了不少，可桶里流出来的并不是强酸，而是货真价实的潲水。

大胆荣疯了一般冲过去，顾不上潲水的脏臭，打开每一个桶盖来看。除了潲水还是潲水，熏人欲呕，唯一的不同是普通的馊和相当的馊。他脑子里也跟这些潲水一样乱，这辆车的车牌是尾数双号，又是他自己选择的，之前那三个家伙完全不知道他会临时改变计划。究竟是哪里出了问题？

"最新消息，最新消息，刚才报道的金行，确认有三百公斤的金条被劫，劫匪留在现场的金条全部是假的，目前警方正在严密调查之中，嫌疑人是三名成年男子，其中一名在金行附近经营茶餐厅，案发前该男子曾在金店内出现，并成为人质。截至警方到来时，此人连同他的两名亲戚却无故失踪……"

潲水车的车载广播还在继续播报，大胆荣就像丢了魂一样，越想越迷糊，他忽然抬头，看到前方路口停着一辆白色的油罐车，车上的司机正冷冷地看着他和他身后这一片狼藉，掏出了手机准备拨打。

不——大胆荣听见一个连自己都害怕的声音从嗓子里跑出来，一看就明白了，司机要报告老板，事情搞砸了。他不知道该怎么向老板解释，他只知道老板会怎么对待办事不利的人。至少解释一下也好，说不定还来得及，另一辆潲水车应该还在附近。他抱着最后希望朝着油罐车司机跑去，可没跑出两步，两条腿就痛得失去了控制，整个人重重地扑倒在地。

B

"你们说他们发现那个恐怖的定时炸弹里全是果汁会怎么样？哈哈，算不算史上成本最低效果最好的炸弹呢？"单子凯从车窗里探出头去看一眼已经远离的金行，这地方他们再也不会来了。

"还有那些仿真枪，弹夹都是空的，相信那些假金条至少能拖延个十分钟。"梁融一边说，一边摘下头上的假发套，现在用不着再扮演茶餐厅的伙计了。

"我更想知道老陈发现人质中少了大胆荣会怎么想，还有门口的假金条，上面有他的指纹，他还有案底。茶餐厅老板也是他，小仓库里还有条随时会被发现的地道，想不扯到他身上都难，不知道那位老板舍不舍得帮他请大律师了。"陆钟一边说，一边把手指上的那片小小指模取下来放进口袋。这是梁融前天晚上趁着大胆荣不在，出去买来材料赶做的，大胆荣用过的水杯随处乱摆，很方便采集样本。

潲水车一直往前开，又拐了一个弯后，路边出现了一辆大卡车。单子凯和梁融下了车，梁融打开卡车后门，跟单子凯两人合力拖下两块钢板，陆钟小心地把车开进了集装箱。

最危险的阶段就要过去了，即便大胆荣已经发现自己开走的那车全是真潲水，动用各方面力量寻找全港的潲水车都没关系，至少现在他没那么容易发现自己。陆钟终于可以喘一口气，他打开潲水车的车灯，下了车，在集装箱最靠里的墙角有用胶带纸黏着的一只手机。

陆钟开机后，翻看着手机里预存的唯一号码，按下拨出键，电话很快接通了，"曾洁，我们上车了。"

这次能够全身而退，很大程度上靠曾洁的帮忙，这辆大货车就是她弄来的，车里的手机也是她留下的。接下来，他们将把这辆车开往曾洁帮忙找好的地方，位于元朗偏僻地带一家废弃的小型化工厂，在那里尽快把车上潲水桶里那些超强酸里的金子置换出来。

密不透风的集装箱里，看不到外面的风景，陆钟在地上找了个最舒服的姿势坐下，一切并未真正结束，他需要充沛的精力和足够的冷静，来应付随时可能发生的变故。按照计划，就在澳门那边大老板得到大胆荣失手的消息时，司徒颖应该已经带着师父逃脱，但愿他们一切顺利。对了，还有那个大胆荣怎么样了，在金库里陆钟拍了他身上两处重穴，不出意外，他现在应该痛得正难受吧。更让他难受的应该是，死都不会明白怎么会开错车。

事情还得从那晚陆钟和老陈玩麻将说起，那晚老陈输得厉害，不过陆钟却说只要他肯帮自己一个小忙，几十万的麻将债就一笔勾销。

"你想做什么？"老陈听陆钟一说就提高了警惕。

"放心，小事。看见外面街角那两辆潲水车没有，有一辆车是我负责送的，但我今晚有个重要的约会，明天肯定起不来，想拜托你帮我把那两辆车换一下车牌，这样的话同事就帮我把货送到地方，他自己的货反而没送。就这么个小忙，只要明晚三点半，你帮我把那两辆车的车牌换一下就行。"阿J的手指指门外斜对过那边停着的两辆车，很轻松地说。

"就这么简单？三十万？"老陈严重地怀疑。

"没错，我说话算数，只要你办到三十万就不用你给了。不过你要记住，千万不能给任何人看到，否则被我朋友知道有人帮忙，这个赌也算是输了。"阿J用很严肃的口吻强调。

这就是那晚陆钟对老陈说过的话，老陈赌品也不错，很认真地做到了，没有给大胆荣的人发现。那晚也是陆钟借老陈的手机最后一次给曾洁打电话，告诉她第二天动手劫金行的时候，就把司徒颖和师父救出来，给司徒颖换上女服务员的制服，老韩躲进换下来的床单堆里，找机会逃出那层楼，逃出酒店就离开了监控视线。曾洁找渔村的渔民帮忙，多给些钱，用渔船把他们送到香港。最后还确定要使用一辆集装箱卡车，掩护潲水车最后撤离。

这个计划，就是专为自作聪明的大胆荣量身定做的，陆钟算准他会不放心自己，临时改变计划夺走放了金水的潲水车。那两辆潲水车停放的位置在金行门外的监控摄像头范围内，自己人不方便现身，另外也担心被大胆荣发现，只好拜托老陈帮这个忙。老陈最多也就是觉得有些奇怪，但换两个车牌本身并不违法，跟金行劫案也扯不上关系，陆钟可以很放心地拜托他。就算日后老陈再想起这点不对劲，陆钟他们也已经带着这些金子离开香港回大陆了。对了，怎样才能神不知鬼不觉地把这么多金子带过海关呢？

陆钟刚开始思考这个问题，车已经停了下来。

车门哐当一下打开，陆钟万万没有想到眼前竟然站着师父和司徒颖。老韩脸上的淤伤还没消，好在精神不错，已经恢复了平时的笑容，正乐呵呵地看着他。司徒颖瘦了，瘦多了，陆钟第一眼看到她就觉得心被一只看不见的手揪了一把，难受。

"回来就好啊！"老韩看着徒弟们平安归来，像父亲一样敞开了双手。

"师父！"陆钟、单子凯、梁融异口同声，他们扑进老韩怀里抱成一团，大家哭了又笑，笑了又哭。司徒颖也笑了，笑得有些疲惫，她也轻轻地抱着师父，抱着大家。陆钟抬起头看着她，感觉就跟做梦一样，两个人的手越过大家，紧紧地握在一起。司徒颖的眼泪像断了线的珠子，大颗大颗地滚下来，她从没有这样哭过，像个孩子，蹲在地上抱着头，肩膀一起一伏。究竟受了多大的委屈，陆钟问师父，可老韩摇摇头，表示司徒颖不肯说。

"好了，咱们先进去，被外面的人看到了不好。"一直站在身后的曾洁提醒道，司徒颖这才站起来，捂着脸，任性地冲进屋里。

陆钟回过神来，仔细打量起所在的地方，周围有一圈不高的围墙，门口是两扇锈迹斑斑的大铁门，透过铁门可以看到外面，同样外面的人也能看到里面来。虽然没有见到人，但能听到远处传来狗叫，附近应该有人，得尽快把东西处理掉。

潲水车开进一旁的车库，大家把盛满金水的潲水桶卸下来，又运到不远处的厂房里，直到把最后一桶金水运完，大家已经累出了一身的汗。

时间紧迫，大胆荣失败的消息传到老板的耳朵里，加上老韩和司徒颖的私逃，这两个坏消息足以让他震怒，他就算把香港翻一个遍，也要把这帮老千和金子找到。虽然陆钟的设计还算巧妙，但香港只有这么大，躲不了多久，必须在被发现之前回到大陆。

也许是压力越大动力越足，陆钟忽然想到了带着金子离开的办法，不过眼下他们全都不方便出去，只好再拜托曾洁，多帮一个忙。

C

曾洁把大卡车开出去了，按照陆钟的想法还有不少事要忙。

剩下的人穿戴上全套防护服，忙着把溶金水加热。组成王水的硝酸和盐酸都是挥发性酸，蒸发之后剩下的氯化金沉淀，再溶于水，用锌置换出来，就剩下了纯度极高的金粉，最后通过高温融化就变成了金水，可以浇注成任何形状。

熏人的酸雾让老韩直皱眉头，半个多月没有吃药，他的咳嗽厉害多了，就算是待在这屋子里，也咳得喘不上气来，司徒颖陪着他去窗口通风处休息，端水给他喝。

听着咳嗽声，陆钟心如刀割，不知他们究竟遇到了怎样的虐待。回头看一眼窗口下的一老一小，司徒颖单薄得仿佛风都能吹跑，一双妙目因为清瘦反而显得更大了，正望着自己这边。可那双眼里，完全没有了平日的灵气，就连大小姐独有的傲气也丝毫不见。陆钟很想跟她说些什么，可究竟能说什么，自己也不知道。

老韩喝了水，盯着地板发愣，眼神也同样没有了灵气，更没有了矍铄，变成了一双普通老人的眼睛，黯然失色。这不像休息不佳的那种倦意，陆钟有种不好的预感，不过他马上打消了这念头，师父逍遥一生，到老了反而栽个大跟头，肯定是心累了。跟师父同龄的人，谁不是儿孙满堂膝前承欢，他一个癌症病人却江湖奔波不辞辛劳，不要说是心累，就是铁打的身子也受不住。

在陆钟心里，早就把这支队伍里的每一个人都当成了自己的亲人，现在亲人们这样，可他又能怎么办呢？这条路是师父选的，他只能走下去。防化服里的叹息，只有他自己能听到，转过身去，继续搅拌着那些酸液，今晚注定是个不眠之夜，要做的事还有很多。

这一夜，大家忙了个不休，老韩睡下后，连司徒颖也加入帮忙。终于赶在天亮前，把最后一个小细节搞定。天色渐亮，第一缕曙光照亮这家位于元朗地区废弃小工厂的破屋顶时，曾洁已经驾驶改装过的集装箱货车驶出了那两扇锈迹斑斑的破铁门。

今天的曾洁和平时不太一样，头发有些凌乱，很随意地在脑后扎成一个马尾，身上穿着大号的男式衬衣和夹克、肥大的牛仔裤和邋遢的运动鞋，嘴里还叼着烟，看起来就和任何一个中年男货车司机没什么两样。

这辆货柜车是租来的，执照合法，现在驾驶舱内只有她一个人，抽完一支烟，人还有些憔悴，没办法，昨晚实在太忙了。

先把车开去修车厂，找人帮忙做点东西，在车厂朋友的介绍下，还弄了个卡车驾照。车厂的东西需要时间，等待的时间她搭地铁去了趟香港电子产品的水货圣地，九龙旺角先达广场，在那里买了二十台廉价水货手机五台水货笔记本电脑。半夜三点，在车厂全体员工加班加点下，货柜车的改装终于完成，不过看起来和没改一个样。把车开回去之前，曾洁又拐了个远路去了趟油麻地窝打老道，这个时间段正是水果批发生意最旺的时候，车上载着两百件时令鲜果，这才回到元朗。就这样，还不算完，陆钟他们的工作还在继续，曾洁和司徒颖又奋战了一个多钟头，才把那些水货手机和笔记本小心翼翼地藏进水果箱里。

现在，货柜车朝着鳌堪石方向开去，新开通的深圳湾大桥是元朗地区前往内地最方便的通道，桥的另一端连接着深圳蛇口，五公里长的公路大桥，十多分钟就能直达关口。为了吸引更多货车走新通道，深圳湾口岸实行一地两检，是最快最便捷进入内地的渠道。

进入查验车道之前，车速变缓，几辆大型货柜车并排等待，曾洁这辆货柜车的侧门打开一条缝，跳下来五个人。三个年轻男人，一个年轻女人，还有一位头发花白的老人，他们穿着户外运动的衣服，手里拖个旅行箱，肩上背着旅行包，十足游客模样。这个角度很讨巧，在高大的货柜车遮挡下附近的监控摄像头都看不到。下车后，他们把侧门合上，大大方方地往远离货柜车涌谍的旅检通道走去。

时间尚早，来往的车辆很少，曾洁的货柜车等了几分钟就进入了人工查验车道。扔掉手里的烟头，她注意到周围的检查人员比平时要多，不用说，一定是昨天的金行大劫案，让警方加强了各方面的检查。不远处传来两名等待过关司机的谈话，所有通关的货柜车都要接受X光机全车检查，另外还增设了最新的"反偷渡系统"，想要带人过关，几乎不可能。

她有港澳通行证，一个人进关是没问题，但带货进关却是要报关的，她报的只有水果。和所有紧张胆怯而暴露了身份的刚入门水客一样，海关人员很快在水果箱里发现了手机和笔记本，还有车厢内部的一个临时夹层。

这属于非法改造，带的货也是违法的，缉私人员态度很硬，曾洁被吓坏了，胆小怕事地赶紧承认错误，说自己只是个打工的，车是老板的，货里藏了什么她也不知道，赶紧在罚款通知书上签了字，很配合工作。鉴于她没有案底，又是初犯，帮带的东西也不算太多，海关工作人员最后扣下了货柜车和车里的东西，放她走了。

货柜车被工作人员开到口岸停车场，跟其他众多涉嫌走私的车辆放在一起。

随着时间的推移，口岸两边等待入关的人越来越多了，刚从车上下来的五个人却鬼鬼祟祟地到处乱窜，还窜到了楼上的办公区，很快就被工作人员发现了。

"喂喂喂，这里不准游客进入。"警卫很快叫住了他们。

"对不起，我们是来找人的。"

"找谁？"警卫把他们挨个打量了一遍。

"找我们的导游，小黄。"

"一个女人，三十多岁，很漂亮。"

"我们的港澳通行证和身份证都被她拿了，说来这里办手续。"

"她说有熟人，办通关超快的。"

"能帮我们找一下她吗，我在迪斯尼订的房间就要去办手续的，人家打电话来催好几次了，不能再晚了。"

"求求你帮帮忙。"

"帮我们找找小黄吧，那个女人拿了我们的手续费说是可以最快办完手续的，现在人都不见了。"

五个人操着各地口音的变异普通话，左一句右一句地说个不停，把警卫的脑袋都吵大了，不过大概的意思他听明白了。这几个人交了钱给黑导游，对方说可以找熟人最快办理通关，结果那女人拿了钱就关了手机，怎么也联系不上，这五个人亲眼看她进了海关大楼，于是进来找人。

"你们准是被黑导游给骗了，她拿了你们的身份证和港澳通行证可以在黑市上卖个好价钱，还白赚一笔手续费。别在这耽误时间了，人肯定早跑了，快去派出所报案吧，可以申请补办临时身份证。"警卫不是第一次碰上这种事了，很热心地给这几位外地游客指点了去派出所的方向，亲自把他们送回深圳关口那边，认真地看着他们把身上的箱包再一次过机检查，全都是衣服鞋子，顺利通过。

五个没有身份证的老千，假装要去香港，反而被人送回深圳特区的大地上。

昨天曾洁把车开出去做改装，用一整块钢板在集装箱内部最里面隔出一块半米宽的空间，足以让五个大活人躲在里面。等过关时先把人偷偷放下来，她再假装走私客，故意被发现，让车留在海关停车场。

第二天，曾洁再次来到海关交足了罚款，把车开出海关。因为昨天已经检查过，并且把货柜里的货物全都搬空了，停车场的检查人员只随便看了两眼就放车通行了。曾洁为在海关不远处招手"顺风车"的陆钟一行打开车门，一路不停上了高速，直奔惠州，司徒颖的七哥在这边做生意，有不少朋友还有栋大别墅，很安全，可以暂住。

打开货柜车的大门卸下水果，所有人帮忙，把地上铺着的防震泡沫板掀开，露出下面深蓝色的钢板。那钢板脏兮兮的满是脚印，很不起眼，方方正正的一大块，平铺在地上。不过只要用火烧掉上面那层黑色的油漆，就会发现内里金光闪闪，而其实这也不是一大块，而是整整十小块拼在一起。

入关通道的X光机能给车全身照透视，X光下金属看起来都一样，最妙的办法就是把这三百公斤的金子变成车身的一部分。那晚曾洁去车厂把货柜车的底板换成了一层薄薄的铁板，把原来的底板切割成十块。车厂老板叫来做首饰的师父，用热熔的石蜡倒在钢板上做成十副模版带回去。陆钟他们把金子提纯后融成金水浇在模子里，趁着没有完全冷却，在上面铺上钢板反复碾压，找平，必要时再用锤子垫上小块钢板敲打敲打。不是高科技，也不是精美首饰，最简单不过的地板而已，唯一的要求就是尺寸相符，难度系数并不高。金子的延展性好，容易塑形，做好后用速干漆喷上，每一块的接缝部位都用填缝剂补起来，用刀刮平，再补点漆，最后用大片大片带泥巴和灰尘的脚印做掩护，看起来就和任何货柜车没什么两样。

就这样，价值数千万的金子成功入关，大家算是暂时安全了。

 第二十二章　尾声

A

惠州跟深圳接壤，南邻南海大亚湾，经济发达环境优美，区内不仅有两个国家级开发区，还风景优美物产丰富。山、江、湖、海、泉、瀑、林、涧、岛，全都能在惠州城里欣赏到，芒果、荔枝、龙眼之类的热带水果更是丰产。

司徒颖的七哥在惠州经营数家加油站，七嫂是个贤惠的客家女人，生意稳定又不用操心家里事，七哥有空就回博罗的罗浮山别墅里住一阵子，日子过得舒心又惬意。博罗是个县城，七哥的别墅又在罗浮山外的小村子里，附近大多是些村民，避风头最合适不过。

七哥和司徒颖好久不见，兄妹相见格外开心，留她在家里好好住上一阵。安顿下来，七哥吩咐佣人每日采买各色新鲜蔬菜水果，白斩鸡盐焗鸡河鲜海鲜接连不断，相比起前些日子在香港受人胁迫的境况，大家都觉得从地狱跨进了天堂。

见到亲人，司徒颖的精神好了许多，笑容也多了起来，跟大家也和从前一样有说有笑，只是再也不跟陆钟斗嘴，也不像从前那样盯着他看了。也许她真的想明白了，可陆钟心里却空落落的。

老韩还是无精打采，咳嗽依然严重，七哥请来惠州最好的医生，全套检查做完，结果不容乐观，按照目前的情况，他可能活不过一年。

这个结果是早已预知的，两年前在杭州无非子师父就说过他的祝由术最多只能保住三年，现在三年之期越来越近。大家为了不影响老韩的情绪，约好不告诉他结果。奇怪的是，老韩好像也真的忘了自己做过检查，一直没有问过结果，每日里不是吃吃喝喝就是蒙头大睡，什么也不想，什么也不问，大家都猜不透他的心思。

这么多金子放在家里总归不安全，七哥回惠州为大家打听风声，并寻找买主。没几日就传来了消息，澳门和香港还有深圳，白道黑道的人全都在找他们，虽然还没找到惠州来，但外面风声很紧，这么大批金子出手也不容易。吃完饭，大家守在桌前讨论起来。

"要不然咱们把金子留下吧，说不定过两年还能增值，现在的物价涨得那么快，还是金子保值。"单子凯这几天一直在关注国际金价。

"这么重的东西不能带着到处跑，又能怎么留，做成金砖砌在墙里？"梁融往嘴里塞一颗龙眼，说道。

"曾洁，这次给你添了不少麻烦，在UBS（瑞士联合银行）开个账户吧，不管能不能出手这批金子，两千万我会尽快打到你账上。"两千万是陆钟早在请曾洁帮忙的那天就在心里给出的价位，不论是否成功，都会给她，他不喜欢欠人情。

"不行不行，也太多了，我受之有愧。"曾洁连连摆手，自从这件事搞定后，单枪匹马的她暂时也没有新的计划，没有离开。

"没有你，我们现在说不定还在香港，师父和司徒也还在澳门，就连这批金子也肯定运不回来，你功劳最大，应该拿这么多。"

"对了，我到现在都不明白，行动的日期原本好好的，怎么那个集团大客户会忽然决定提前一天取货，而你们正好又把计划早早定在了白天。"司徒颖思维还跟平时一样敏捷，不过眼中无神，看起来像病了一样，打不起精神。

"其实，从一开始我就没想过晚上动手。最危险的时候才是最安全的时候，相反，对大胆荣来说最安全的晚上也就是我们最危险的时候。那个地下水系统要修是碰上的，地道挖不成了也挺好，其实原本我就只打算挖到下水井，再找个什么借口停工。后来碰上了曾洁，我让她在合适的时候给那家集团客户发了个讯息，提醒他们金条到货后不要隔夜，尽快取走，以免不安全。只要他们的时间提前，晚上行动的计划就作废了，自然按照我的计划走。"陆钟很认真地对司徒颖解释道。

"那家大客户，就那么容易相信一个不知身份人的讯息？"司徒颖虽然听过整个夺金行动的内容，还是有疑问。

"当然不是不知身份的人，我去警官俱乐部赴约，假装没找到人，正好手机又没电了，于是借一位高级警督的手机发的这条讯息，正好那位警督是负责那家公司所在区的，跟购买金条的公司应该有来往。"曾洁笑笑，不好意思地介绍了自己的小花招。

"没想到，你还有这一手。"单子凯和梁融伸出大拇指，赞道。

"让你们见笑了，跟你们专业人士比起来这真是雕虫小技。"曾洁很会说话，一句话谦虚了自己也赞美了大家。

"其实我早就觉得你有天分，如果早些入行，道行肯定比我们要高。"陆钟相当认可曾洁的实力，不过这却招来了司徒的怀疑目光，莫非他对她有好感了？平日里如果有这种情况，她肯定早嚷嚷出来了，可今天，她只是默默地注视着这两个人，眼色哀怨。

大家谈得正欢，没想到师父一句话也不说就站了起来，自顾自地回了房间。

刚刚才热闹起来的气氛一下子又冷了下来，大家看看师父的空位置，这在以前是从未有过的。

"其实有件事我一直没说。"司徒颖轻轻地说。

"关于师父的？"梁融敏感地问道。

司徒颖点了点头，"在澳门，他们打人打得很凶，我被关在房里看不到，听到了什么东西撞在墙上的声音。后来师父昏迷了几天，我差点以为他再也睁不开眼睛了，没想到最后他还是醒来了。醒来之后，人就变成了现在的样子，有时候连我是谁都不知道了。我怀疑，他得了老年痴呆症。"

"什么？那帮混账！"

"老年痴呆症！"

单子凯和梁融震惊不已。陆钟却一言不发，只是回过头去看了看师父紧闭的房门，他其实早就猜到了，只是一直不敢确定。靠脑子吃饭的职业老千得了老年痴呆症，是报应还是天意，师父精明一世，现在每天清醒的时候却不到几个小时，听起来就像个冷笑话。接下来的路，该怎么走？在此之前，虽然这几年做局都是他做主，但真正把握大方向的人还是师父，师父说要振兴门派，师父要找到秘籍，师傅说什么，他们就做什么，现在师父说不出什么了，自己又该怎么做呢？《阿宝篇》，《扎飞篇》，《军马篇》，这三本秘籍就像三座大山压在他的身上，还有一座大山他需要继续寻找，然后背负在肩吗？除了师父，他也不只是自己一个人，将来要去哪里，究竟是想办法帮师父治病，还是去新加坡寻找杨海波大师爸，一切的一切都是迫在眉睫的思考题。这些天来在罗浮山内虽然过得惬意，但他明显感觉得到大家在刻意回避外面的世界，感觉疲惫的，不只是他自己。可如果要承担大家的未来，方向究竟在哪里？一个个问号在脑子里飘来飘去，陆钟甚至没有注意曾洁在跟他说话。

"你怎么了？"坐在陆钟身边的单子凯推了他一下。

"没，没怎么，你们在说什么？"陆钟这才回过神来。

"自从上次在北京跟你们混了那单买卖后，我就一直没做什么。一个人到处走，总感觉没着没落的，这次碰巧遇上你们，虽然危险紧张，但这种感觉好好。眼下老韩前辈也需要人照顾，不知道我能不能加入你们的队伍呢？"曾洁坦诚地看着在座的每一个人，她虽然算不上漂亮，但那双眼睛却清澈见底。

"这……"陆钟没想到曾洁会有这样的想法，加入一个新人可不是小事，不仅需要所有人的认可，更需要通过老韩的考验，就连他自己当年也是如此。

"不用现在就给我答复，你们商量一下，等你们有了新的目的地再告诉我。"曾洁善解人意地笑笑。

陆钟还没来得及说话，司徒颖的手机就响了起来，没听上几句，她的脸色变得很难看。

B

七哥在寻找买主时，引起了黑道中人的注意。糟糕的是，那帮人暗中跟踪七哥的车，一直来到了罗浮山山脚下才被七哥发现，他不敢进屋，在山脚下兜了一圈把车停在罗浮山缆车附近，混在游客中找机会偷跑回来。就在刚才通报司徒颖的当儿，那帮人在村里到处问人，已经知道了别墅的所在，现在正朝着别墅的方向赶过来。

"不急，小颖和曾洁去叫醒师父，带他下楼；梁融你去把货柜车的车门打开，找些鸡鸭扔进去；凯子哥把车开到后院，我们从后门走。我去让佣人们把狗放出去，能挡一会儿是一会儿。"虽然刚刚还走神了，陆钟一旦遇到问题还是能马上进入状态。

货柜车里的金子没有取出来，一直放在原处，不过为了给七哥成色样本，刮下了一小块，露出金灿灿的一角。梁融知道陆钟的意思，把鸡鸭搞上车，就是为了让那些鸡屎鸭屎弄得到处都是，最好弄点鸡屎把金灿灿的缺角遮挡一下，再车门大开，好掩人耳目。

陆钟的安排很妥当，他们赶在那帮来路不明的黑社会闯进屋前，已经乘着佣人们买菜的面包车下山了。身后还能听到狗叫声传来，那群强盗一定把七哥的别墅搞得鸡犬不宁。

司徒颖的眉头拧成一个川字，要在以前，她早就破口大骂了，眼下那股锐气却消失殆尽，两只手紧张地攥着拳头，像个饱受惊吓的小女孩。

"别担心，我们不会有事，金子也没事，等那帮人走了，再叫人把货柜车开下山来，换个地方住就是。"陆钟坐在副驾驶上，在后视镜里看到了司徒颖的紧张。

"不，你们不明白，金行的大老板其实是那个人的兄弟，搞垮金行，显得他兄弟办事不力，老爷子很可能会把大部分遗产留给他。自家人抢自家金，这种事当然不能被人知道，但你们把那个大胆荣的身份暴露了，金行大老板知道大胆荣是老弟的人，现在事情闹得满城风雨。那个人更不能轻饶了我们，我哥说，他的赏金有八位数。"司徒颖忧心忡忡地说出了关键问题，为了钱，道上的人什么事都做得出。

"这些事，是那个人告诉你的？"陆钟心里一直在想，司徒颖在澳门的日子里究竟发生过什么。

"你别问了，反正我知道。"司徒颖回避着陆钟的眼神，扭过头去帮老韩整理来不及扣上扣子的外套，"这里不能再住了，干爹，你倒是说说我们是回内地避避风头，还是去新加坡？"

"内地，新加坡？"老韩单调地重复着司徒颖的话，眼神痴痴的。

车厢里有人叹了口气，陆钟紧紧地闭上了眼睛，不忍去看，最最关键的时刻，师父指望不上了。

"师父说过，真正的老千不到坐牢的那一步就不能认输。也许我们该回澳门去，那个人一定想不到我们会在最危险的时候回去。他也不过是个人，不是神，只要我们多加小心，说不定可以找出他的把柄，好好地跟他讨个公道。"陆钟费尽心机好不容易走到今天这一步，他相信能继续走下去。

"人要是被狗咬了，也要去咬狗吗？你根本不了解那个人有多么强大的力量，他和他的家族都是我们不能动的。"

司徒颖的话让所有人都陷入了思考，刚刚跳出一个火坑，又要自己往另一个不知深浅的坑里跳吗？

"不试试怎么知道不行？就算是狗也不能乱咬人，乱咬人就要挨打。"陆钟却不甘心就这样被那个人逼上绝路。

"反正我不会再去澳门，永远不去。"司徒颖不耐烦地摇摇头，无奈而怨气。

"你怎么会变成这样？"陆钟失望地看着司徒颖，那个血性的女人不见了，在他面前的司徒颖和普通女人一样怯懦。

远处的狗叫声忽然凶了起来，大家往后一瞧，不好了，那帮人开着几辆车从后门追了出来。

单子凯驾车的技术虽好，盘山公路却不能走得太快，没想到的是匆忙中开出的这辆面包车，竟然没多少油了。下坡路，没油了也能借着惯性慢慢溜下山，可到了山脚下又该怎么办，这里是远离旅游去的山区，少有的士。

"不如咱们下车，这辆车让它冲下山去，我们走林子下山，树叶浓密，他们没那么容易找到。"司徒颖急中生智冒出个点子。

这倒是个不是办法的办法，没人反对，大家便弃车了。远远地听着面包车轰隆隆一声滚下山去，老韩吓得打了个哆嗦，路都走不动了。三个徒弟轮流背着师父，大家在没有路的林子里慢慢往下走。老韩生得高大，虽然老了却不比年轻人轻，背着他可就走得更慢了。好在这座山并不高，刚才下车的地方又是半山腰上，大家走得汗流浃背，终于平安下到了山脚。可危险并未摆脱，他们还没走出村口，就被人发现了。

黑压压一下子冲出来二十多个人，为首的是个把头发染成银色的中年男人，不知道是混哪里的，脸上有一条长长的刀疤，杀气逼人。

刀疤脸一抬手，那帮小喽啰自动散开把陆钟他们包围起来，手里亮出了长短不一的刀。朴实的村民哪里见过这样的阵势，在外面干活的村民们都赶紧往家里躲，把门关得紧紧的。距离最近的派出所也有好几公里，就算报了警也不会马上有人来。

其实二十多个人，陆钟他们未必不能胜出，虽然老韩不行了，他们还有曾洁，中南五省散打大赛的总冠军。陆钟他们把老韩藏在中间，几个人背对着背站成一圈把他挡住，做好了随时迎战的准备。

刀疤脸冷冷一笑，从后腰上抽出两把枪来，黑洞洞的枪口对准正准备决一死战的六个人，大叫一声："弟兄们，绑起来。"

人再厉害，也干不过枪。这场战斗还没打响就结束了，大家都觉得很窝囊。陆钟厉声骂道："有本事不用枪，我们干一场。"

刀疤脸听了先是一愣，仿佛很稀奇似的看了看兄弟们，然后哈哈大笑起来，"当老千的要跟古惑仔干一场，比比真本事，我没有听错吧。"

小喽啰们也跟着大哥齐声大笑，刀疤脸很有点声势壮大的优越感，他举着枪笑呵呵地朝陆钟走来，用调侃的口吻说道："老子就是爱用枪，怎么样？"

"怎么样"三个字还没说完，枪柄忽然重重地砸在陆钟的头上，陆钟只觉耳朵里轰隆隆地飞进来一千只苍蝇，眼前一黑什么也不知道了。

C

不知道昏迷了多久，陆钟是被一盆冷水浇醒的，嘴里有浓浓的咸腥，半边口腔内壁都在渗血，还没张嘴就痛得厉害。抬起头，他发现自己不能动弹了，手脚都被人绑在了椅子上。不仅是他，大家全都被绑在椅子上，面对面地围成一圈，老韩在陆钟的左手边，右手边是曾洁，正对面的是司徒颖。

大家的身上都是湿漉漉的，即便身处惠州这样的南方城市，现在已临近春节，浑身冰凉的感觉很难受。更让陆钟担心的是，师父冷得直哆嗦，他的身体根本撑不下去。

"都醒了啊，我就不废话了，你们肯定知道我来找你们是为了什么，你们很厉害嘛，简直就是省港奇兵，这一笔肯定赚了不少吧。"刀疤脸嘴里叼着烟，一边说一边绕着大家走了一圈。

"说吧，你要多少钱可以放过我们？"梁融最胖，被捆得最难受，手脚都勒得变了颜色。

"这个嘛，你们知道自己的身价吗？一千万哦，啧啧，了不起，很多香港明星都没这个价。"刀疤脸意味深长地环视一圈，继续围着他们转圈。

"两千万，你抓我们也是求财，我们给你两千万，放我们走。"司徒颖出声了，如果只是钱的问题，好办。

"你当我傻吗？你们明明抢走了三百公斤的金子，两千万，光是我这帮兄弟都不够分，还有我呢？我也要吃饭啊。"刀疤脸很夸张地两手一摊。

"那我们把金子都给你，你可以放我们走吗？"单子凯看到师父的脸色越来越难看，他知道只要能救师父，就算把全部的金子都给出去，大家也会愿意。

"当然，只要我拿到金子，马上放了你们。"刀疤脸两眼放光，把耳朵凑近单子凯的身边。

呸！一口和着血的唾沫吐在刀疤脸的脸上，陆钟冷冷地说："要金子可以，先给我们松绑，给老人家换上干衣服。"

"居然敢吐我，了不起，你胆子大，本事肯定也大。"刀疤脸擦着脸上的血沫，他从怀里掏出一把雪亮的匕首架在陆钟的脖子上，刀锋深深陷入肉里，笑嘻嘻地说，"不过你本事再大，现在也没资格谈条件，不跟我合作，只有死路一条。"

眼看着那刀锋已经划破了皮肤，有血流了出来，司徒颖就在陆钟正对面，恨不能挣脱身上的绳子冲过去，忙喊道："杀了我们你什么也得不到！"

"没问题，我得不到，你们也不好过。死不可怕，生不如死才最最可怕，想要我杀了你们，没那么容易。男的呢，我就一个一个地阉了，不打麻药。女人呢，我就一个一个地轮奸，什么手术实况轮奸现场统统拍高清视频，免费发布到网上。我兄弟多，你们又这么漂亮，你们可要做好思想准备哦，搞不好我也会亲自……"刀疤脸越说越得意，小喽啰们听得哈哈大笑。

"住口！"陆钟再也听不下去，"我们把金子给你。"

屋里一下子安静下来，刀疤脸看看时机成熟，这帮人的心理防线攻得差不多了，收起刚才吊儿郎当的态度，眼中闪出一丝贪婪，"除了金子，我还要你们每个人的私房钱。"

六双眼睛盯着刀疤脸，除了老韩眼中是害怕和痛苦，另外每一双眼睛里的愤怒都能把刀疤脸杀死一百遍。

"别瞪我，我是认真的。"刀疤脸收起刀，冲大家摆摆手，"我说话算数，只要你们把全部身家都给我，我保证不杀你们，还把你们送到一个安全的地方，你们指定的地方。当老千可比我们古惑仔好捞，你们的钱也不是一分一分赚来的，碰上黑吃黑也是天理循环。我只求财，不要你们的命，我要是反悔，生崽没屁眼生女当鸡老婆偷人，你们考虑一下。"

"连你的名字都不知道，我们凭什么信你。"陆钟试探着对方的底细。

"刀疤强，我在蛇口混了二十年，你可以随便去问，看看我讲话算不算数。"刀疤脸拍拍胸脯，倒有两分豪气。

五个人交换了一下眼神，没有人反对，事实上，大家也没有选择的余地，再多的钱也换不来这条命。

"好，我们信你。不过，我想先打一个电话。"陆钟觉得有必要联系一下七哥，他是距离这里最近的人。

"没问题，不过你最好小心说话，要是耍花样，别怪我不讲义气。"刀疤脸掏出了手机。

D

人这辈子，难免会遇到这种赌一把的时候，为了爱情，为了事业，为了省吃俭用一辈子买下的房子，或者为了命。没法不赌，就算老韩清醒，他也一定会选择赌上自己的命，因为每一个老千，天生就是赌徒。

陆钟他们交出了金子，还交出了全部积蓄。原本不想交出那么多的，大家都很机敏地报出了几个比较小的数字，可刀疤强是个卑鄙却很有耐心的威胁者，一次又一次地挑战着大家的耐受力，师父的身体，司徒颖的脸蛋，曾洁的眼珠。

那个混蛋说得没错，这些钱本身也不是正路来的，就算被他抢走，合情合理不算什么。陆钟很奇怪自己没有很心痛的感觉，被刀疤强解开绳索的那一刻还有种轻松和欣喜，这说明什么，那些钱是罪恶？

不，应该不是这样，如果是罪恶，刀疤强得到那笔天文数字的巨款就不会狂喜得心脏病都发作。没错，他真的有心脏病，好在随身带着硝酸甘油，马上就缓过劲来了。有心脏病也能混黑社会，听起来就像个笑话，不过大家没有时间去笑了，刀疤强真的信守诺言把他们送上了离开惠州的小船。据说现在整个珠江三角洲到处有人在找他们，为了那一千万的赏金，黑道白道的人都瞪大了眼睛，唯有海路安全一点。

不到上岸的那一刻，就不算真正赌赢了这一把，万一刀疤强反悔，万一他小弟走漏了风声，后果都不堪设想。坐在摇摇晃晃的渔船上，陆钟看着远处天海相接的方向，那就是大家未知的前途。

　　"我现在还能加入你们吗？我可是什么都没有了。"曾洁清清楚楚地说完这句话，直直地盯着陆钟，马上就要得到答案。

　　陆钟惯性地把目光转向老韩，老韩却惊慌失措地看向他最亲近的司徒颖。司徒颖不想直视陆钟的目光，转而看向单子凯和梁融。梁融和单子凯当然做不了这么大的主，他们只好把目光又投给了陆钟。

　　这圈目光的微妙传递，让陆钟清楚了一件事：现在，是他做主了。

 **番外篇·单子凯梁融　玩火少年**

A

全中国的小学生都写过同一篇作文：我的理想。

梁融当年念到这里就转学了，这篇作文没写成。转学的原因是父母离婚，他老妈跟人去了美国，老爸把他扔在姥姥家，自己下了深圳闯荡。

单子凯跟梁融同岁，他认认真真地写完了这篇作文。同学中有人想当科学家，有人要当大官，还有要当解放军，当大明星的，这些同学不论文笔好坏通通及格，只有单子凯一个人零分，他的理想是当全世界最帅最有钱的男人，不用每天上班，不用看别人脸色，只要动动脑筋就有大把的钱飞到口袋里来，他可以住最好的房子，穿最好的衣服，跟最漂亮的姑娘结婚。班上最高分的作文老师也只表扬了几句话，这篇作文却被足足批评了二十分钟，小小年纪就有不劳而获的思想，单子凯从此在老师眼中变成了不可救药的孩子。

那个零分并没引起单家大人的注意，就在单子凯挨批那天，他老爸在厂里出了事。车间主任在操作机器时打起瞌睡，把他爸的一双手给绞进了机器。妈妈去了医院，回来的时候哭哭啼啼的，根本没看到他作文本上的零分。

从那之后，医院就成了单子凯常去的地方。那年头工伤赔偿很少，少到刚刚够吃饭，连医药费都不够，没了手，他爸又不能工作，整个家的重担就压在了他妈的肩上。他妈是普通职工，工资不高，还得按月给远在乡下没有收入的奶奶爷爷寄生活费，单子凯的生活水准一落千丈。起先是再也不能买玩具了，然后是连零食也没有了，接着连午间搭餐费都要交不起了。

不过这些并没改变单子凯的生活，买不起玩具就跟同学借，他人挺仗义，有帮铁哥们儿，变形金刚任天堂的红白机什么的大家玩他也玩。买不起零食也不碍事，同桌是班上最美的女同学，男生们送的零食吃不完就全都进了他的肚子。最为难的是午餐搭餐费，零食只能吃着玩吃不饱肚子，同学们都有饭吃，他只能就着凉白开吃两毛钱一个的白馒头。那可是既丢面子又饿肚子的事情，下午第二节课还没上完，他肚子就咕噜咕噜叫了。

穷则思变，这句话说的是大人，其实对小孩也适用。肚子饿时怎么也听不进课，脑子里满是香喷喷的蛋糕、油汪汪的肉包，单子凯做梦都想吃个饱，想得直咽唾沫。可怎样才能得到这些东西呢，他也不知道。

有一个星期天，老妈要去做另一份工作赚外快，单子凯和平时一样去医院给住院的老爸送饭。那是单家最困难的日子，他家已经买不起下饭的菜了，连着吃了半个月的清水煮面条，一块霉豆腐就是面条的浇头。单子凯喂老爸吃完面，在病房里蹭别人的书看。那个下午很热，不知不觉地病房里的人都睡着了，单子凯还书时发现那个上初中的小哥哥枕头下面竟然压着一张十块钱。

老师讲过，每个人的脑子里都有一个好的小人和一个坏的小人，遇上这种事的时候脑子里那两个小人就会打架。大坏蛋之所以坏，是因为他们脑子里的坏小人战胜了好小人，同理，有些人能够成为大英雄就是因为脑子里的好小人获得了胜利。单子凯有那么一会儿懵了，他仿佛感觉自己的脑子里真有两个小人在打架，只不过那个黑色的坏小人一下子就战胜了好小人，他看到的不仅仅是十块钱，还是香喷喷的面包、火腿肠、罐头肉。

那时候单子凯的妈每个月辛辛苦苦才能赚到几十块钱，其中大部分还得交给医院，这十块，够买上一个星期的菜了。单子凯轻轻地把那本书放回小哥哥的枕头旁，顺便接着这个动作把那十块钱给捏在了手心。

他永远都记得，那天下午他拎着饭盒拼命往医院大门的方向跑，可那些没完没了的树荫好像外星人的地图，他真希望就这么跑到外星，或者另一个世界去。耳边是知了不知疲倦地叫，好像在喊着抓贼抓贼。他的手心潮得不得了，那张十块钱被他的汗水弄得黏乎乎的，以至于后来妈妈完全相信他是在水沟里捡到这十块钱。

这十块钱换来了一个星期的青菜，虽然没什么肉菜，但终于不用顿顿吃光头面，单子凯很高兴自己脑子里那个黑色的小人做出了正确的选择。原来钱真的可以来得这么容易，他在《动物世界》里看到有些动物就是这样，从其他动物的窝里把蛋偷走，从同类的嘴里把肉抢走，这个世界就是这样，聪明人从来不会挨饿。

这个小小的成功奠定了他日后的基础，他不满足十块钱的胜利，他要实现他的理想，过上那种不太费心就能赚大钱的好日子。

B

世界上不仅仅是男人和女人，还有两种人，一种是想犯规怎么也犯不了，另一种想不犯规却怎么都忍不住。当两个同样想不犯规怎么都忍不住的人遇到，那没有谁能阻止他俩一起犯规。

那年单子凯刚上初三，班上来了个转学生，梁融，个子不高的小胖子，被老师安排坐在第二排。小胖子的家里有海外关系，穿的用的都很洋气，有人羡慕也有人嫉妒。他家大人不在身边，读的是寄宿。

那时候单家的情况很不好，工伤的父亲因败血症去世，母亲在加班的路上出了车祸，肇事者是个不大不小的官，当天还喝了酒。事故最后是私了，单子凯年迈的爷爷奶奶得到了足够他们养老的钱，单子凯也获得了一笔够他念到上大学的钱。虽然生活不那么窘迫了，但单子凯对学习总提不起劲，成绩不好不坏，因为相貌出众，他成了女生们追逐的焦点，这让他被大部分男生排斥。

单子凯虽然被男生们排斥，却常有女生请吃东西，那天晚上下晚习，有两个女生请他去小卖部喝汽水吃肉肠。三个人来到小卖部，除了他们还有不少其他同学都在小卖部买东西填肚子，单子凯也发现了梁融，这小子正在打电话。梁融的衣服大部分是单子凯没见过的牌子，这让他很好奇，那天正好和梁融隔得不远，就凑近些想看清楚，没想到这一凑近却发现了天大的秘密。

梁融打电话居然说英文，而且说的超级溜。单子凯的英语成绩不好，听不懂梁融在说什么，不过这并不影响他的直觉，他只看了一眼就知道小胖子在搞他搞不懂的名堂。梁融先是说了一通英文，最后电话似乎接到了一个中国人的手里，他开始说中文。差不多打了十多分钟的电话，如果是越洋电话，单子凯虽然不知道具体该多少电话费，但肯定是天价，可他亲眼看到小胖子最后按照计价器上的显示付的款，只有十多分钟的市话费。

从那一刻起，单子凯对梁融有了浓厚的兴趣，他聪明，平时不怎么看书也能顺利通过考试。和小学时一样，上课同样走神，不过现在他想的可不是吃什么玩什么了，而是琢磨人。但班上的同学和所有能接触到的任课老师都经不起琢磨，倒是这个刚转学来的小胖子，激起了他的兴趣。忍了两天没憋住，他找到梁融挑明，问他究竟是怎么做的。

"告诉你可以，先帮我做件事。"梁融这家伙居然卖起了关子。

单子凯盯着这个小胖子看了又看，这家伙貌似忠厚的外表下，其实隐藏了许多不为人知的东西。

"你放心，是能赚钱的事。"小胖子狡猾地笑着，冲单子凯勾勾手指头，让他凑近些说。他从一本文言文的老书里看到一种骗术，想找单子凯合作实践。听完梁融的计划，单子凯想都没想就同意了。

下晚自习后，距离寝室睡觉关灯还有四十分钟，许多同学都在校门口吃东西，梁融和单子凯假装不认识，一前一后地去了离校门口较远的烧烤店。这家店在超市门口，人气旺生意好，老板和伙计忙得脚不点地。

单子凯找个角落坐下，点了一碗凉面。梁融比他晚到一会儿，坐在离他很远的地方，叫了个蛋炒饭打包。梁融付的是一张五十块的大钞，伙计找了一大堆零钱。梁融走后又过了一会儿，单子凯吃完了，不过他非但没有付钱，反而叫伙计找钱给他。伙计想了想说，他刚才没给过钱。可单子凯坚持说自己给了钱，不但给了，而且是一张五十块的。一边说着，单子凯还掏空了裤袋，里面除了两张散碎毛票外，还有一张五十块钱的小角，只有指甲盖大。显然毛票不够买单，所以他掏了张五十的。伙计一听说是五十的，头摇得像个拨浪鼓，坚持自己只收了一张，但他已经找过钱了，确定、一定以及肯定。单子凯坚持说自己是付了五十块，不信的话就让老板从钱箱里找，如果那张五十块的钱跟他手里这个指甲盖的小角配不上的话，那他愿意付十碗凉面钱。

结局不难猜到，老板的确从钱箱里找出一张缺角的五十块，而且正好能跟单子凯手里那个指甲盖大小的角配上，最后不得不赔礼道歉请吃烤鸡翅，还找了四十多块钱给他。

初战告捷，两个小骗子尝到了胜利的滋味，文言文的故事里是两个生意人去进货，一张银票被人撕了个角，最后骗来了几百两银子。虽然这次只赚到四十多块，老祖宗的办法却能行得通，这可给他们带来了莫大的成就感，也带来了两个人半个月的早餐钱。

梁融兑现了他的要求，告诉单子凯越洋电话的秘密。电话是打给他远在美国的妈，他爸很久都没给过他钱了，又联系不上，想找妈妈要点生活费。电话先打到市内某家外资公司的服务部，这个号码是从黄页上找到的。然后电话接通后以打错为由立刻要求转接一个部门，别小看这一转，这是最关键的程序，经过公司总机的处理后来电显示上就没有原始号码了。这一转随便转到什么部门，然后用英文告诉对方自己是国外总部的，是电话打错了地方，请这位同事帮忙再转到国外公司总部，经过这第三转，电话就算是出国了，而计价器上还会显示市话费，不过这还没完，第三转后，再一次用英文告诉对方自己打错了电话，要联系某位重要的客户，请帮忙再转。最后这一转，就可以告诉他母亲的电话号码，一般国际化的大公司里，工作人员都很有礼貌，碰上类似的事大部分人都会愿意帮忙转接。

梁融说，虽然这么转来转去比较麻烦，但是一想到能省下每分钟十多二十块钱的越洋电话费，再麻烦都值得。

"可是，他们真的相信你是公司同事？"单子凯狐疑地再次打量这个身高只有一米六的小胖子。

"当然，为了练习那几句台词我准备了很久。"梁融很认真地说。

"你可真能折腾。"

"要想省钱就得折腾，折腾越多，省的越多。有钱人才懒得折腾，不过就算我有一天变成有钱人了，也要这么折腾，我喜欢折腾。"

"我喜欢你，咱们合作吧！"

就这样，两个不走寻常路的少年成了最佳拍档。有段日子里，他俩出没于全城的大小饭店，五十块换成了一百块，一钱两人付的招屡试不爽。一招鲜也不能吃遍天，后来他俩又换了个玩法，两人去隔壁学校里弄出班级同学联系册，上面有家长的姓名、工作单位还有家庭住址。当然不能被人发现，联系册复印了就马上还回去，一直没人发现过。

拿着这些资料，就可以去撞门了。所谓撞门，不是真的拿身子去撞，而是按照联系册上的名目，挨个去找同学的家长。

"阿姨，我是＊＊的同学，我叫＊＊＊。不好意思打搅您，我的单车刚在楼下被人撞了，车得去修，我身上没带够钱，能不能跟您借二十块呢？我给您写个借条，明天一定还。"

＊＊当然是家长的孩子，＊＊＊通常都是班长之类的人物，家长们都听过这个名字，或者知道这人是谁。只借二十块，并不多，还肯写借条，一定是好学生了。大部分家长都会借，也有偶然碰巧家长见过班长，或者跟班长很熟，这时候就说自己找错了人，然后在对方没有完全反应过来的时候，赶快撤。事后，就算提起来是班长来借过钱的话，同学们也只会

找真正的班长去要钱，就算要不到，也只有二十块而已，不算多大的损失。

对一个人来说二十块并不多，对两个人来说，许多个二十块就算是巨款了。这个办法很灵，几乎百试不爽，整整一个学期，这两个最佳拍档的生活费和置装费、车马费、娱乐费，全都是这么来的。就这样，两个少年走上了一起折腾赚钱的犯罪道路，不过距离他们真正靠近危险，还有相当长的一段距离。

C

好景不长，风光日子只过了一个学期。假期里，梁融的老爸生意破产，要带他回老家，只能再次转学，最佳拍档不得不散伙。那年头还没有手机，连呼机也是奢侈品，高中生根本不可能用得起。梁融给单子凯写过两封信，单子凯都没收到，再后来初中毕业，两个人的联系就断了。

梁融跟老爸辗转了好几个城市，稀里糊涂地混了一年，最后老爸把老家的房子抵押给银行，拿了笔钱去上海再碰碰运气。梁融也跟着老爸去了上海，这时候他已经念高二了，频繁的转学让他的成绩很不稳定，所幸他就读的高中居然开设了相当超前的电脑课。

在梁融的概念里，少部分人掌握的技术一定是好的，高级的，尖端的，洋气的。他对所有洋气的东西都充满了兴趣，"酷"这个字要在胖子身上体现可不容易，所以他花费了比同学们更多的心血在电脑课上。事实证明他相当有天分，电脑课每次考试他都得第一。

儿子的成绩好了起来，老子的生意却没有起色，天天在外面应酬，却总不记得给儿子早餐钱。不过这不要紧，梁融早就习惯了，并且自己能养活自己。只是没了搭档，单枪匹马不太方便，梁融一直在物色新的搭档。正经念书的同学谁会跟他去骗人呢？所以左看右看，他看上了学校里一个天天打架泡妞的小阿飞。

倒霉的梁融所托非人，小阿飞非但不跟他合作，反而把他的底子告诉了校外的大阿飞，一帮真正的混混。那帮人逼着梁融做坏事，让他出面骗钱，由混混们负责把风，骗到钱了梁融拿零头，混混们拿走了大头。梁融当然不乐意，可对方人多，手里又有他的把柄，他不相干也不行。有了梁融这个智多星，这帮平时耀武扬威却过得青黄不接的阿飞们，生活水平有了质的飞跃。

有一次，梁融被逼去搞一个老头子的包。那个老头子是大阿飞发现的，住高级酒店，穿得很洋气，出手非常阔绰，最重要的是，老头子是一个人。住酒店的肯定不是本地人，又那么有钱，不搞他搞谁。

按照计划，梁融假扮跟着大人去酒店吃饭，在老头子旁边的桌上坐下，大人吃了一半暂时离开，大人离开不久，他就假装肚子疼，请坐在旁边的老头子帮忙看下大人的包。他前脚一走，后面就有人过来拎起他的包就走。这当然是调虎离山，趁着老头子的吸引力被转移，很可能还会追出去，梁融赶快回到老头子的位置上把他的包拿走。这个大人当然就是大阿飞，他亲眼看到过，老头子的包里有厚厚的美金，还有合同之类的文件，貌似回国经商的生意人。把那个包拿到手，不但可以得到美金，还能拿那些文件要挟老头子再出笔钱。

梁融见到老头子的第一眼，就惊为天人，天底下还有这样的老男人，就像从好莱坞电影里走出来的一样，帅得不现实。梁融是第一次被一个老男人震撼到忘记了走路，后来大阿飞在桌子底下使劲踢了一下他的腿，他才回过神来。这个老男人是自己要下手的人，他的包就放在身边的椅子上，黑色的爱马仕，大大的H标志是昂贵和身价的代名词。梁融识货，这一单只要得手，就算包是空的也赚大了，这个包就算送到寄卖行也能换来万八千的。

大阿飞为了不暴露身份是背对着老头子坐的，梁融坐大阿飞的对面，正好看得到老头子的一举一动，他使用叉子把意大利面放在勺子里卷成一团，优雅地放进嘴里，跟旁边大部分还在吧唧嘴吃牛排的人比起来，老头子简直就是个贵族。

刚坐了一会儿，有侍应过来点菜，大阿飞说还要等人，先上两杯水。没坐多久，大阿飞假装下楼去接人，把一个空空的便宜包留在位置上离开了。一分钟后，梁融开始装肚子疼，弯着腰做出痛苦的表情跑到老头子身边请他帮忙照看一下座位上的东西，自己要去厕所方便。换做任何一个普通人，大多会同意，可这位风度翩翩的绅士老头非但不同意，反而冷笑着说了句"别装了"。

至今梁融都无法接受被人当场戳穿的那种尴尬，那个老头子就是老韩。梁融记得很清楚，他一直在观察老头子，但老头子连看都没看过自己一眼，却怎么能看穿自己的目的？后米老韩抬眼看着他，说了句让他更震撼的话："小骗子骗大老千，你们找错人了。"

"我……我不是骗子。"梁融很忌讳那两个字，在心里他觉得自己做的事并不算太坏，至少每次都是小打小闹没骗多少。

"那你敢不敢把那个包打开给我看看？"老韩立刻点中死穴。

梁融不做声了，那包里全是废纸，用来装样子的。远远看一眼躲在走廊上的大阿飞，见被人识破，已经扔下他一个人逃了。

"小子，还算够胆，没有拔腿就跑。"老韩把梁融从上到下打量了一遍，觉得这个少年颇合自己的眼缘，"想知道我怎么看穿你的话就坐下来，陪我吃顿饭。"

这是梁融陪老韩吃的第一顿饭，老韩问起为什么干这个，梁融很老实地说了实话，他也不知道为什么会对一个陌生的老头这么坦白，可一面对老头那双锐利的眼睛，就知道自己说不了谎。

老韩正好在上海做一单买卖，让梁融跑了个小小的龙套，平时梁融放学后也总是去找他，跟他学了不少东西。关于"老千"和"骗子"的区别，也是老韩教给他的。除此之外，老韩还教梁融用计摆脱了那帮阿飞的纠缠，并发现了梁融极强的动手能力，为日后改造各类小玩意打下了基础。

这一老一小相处得十分融洽，不过梁融还要念书，不能跟着老韩到处跑。老韩的买卖结束后，两人分开。高中毕业后，梁融按照老韩的建议，去北京学习专业化妆。

D

梁融转学后，单子凯再没遇到投契的伙伴，刚刚起步的赚钱事业暂时停止。骗来的钱，还剩下一些，被他挥霍了一年，高二第二个学期生活再次开始拮据。由俭入奢易，由奢入俭难。吃惯了小馆子的炒菜再吃清汤寡水的食堂，那滋味可不好受，穿惯了名牌，再重新穿上二十块钱一条的牛仔裤虽然同样好看，但他已经不满足了。儿时的理想，那种出人头地有名有利又不要付出太多努力的生活，非但没有因为老师的批评和时光的流逝而减退，反而向往的愈发强烈。

可按照目前的生活，将来考上大学，老老实实紧巴巴地用那点生活费念到毕业，再然后，他又能做什么呢？这问题让单子凯足足考虑了一个星期，最后他决定，去考电影学院。娱乐圈是通往名利的捷径，他天生就是要走捷径的人，而且他具备进入这个圈子的资本。凭着出众的外形和天生的表现力，单子凯没有太费力气就实现了这个目标。

进入梦寐以求的大学，单子凯却在踏入校门的第一刻发现，这里跟他想象的完全不同。从前不论在什么学校，他的外形总能带来某种优越感，现在，俊男美女随处可见，外形根本不算优势。除此之外，同学们出手的阔绰让单子凯有了自卑感，班上除了他，只有另外两个来自农村的同学和他经济条件差不多。可他不想跟那两个同学为伍，那不是他的风格，他要光鲜亮丽，要成为所有人关注的焦点，而不是穿着外贸店淘来的次品，小心翼翼生怕被人看出端倪。

一个偶然的机会，单子凯窥探到了阿里巴巴的宝库。那日同学生日，全班同学集体K歌，点了不少吃的喝的，最后买单时寿星女甩出一张信用卡，据说是朋友送的，可以随便刷。那是单子凯第一次去那么贵的KTV，主动提出帮忙跑腿去买单，想不到随便玩了一晚上居然消费了三千多。他还从账台上知道，这张卡的透支额度是五万块。数字着实让人激动。单子凯和梁融奋斗了一个学期赚到的钱也没那么多。

是什么人，可以随便把这么值钱的东西送给女学生？不用说，当然是有钱人，有钱到对几万块一点都不在乎的有钱人。那个晚上单子凯激动不已，他知道自己发现了一个巨大的宝库，可如何得到开启宝库的钥匙还是个难题。

又那么懵懵懂懂地过了一个学期，现状并未改善太多，不过社会上已经有人来找他们拍广告了。每人两千，通常只要周末去一趟两趟，虽然不是每周都有这样的机会，但只要能干上一次，就够一两个月的生活费。单子凯跟同学们一起，参加了一次龙套角色的演出。那天天气不好，上午还阳光灿烂，中午刚过就晴转多云，导演怕下雨耽误进度，还没吃完饭就催着大家赶紧上场。

后台很乱，到处都是刚换下来的衣服，七七八八地扔了一地，正好这组镜头是女生的戏份，男生们不用上。单子凯没和其他同学一样去现场看拍摄，而是守在后台帮大家收拾衣服。这一收拾，意外地发现了该广告的合同。合同附件是导演和制片人的身份证复印件，单子凯心里咯噔了一下，虽然不知道为什么要这么做，但他只犹豫了一小会儿就把那张复印件带了出去，飞快地跑到最近的一家复印店，把那两张复印件再复印了一次。

又等了足足半个月，他找到一个专门帮人办信用卡的家伙，付出了两百块，那个人用这两张复印件，成功申请到两张透支额度为一万块的信用卡。单子凯只透了两千，每张卡两千，然后在广告制作成功最后来发钱的时候，他把那两张卡上的指纹擦得干干净净，趁着人多的时候塞进了制片人和导演的口袋里。他默默祈祷着那两个人不会发现这张忽然冒出来的卡，也许他们的卡多，也许他们的钱多，也许他们根本不会注意到这是自己放进去的。

就在他紧张不已的同时，在人群中发现了一张熟悉的脸，三年不见，当年的小胖子长高了，不过还和从前一样的体形。

"梁融！"

"单子凯！"

两个人惊喜地叫出了彼此的名字，单子凯没想到的是，梁融念完高二就没继续念高三了，在这所电影学院的成教部学习专业化妆。算起来梁融比单子凯还高了一级，平时他很努力，总把自己关在化妆室里不停地练习，由于技术过硬，经常被老师推荐去各种各样的小剧组和广告公司做兼职，所以虽然同校，但两个人从未见过面。

老友相见，少不得讨论曾经玩过的那些赚钱小把戏，他们依然保留着对金钱一如既往的渴望，只是那些小儿科的把戏已经有些不合时宜。单子凯把利用别人的身份证开出信用卡的事和盘托出，梁融也表示很有兴趣。等待了一个月后，没有人来找麻烦，说明这个办法行得通。

那四千块，单子凯迟迟未动，坐吃山空，不可能总借别人的身份证这么复制下去，身边的熟人只有那么多，迟早会出问题，那四千块就是他留着保底的钱。

E

那时候梁融的社会经验已经比单子凯要丰富许多了，人脉也比单子凯广，不知他从哪搞来一套测录器，可以把卡上的信息全都解读，再复制到另一张全新的卡里。买这套机器花光了梁融的全部积蓄。这笔钱很快就赚了回来，单子凯在一次聚会中，拿到了一个大老板的钱包，里面正好有三张信用卡。初试身手，两个刚入门的小子就赚了一万块，把那台机器的钱给赚了回来。

这两个老搭档再次合作，他们只拿有钱人的卡复制，每次只复制一张，每张卡每个月只取现一次，取现金额从不超过一千，每次去提款机都会口罩帽子墨镜把自己遮得严严实实。大刀切肉一刀见血，小刀子割肉却不太能有感觉，对于那些有钱人来说，每个月千八百的小账他们根本不会在意，卡也就可以一直用下去。两个人轮番出手，慢慢地，手上有了二三十张卡，他们的生活费不成问题了，最新款的手机、刚上专柜的名牌衣服，还有梁融化妆箱里那满满当当的正牌化妆品，全都不成问题。

按说这两个小子就这么按部就班地混下去，每个月的钱足够他们混到毕业，混上好几年的。可他们天生就是那种不守规矩的人，偏偏还给他们碰上了一张黑色的卡。

卡的主人是一位全国都排得上号的大地产商，来电影学院找新楼盘的形象代言人。说来也巧，这人看上了单子凯他们班的一个女生，一来二往，两人恋上了。这种事在艺术类院校很常见，所以女生也没对大家隐瞒什么，圣诞节的时候，这位地产商为讨女生欢心，请全班同学吃圣诞大餐外加派对。舞会时，地产商和女生相拥热舞极其缠绵，趁着人多，单子凯轻而易举地拿到了地产商的钱包。

包里只有一张卡，黑色的卡。

那可不是普通的卡，是美国运通发行的顶级贵宾卡。传说拥有卡的人，就算刷卡买飞机游艇，买下整栋酒店都可以。最吸引人的不是卡上的数字，而是拥有了这张黑卡，就拥有普通人无法想象的特权。

这种卡是不能申请的，只有银行方面觉得你够资格才会主动邀请。卡主的待遇是超乎想象的，只要银行认可你的身份，这张卡几乎拥有无限额信用额度。据说曾经一位香港的大亨在意大利偏僻的乡村结婚，他希望有个热闹的中式婚礼，仪式上要有传统的舞狮表演，但他又不希望婚礼上有香港人。当时正值假期，很难找到舞狮的人，银行客服找遍意大利，终于找到两个学习功夫的意大利人，并邀请这两人舞狮助兴。当然，所有开销都由卡主负责，但只要卡主有需要，哪怕是上天入地，银行都可以提供任何所需要的服务。那不仅是一张卡，更是一张直达看不见的社会顶层的入场券。拿着这样的宝贝，单子凯很难不动心，多少银行工作的人都从没见过这样的卡，现在，这张价值连城的卡就在他的手心。他马上打电话叫梁融带了机器过来，他们得尽快把卡的信息拷贝下来，再把钱包还回去，拥有这样卡的人，可不是单子凯他们惹得起的。

复制这样的卡，对梁融来说是前所未有的挑战，因为卡的质地是钛合金。在此之前他们从没想过要干一票大的，但有了这张卡在手，他们才发现自己并非只是吃好穿好就满足的人，年轻人的胃口才刚刚开发出来。也许是一次海外旅行，也许是一套二环内的四合院，也许可以成立一家公司，总之有了那张卡，就有无限希望。他们尚未确定究竟要些什么，但复制的卡已经做出来了，他们拿到柜员机上去试验一下，想看看会出现怎样的界面。

他们成功了太多次，以至于低估了如此特别的卡，会有怎样的安全系统。复制卡插入ATM机后显示出满屏的乱码，随即警报如雷鸣，这两个被吓蒙了的年轻人还来不及逃，就被保安抓住。所幸其他卡全被藏了起来，警察在搜过宿舍后并未发现，梁融也坚称那套复制卡的设备只用过一次，就是这张黑卡。

他们惹上了麻烦，那位地产商看不惯女朋友班上所有英俊的男同学，单子凯在班上偏偏跟那女生关系不错，早就恨不得让他消失，现在正好有了机会。大人物看起来什么都没做什么都没说，他也没有失去什么，但盗窃罪和伪造罪两罪并罚，单子凯和梁融被勒令退学，拘留半年，从此留下案底。

从这两个小老千做下第一笔案子开始，就想过有朝一日可能会落到这步田地，但只有真的落到这一步，才发现这真有点难受。在号子里挨牢头的打是肯定的，吃不饱饭也是肯定的，但最难以忍受的还是日复一日规律得不能再规律的生活。

对年轻人来说，半年时间不算太难熬，出狱后，剩下的几十张卡被他们销毁掉，绝对不能再在卡上做手脚了，不能被同一块石头绊倒。可不干这个，又能干些什么？有了案底，谁都不敢用他们，单子凯当初藏起来的四千块，是两个人仅有的钱了，他们第一次为生计发愁。走投无路中，梁融忽然想起当年在上海时，老韩曾经给过一个神州行的手机号码，说是每个月的九号才会开机，如果他遇到困难，可以联系。

时隔三年，那个电话居然真的打通了，老韩在南方打算干笔大买卖，正好需要人手。其中并无其他插曲，这一路总算顺利，两个人千里迢迢地奔着那个仿佛活在传奇中的老头去了。他们当然知道自己是去做什么，但他们没想会跟老韩那么投缘，那么默契。那笔买卖成功后，老韩收下他俩当徒弟，更没想到从此马不停蹄地奔波在大江南北。这一干，就是十年。

在单子凯和梁融跟随老韩两年后，司徒颖加入了他们的队伍，又过了一年，陆钟也加入了他们的队伍，从那之后，这支无敌团队日渐成型。干这行也跟拍电影一样，讲究大制作大投入，越多演员越多台词越多情节戏就越逼真，场面宏大有噱头，不愁票房不高。

当年机敏过头的顽劣少年，如今拥有最好的一切，他们只看最好的风景，只睡最好的女人，只喝最好的酒抽最好的烟，也只赚最黑心人的钱。他们不要任何牵绊和负担，没有半点拖累，只有最信任的兄弟和最好的师父，还有一个又一个永远也骗不完的坏人。十年的时间，他们历经世事学会了看各种人，更学会了作为老千的各门功夫，就算他们身上一毛钱也没有，也不会担心饿肚子。

单子凯多年没有回过家，只是定期寄些钱回去，不知爷爷奶奶的头发是否全都白了。梁融也跟永远生意失败的父亲彻底断了联系，海外的母亲已经好几年没有听过声音了。这有什么要紧，他们过上了刺激、新鲜、充实的生活，每一天都是挑战。

他们打心眼里向往这样的生活，可真的幸福吗？

也许，只有他们自己知道。

图书在版编目(CIP)数据

鬼计神偷 / 何许人著. 一上海: 上海人民出版社,
2012

(老千)

ISBN 978-7-208-10551-5

I. ①鬼… Ⅱ. ①何… Ⅲ. ①长篇小说—中国—当代
Ⅳ. ①I247.5

中国版本图书馆CIP数据核字(2010)第019678号

出 品 人　邵 敏
责任编辑　邵 敏　方蔚楠
封面装帧　天行云翼 · 宋晓亮

鬼计神偷

何许人 著

世 纪 出 版 集 团

上海人民出版社出版

(200001　上海福建中路193号　www.ewen.cc)

世纪出版集团发行中心发行

上海有声印刷有限公司 印刷

开本 720×1000 1/16　印张 15.75　插页 1　字数 250,000

2012年4月第1版　2012年4月第1次印刷

ISBN 978-7-208-10551-5/I · 976